RELATOS
DE TERROR Y MISTERIO

Edgar Allan Poe

Edimat Libros, SA

Copyright © EDIMAT LIBROS, SA
C/ Primavera,10, nave 35
28500 Arganda del Rey
MADRID-ESPAÑA
www.edimat.es

ISBN: 978-84-9794-606-3
Depósito Legal: M-1313-2024

Título: Relatos de terror y misterio
Autor: Edgar Allan Poe
Traducciones: María Victoria Tealdo Simó / Pedro Ruiz de Luna González / María Jesús Sevillano Ureta
Diseño e ilustraciones de cubierta: Karakachoff Estudio

Impreso en España - *Printed in Spain*

INTRODUCCIÓN

Edgar Allan Poe, es uno de los padres del género detectivesco, del suspense, gran renovador de la novela gótica, del terror, y uno de los precursores de la ciencia ficción. Poe es un escritor romántico que está ciertamente preocupado por el estilo, de hecho, su influencia es reconocida por autores de la talla del norteamericano William Faulkner, el checo Franz Kafka, el argentino Jorge Luis Borges, el ruso Dostoievski o el alemán Thomas Mann, el universalmente conocido como Arthur Conan Doyle y su Sherlock Holmes o el cáustico Ambrose Bierce, del «Diccionario del diablo».

Nacido el 19 de enero de 1809, en Boston, Massachusetts, Poe vivió una vida marcada por tragedias y dificultades. Es el segundo hijo de una familia desdichada, su hermano mayor William Henry, morirá joven en Baltimore consumido por la tuberculosis. La hermana menor, Rosalie contraerá a los doce años una meningitis, sumiéndose entonces en una apacible demencia.

La vida de Poe comenzó con un toque de tragedia, ya que quedó huérfano a una edad temprana. Sus padres, David Poe Jr. y Elizabeth Arnold, ambos actores, murieron antes de que él cumpliera tres años. John Allan, un comerciante adinerado de Richmond, Virginia, se convirtió en el tutor legal de Poe y lo llevó a vivir con su familia. Allan le dio su nombre, pero nunca lo adoptó legalmente como hijo.

A pesar de la posición acomodada de los Allan, la relación entre Edgar y John nunca fue armoniosa. John Allan, aunque financió la educación de Poe en Inglaterra, no estaba dispuesto a proporcionarle una cantidad ilimitada de dinero. Esta tensión financiera persistió a lo largo de la vida de Poe, contribuyendo a su angustia y dificultades económicas.

En 1826 Edgar Allan Poe asistió a la Universidad de Virginia, en Charlottesville, muy a su pesar en la universidad no pudo estudiar más de dos semestres. Sin embargo, su rendimiento académico fue brillante, se dedicó al estudio de las lenguas clásicas y también del italiano, francés y español. Su tiempo allí se vio empañado por problemas financieros y conflictos con John Allan. Abandonó la universidad después de un año y se trasladó a Boston para comenzar su carrera como escritor. Publicó su primer libro, *Tamerlán y otros poemas,* en 1827, aunque tuvo poco éxito inicial.

En los años siguientes, Poe sirvió en el ejército de los Estados Unidos y trabajó como editor y crítico literario. Su crítica aguda y su estilo distintivo llamaron la atención, pero a menudo generaron controversia. Poe criticó a prominentes escritores de la época, lo que llevó a tensiones con la comunidad literaria.

En 1836, Poe se casó con su prima, Virginia Clemm, quien tenía sólo 13 años en ese momento. Aunque su matrimonio fue aparentemente feliz, la salud de Virginia se deterioró con el tiempo.

Esta tragedia personal se sumó a las numerosas dificultades que Poe enfrentaba en su vida. En 1842, Virginia contrajo tuberculosis, una enfermedad que la afectó profundamente y que influyó en gran medida en la obra posterior de Poe. Su muerte en 1847 sumió a Poe en una profunda depresión y marcó el comienzo de sus propios problemas de salud.

El año 1845 verá la consagración de Poe como escritor, y también como poeta. Su obra *El cuervo* aparece publicada originariamente en el número de enero del Evening Mirror. *El cuervo* se convierte al instante en un éxito sensacional, logrando crear un ambiente sobrenatural, con mensaje moral, a través de un lenguaje estiloso, musical y pulcro que es su constante en otras grandes obras como *Los crímenes de la calle de la Morgue,* cuyo protagonista, Auguste Dupin es el antecesor de Sherlock Holmes. Sus cuentos cortos, como *El corazón delator, El gato negro* y *La caída de la Casa Usher,* revelan su maestría en el género del cuento de terror.

Edgar Allan Poe murió relativamente joven, a los cuarenta años, el 3 de octubre fue encontrado sucio y demacrado, casi inconsciente, raídas sus ropas, sin maleta y sin documentación en una calle de Baltimore. Nunca se sabrá a ciencia cierta qué es lo que ocurrió aquella noche, quizá una vida de abusos, quizá un paro cardíaco, quizá el alcohol y las drogas. Poe fue llevado al Washington Hospital de Baltimore, donde falleció cuatro días después. La lápida de Poe no se limita con rezar el nombre y la fecha de nacimiento y muerte, sobre el mármol, en el lugar donde debería ir la cruz, un cuervo tallado parece que vigila la tumba de su creador, en clara referencia a su obra.

A pesar de su vida breve y tumultuosa, el legado de Poe perdura. Su contribución al desarrollo del cuento de terror y la poesía gótica ha dejado una marca indeleble en la literatura mundial. Poe sigue siendo objeto de estudio en escuelas y universidades, y su influencia se extiende a través de diversas formas de medios, desde películas hasta música.

Su herencia vive en cada rincón de la literatura de misterio y terror, donde su genio creativo continúa fascinando y perturbando a las generaciones presentes y futuras.

Estas son sólo algunas de las numerosas obras de Edgar Allan Poe. Su influencia se ha mantenido a lo largo de los años, y sigue siendo muy significativa en la literatura de terror y misterio.

El gato negro (The Black Cat): Narra la historia de un hombre que, debido a su alcoholismo y creciente violencia, comete actos terribles contra su propia mascota. La narrativa explora temas de culpa, locura y castigo.

La caída de la Casa Usher (The Fall of the House of Usher): Además de ser un relato fantástico, este también se clasifica como un cuento de terror. La historia sigue al narrador mientras visita a su amigo Roderick Usher en su mansión. La atmósfera opresiva y la decadencia contribuyen al tono terrorífico.

La máscara de la muerte roja (The Masque of the Red Death): Este relato corto se centra en la figura del príncipe, que intenta evadir una plaga mortal organizando una fiesta dentro de su castillo. La Muerte Roja, sin embargo, no se detiene ante las extravagancias de la nobleza.

El cuervo (The Raven): Aunque es más conocido como poema, *El cuervo* también puede ser considerado un relato de terror. Un hombre afligido es visitado por un cuervo parlante, lo que intensifica su dolor y su desesperación.

El pozo y el péndulo (The Pit and the Pendulum): Situado en la España de la Inquisición, este relato sigue a un prisionero que se enfrenta a métodos de tortura espantosos mientras lucha por su supervivencia. La narrativa crea una sensación palpable de angustia y terror.

El corazón delator (The Tell-Tale Heart): Este relato explora la paranoia y la culpa de un narrador anónimo que comete un asesinato.

Los asesinatos de la calle Morgue (The Murders in the Rue Morgue): El personaje C. Auguste Dupin utiliza la lógica deductiva para resolver un crimen aparentemente inexplicable. Dupin se considera uno de los primeros detectives ficticios y ha servido de inspiración para muchos personajes similares en la literatura posterior.

El misterio de Marie Rogêt (The Mystery of Marie Rogêt): Basado en un caso real de asesinato no resuelto. Aunque Poe no resuelve el crimen en su historia, utiliza datos y hechos reales para crear una trama intrigante.

La carta robada (The Purloined Letters): Considerado uno de los primeros relatos de detectives y ha sido muy influyente en el género. El detective *amateur* C. Auguste Dupin resuelve el misterio de una carta robada que contiene información comprometedora para una dama de la alta sociedad. Dupin utiliza su ingenio y habilidades para recuperar la carta y resolver el caso.

Eleonora: El relato narra la historia de un hombre que vive en un valle encantado junto a su amada prima Eleonora. La narración describe la belleza del lugar y la felicidad de los dos personajes principales. Sin embargo, la historia toma un giro cuando Eleonora enferma y muere, dejando al hombre desconsolado.

El retrato oval (The Oval Portraites): Narra la historia de un hombre sin nombre que se refugia en un antiguo castillo durante una tormenta de nieve. En el interior del castillo, descubre un retrato ovalado de una mujer hermosa y se siente profundamente atraído por él.

El tonel de amontillado (The Cask of Amontillado): La historia sigue a Montresor, quien se venga de Fortunato, un amigo que supuestamente lo ha insultado repetidamente. Montresor lleva a Fortunato a las catacumbas de su casa, bajo el pretexto de probar un amontillado de gran calidad.

Berenice: La historia sigue a Egaeus, quien está obsesionado con su prima Berenice. Berenice sufre de una enfermedad y parece estar al borde de la muerte.

Morella: Narra la historia de un hombre que está casado con una mujer llamada Morella, quien es enfermiza y misteriosa. Morella es muy culta y posee un profundo conocimiento del ocultismo y la filosofía.

Ligeia: La historia narra el matrimonio del narrador con Ligeia, una mujer de gran belleza y sabiduría que ejerce una profunda influencia sobre él. Después de la muerte de Ligeia, el narrador se casa con otra mujer llamada Rowena, pero no puede superar su amor por Ligeia.

El entierro prematuro (The Premature Burial): El protagonista describe su constante terror de ser enterrado prematuramente y su obsesión con evitar este destino. El relato aborda temas como el miedo a la muerte, la obsesión, la locura y el poder de la mente sobre el cuerpo.

El demonio de la perversidad (The Imp of the Perverse): En esta narración, Poe explora la idea de la autodestrucción y la compulsión hacia el mal. El protagonista, que narra la historia en primera persona, describe una fuerza misteriosa e irresistible, a la que llama «el demonio de la perversidad».

La verdad sobre el caso del señor Valdemar (The Facts in the Case of M. Valdemar): El relato está estructurado como una carta anónima a un amigo, en la que narra un experimento hipnótico realizado en un hombre moribundo llamado Ernest Valdemar.

RELATOS
DE TERROR Y MISTERIO

EL POZO Y EL PÉNDULO

Impia tortorum longas hic turba furores
sanguinis innocui, non satiata, aluit.
Sospite nunc patria, fracto nunc funeris antro,
mors ubi dira fuit vita salusque patent.

(Cuarteta compuesta para las puertas de un mercado
que había de ser erigido en el emplazamiento
del Club de los Jacobinos, en París).

Sentía náuseas, náuseas de muerte, después de una larga agonía, y cuando, por fin me desataron y pude sentarme, sentí que mis sentidos me abandonaban. La sentencia, la terrible sentencia de muerte, fue lo último que mis oídos pudieron escuchar. Después, el sonido de las voces de los inquisidores parecía mezclado con un soñoliento zumbido indeterminado. Trajo a mi alma la idea de *revolución,* tal vez por asociación imaginaria con el ronroneo de una rueda de molino. Esto duró sólo un instante; pero luego no oí nada más. Sin embargo, durante un rato, pude ver, ¡aunque con qué terrible exageración! Vi los labios de los jueces con sus togas negras. Me parecían blancas, más blancas que la hoja sobre la que escribo estas palabras, y finos hasta lo grotesco. Finos con la intensidad de su expresión de firmeza, de inmutable resolución, de absoluto desprecio hacia la tortura humana. Vi que los decretos de lo que para mí era el destino salían aún de esos labios. Los vi torcerse mientras pronunciaban la sentencia de muerte. Los vi modular las sílabas de mi nombre y temblé porque no hubo más sonidos. También vi, durante unos momentos de delirante horror, el suave y casi imperceptible movimiento de los negros tapices que cubrían las paredes de la habitación. Y después, mi vista cayó sobre las siete altas velas que había sobre la mesa. Primero, tenían un aspecto de símbolos de caridad y parecían blancos y esbeltos ángeles que podrían salvarme; pero después, de repente, invadió mi espíritu una náusea de muerte y sentí cada fibra de mi cuerpo temblar como si hubiera tocado el cable de una batería galvánica, mientras las formas angelicales se convertían en espectros insignificantes con cabeza de llama y vi que de ellos no podría esperar ninguna ayuda. Y luego penetró en mi fantasía, como una rica nota musical, la idea del dulce descanso que debía sentirse en la tumba. La idea apareció suave y sigilosamente y de un modo que pasó tiempo antes de que pudiera apreciarla por completo; pero mientras mi espíritu llegaba por fin a abrigarla, las figuras de los jueces se desvanecieron, como por arte de magia, ante mí; las largas velas se hundieron en la nada; sus llamas desaparecieron por completo; sobrevino la negra oscuridad; todas las sensaciones parecieron tragadas por el loco torbellino de la caída del alma en el Hades. Luego el universo no fue más que silencio, quietud y noche.

Me había desmayado, pero no podría afirmar que hubiera perdido la conciencia. No trataré de definir qué quedaba de ella y menos describirla; sin embargo, no la había perdido del todo. En el más profundo sopor, en el delirio, en el desmayo... hasta en la muerte, hasta en la misma tumba, *no todo se pierde*. O bien, no existe la inmortalidad para el hombre. Cuando surgimos del más profundo de los sopores, rompemos la sutil tela de algún sueño. Sin embargo, un poco más tarde (tan frágil puede haber sido esa tela), no recordamos lo que hemos soñado. En el regreso a la vida, después de un desmayo, pasamos por dos etapas: primero, la del sentido de la existencia mental o espiritual; segundo, la del sentido de la existencia física. Parece probable que si, al llegar a la segunda etapa, pudiéramos recordar las impresiones de la primera, deberíamos descubrir que estas impresiones son elocuentes del abismo que se abre más allá. ¿Y qué es el abismo? ¿Cómo podríamos, al menos, distinguir sus sombras de las sombras de la tumba? Pero si no se recuerdan las impresiones de la primera etapa por propia voluntad, aun después de un largo período, ¿no se presentan inesperadamente, mientras nos maravillamos preguntándonos de dónde proceden? Quien nunca se ha desmayado no descubrirá extraños palacios y caras fantásticamente familiares en las brasas del carbón; no contemplará, flotando en el aire, las melancólicas visiones que la mayoría no es capaz de ver; no meditará mientras respira el perfume de alguna nueva flor; no sentirá que su mente se exalta con el significado de alguna cadencia musical que nunca antes ha llamado su atención.

Entre frecuentes y reflexivos esfuerzos para recordar, entre verdaderas batallas para apresar algún vestigio del estado de aparente aniquilación en que mi alma se había hundido, hubo momentos en que soñé con el triunfo; breves, brevísimos períodos en los que pude evocar recuerdos que, pensados con mi lucidez posterior, sólo podían referirse a aquel momento de aparente inconsciencia. Estas sombras de recuerdo me hablan, sin claridad, de altas figuras que me alzaron y me llevaron en silencio, descendiendo, más y más, hasta que un horrible mareo me oprimió por la sola idea de lo interminable de ese descenso. Hablan también de un indefinido terror en mi corazón, a causa de la terrible calma que me invadía. Aparece una sensación de inmovilidad repentina en todas las cosas, como si los que me llevaban (¡terrible cortejo!) hubieran superado en su descenso el límite de lo ilimitado y descansaran de la fatiga de su tarea. Después de esto, viene a mi mente un vacío y una humedad, y después todo es *locura,* la locura de un recuerdo que se afana entre cosas prohibidas.

De repente, regresaron a mi alma el movimiento y el sonido, el tumultuoso movimiento del corazón y, en mis oídos, el sonido de sus latidos. Después, una pausa, en la que todo era confuso. Más tarde nuevamente sonido, movimiento y tacto, una sensación de hormigueo en todo el cuerpo. Y luego la mera conciencia de existir, sin pensamiento, una situación que duró mucho tiempo. Después, de repente, el *pensamiento* y un terror estremecedor y una lucha para comprender mi estado real. A continuación un profundo deseo de recaer en la insensibilidad. Luego un violento revivir del alma y un triunfal esfuerzo por moverme. Y entonces, el recuerdo vívido del proceso, de los jueces, de los tapices negros, de la sentencia, de la náusea, del desmayo. Después, total olvido de todo lo que siguió, de todo lo que tiempos posteriores y un obstinado esfuerzo me han permitido recordar vagamente.

Hasta entonces, no había abierto los ojos. Sentía que yacía de espaldas y no estaba atado. Alargué la mano, que cayó pesadamente sobre algo húmedo y duro. La dejé allí durante algunos minutos, mientras intentaba imaginar dónde estaría y qué pasaría conmigo. Deseaba abrir los ojos, pero no me animaba. Temía la primera visión de los objetos que me rodeaban. No tenía miedo de ver cosas horribles, sino que me horrorizaba la posibilidad de que no hubiera *nada* para ver. Finalmente, con una extraña desesperación, abrí mis ojos. Así se confirmaron mis peores pensamientos. El negro de la noche eterna me rodeaba. Luché por respirar. La intensidad de la oscuridad parecía oprimirme. La atmósfera era insoportablemente cerrada. Yacía quieto e intenté utilizar mi razonamiento. Recordé el proceso inquisitorio y traté, a partir de allí, de deducir mi condición real. La sentencia había pasado, y me parecía que había pasado mucho tiempo desde entonces. Sin embargo, no supuse que estuviera realmente muerto. Dicha suposición, a pesar de lo que se lee en las novelas, es totalmente incoherente con la existencia real. ¿Pero dónde y cómo estaba yo? Sabía que los condenados a muerte, en general, morían en los autos de fe y uno de estos acababa de realizarse la misma noche de mi proceso. ¿Me habrían devuelto a mi calabozo a la espera del próximo sacrificio, que tendría lugar en algunos meses? Me di cuenta de que esto no podía ser. En aquel momento, había una demanda inmediata de víctimas. Y, además, mi calabozo, como todas las celdas de los condenados en Toledo, tenía suelo de piedra y la luz no había sido suprimida por completo.

Una horrible idea hizo circular más deprisa mi sangre y durante un momento recaí en la insensibilidad. Al recuperarme, me puse de pie, temblando con convulsiones en cada fibra de mi cuerpo. Estiré los brazos desatinadamente en todas direcciones. No sentía nada; sin embargo, temía dar un paso por si me lo pudieran impedir las paredes de una *tumba*. Sudaba por cada poro de mi cuerpo y tenía la frente empapada de gotas heladas. La agonía del suspenso se hizo intolerable y caminé con cuidado hacia adelante, con los brazos extendidos y los ojos fuera de las órbitas, con la esperanza de capturar el más débil rayo de luz. Anduve así unos cuantos pasos, pero todo seguía siendo tiniebla y vacío. Respiré con mayor libertad; por lo menos, parecía evidente que mi destino no era el peor de todos.

Pero entonces, mientras continuaba caminando con cuidado, resonaron en mi recuerdo los miles de vagos rumores de los horrores de Toledo. Cosas extrañas se contaban sobre los calabozos, cosas que yo había considerado invenciones, pero que no por eso eran menos extrañas y demasiado horrorosas para ser repetidas, salvo en voz baja. ¿Me dejarían morir de hambre en este mundo subterráneo de oscuridad? ¿O qué destino, tal vez más horrible, me esperaba? Como conocía perfectamente el carácter de mis jueces, no dudaba que el resultado sería la muerte, y una muerte de una amargura mayor de la habitual. El modo y el tiempo eran todo lo que me preocupaba y me enloquecía.

Mis manos extendidas encontraron, finalmente, un obstáculo sólido. Era una pared, aparentemente de piedra, muy lisa, viscosa y fría. La seguí, avanzando con toda la desconfianza que me habían inspirado antiguos relatos. Sin embargo, este proceso no me proporcionó medios para determinar las dimensiones de mi calabozo, ya que podría recorrerlo y regresar al punto de salida sin darme cuenta, debido a la perfecta uniformidad de la pared. Por tanto, busqué el cuchillo que había tenido en el bolsillo, cuando me llevaban a la sala inquisitorial, pero había desaparecido. Mi ropa había sido cambiada por un sayo de burda estameña. Había pensado hundir la hoja del cuchillo en alguna unión de la mampostería, para poder identificar el punto de partida. Pero, de todos modos, la dificultad no era importante, si bien en el desorden de mi mente me pareció insuperable en el primer momento. Arranqué un trozo del dobladillo del sayo y lo coloqué bien extendido y en ángulo recto con respecto al muro. Después de dar toda la vuelta a mi celda, encontraría el trozo de tela al completar el circuito. Por lo menos, es lo que supuse, porque no había tenido en cuenta el tamaño del calabozo y mi debilidad. El suelo era húmedo y resbaladizo. Avancé, titubeando, un trecho, pero luego me tropecé y caí. Mi gran cansancio me hizo quedarme postrado y enseguida me dominó el sueño.

Al despertar y extender un brazo, encontré a mi lado un pan y un cántaro de agua. Estaba demasiado cansado para pensar en esto, pero comí y bebí con ansiedad. Poco después, reanudé mi vuelta al calabozo y con gran esfuerzo logré llegar, por fin, al trozo de tela. Hasta el momento en que caí, había contado cincuenta y dos pasos. Después conté otros cuarenta y ocho hasta llegar al trozo de tela. En total, había entonces cien pasos. Contando una yarda cada dos pasos, calculé que el calabozo tenía un circuito de cincuenta yardas. Sin embargo, había encontrado varios ángulos en la pared y, por tanto, no podía hacerme una idea precisa de la forma de la cripta (la llamo así porque no podía dejar de pensar que de eso se trataba).

Estas investigaciones tenían poco fundamento y, ciertamente, ninguna esperanza. Sin embargo, una vaga curiosidad me hizo continuar. Alejándome de la pared, decidí cruzar la superficie de la celda. Primero, caminé con extremo cuidado, ya que el suelo, aunque era aparentemente de un material sólido, era resbaladizo a causa del limo. Sin embargo, finalmente cobré coraje y no vacilé en caminar con firmeza, intentando cruzar la celda en línea lo más recta posible. Había avanzado unos diez o doce pasos de este modo, cuando el dobladillo desgarrado del sayo se me enredó entre las piernas. Me tropecé con él y caí violentamente de bruces.

En la confusión que siguió a mi caída, no me di cuenta de inmediato de una circunstancia sorprendente, que, después de unos segundos y mientras permanecía postrado, me llamó la atención. Se trataba de lo siguiente: mi mentón estaba sobre el suelo de la prisión, pero mis labios y la parte superior de mi cabeza no tocaban nada, aunque aparentemente se encontraban a menos altura que el mentón. Al mismo tiempo, mi frente parecía bañada en un vapor viscoso y el olor característico de los hongos podridos penetró en mis fosas nasales. Alargué mi brazo y temblé al descubrir que había caído en el borde mismo de un pozo circular, cuyo tamaño, por supuesto, no tenía forma de determinar por el momento. Tanteando en la mampostería que bordeaba el pozo, logré desprender un pequeño fragmento y lo tiré al abismo. Durante largos segundos escuché cómo sonaba al golpear en su descenso las paredes del pozo; hubo por fin un chapoteo en el agua, al cual siguieron sonoros ecos. En ese mismo instante, escuché un sonido similar al de una puerta que se abre y se cierra rápidamente en lo alto, mientras un leve rayo de luz cruzaba repentinamente la oscuridad y desaparecía con la misma velocidad.

Comprendí claramente el destino que me habían preparado y me felicité por haber escapado a tiempo gracias al oportuno accidente. Un paso más antes de mi caída y el mundo no hubiera vuelto a saber de mí. Y la muerte así evitada era de las características que yo había rechazado como fabulosas y antojadizas en los relatos que se contaban acerca de la Inquisición. Para las víctimas de su tiranía, quedaba la muerte llena de horrorosos sufrimientos físicos o la muerte acompañada de sufrimientos morales aún más terribles. Se me había reservado esta última. Mis largos padecimientos me habían desequilibrado los nervios, hasta el punto de temblar al oír mi propia voz y por eso constituía en todo sentido el sujeto ideal para la clase de torturas que me aguardaban.

Me estremecí de pies a cabeza e intenté retroceder hasta tocar la pared, resuelto a perecer allí mismo antes que arriesgarme a los horrores de los pozos (ya que mi imaginación ahora concebía más de uno), situados en distintos sitios del calabozo. En otro estado mental, habría tenido el coraje para poner fin a tanta miseria rápidamente, precipitándome en uno de esos abismos. Pero en ese momento era el peor de los cobardes. Tampoco podía olvidar lo que había leído acerca de estos pozos: que estaban diseñados para provocar una *súbita* pérdida de la vida.

Me mantuve despierto durante largas horas debido a la agitación de mi espíritu, pero finalmente me adormecí. Al despertarme, encontré a mi lado, como la vez anterior, un pan y un cántaro de agua. Me consumía una ardiente sed y vacié el cántaro de un trago. El agua debía contener alguna droga, ya que no bien la hube bebido me sentí irresistiblemente adormilado. Cayó sobre mí un profundo sueño, un sueño como el de la muerte. Por supuesto, no sé cuánto duró; pero, una vez más, al abrir los ojos, pude ver los objetos que me rodeaban. Por un resplandor sulfuroso, cuyo origen no pude determinar al principio, pude contemplar la extensión y el aspecto de mi prisión.

Me había equivocado mucho acerca de su tamaño. Todo el circuito de sus paredes no excedía de veinticinco yardas. Durante unos minutos, este hecho me causó una vana preocupación; vana de verdad, ya que nada podía tener menor importancia, en las terribles circunstancias en que me encontraba, que las meras dimensiones de mi calabozo. Pero mi espíritu se interesaba extrañamente por cosas sin importancia y me dediqué a explicarme el error que había cometido al calcular las medidas. Finalmente, se me reveló la verdad. En mi primer intento de explorar había contado cincuenta y dos pasos, hasta el momento en que caí. Sin duda, debía estar a uno o dos pasos del trozo de tela. En realidad, casi había dado toda la vuelta al calabozo. Después me quedé dormido y, al despertar, debo haber vuelto sobre mis pasos; de este modo, supuse que el circuito medía casi el doble de su tamaño real. La confusión de mi mente no me permitió observar que había comenzado la vuelta a la habitación teniendo la pared a mi izquierda y había terminado con la pared a mi derecha.

También me había engañado acerca de la forma del calabozo. Al tocar las paredes, había encontrado muchos ángulos y deduje que había muchas irregularidades. Es increíble el efecto que puede tener la oscuridad en una persona que despierta del letargo o del sueño. Los ángulos eran simplemente ligeras depresiones o entradas a diferentes intervalos. La forma general de la prisión era cuadrada. Lo que había creído mampostería parecía ahora hierro o algún otro metal, en grandes placas, cuyas suturas o juntas ocasionaban las depresiones. Toda la superficie de esta celda metálica aparecía pintada toscamente con horribles y repugnantes imágenes que la sepulcral superstición de los monjes había podido concebir. Las figuras de los demonios en actitud amenazante, de esqueletos y otras imágenes aún más terribles, recubrían y desfiguraban las paredes. Observé que las siluetas de aquellas monstruosidades estaban bien delineadas, pero que los colores parecían borrosos y vagos, como si la humedad de la atmósfera los hubiese afectado. También noté que el suelo era de piedra. En el centro se encontraba el pozo circular de cuyas fauces había escapado; pero era el único que había en el calabozo.

Todo esto pude verlo claramente y con gran esfuerzo, pues mi situación había cambiado durante mi sopor. Ahora estaba acostado de espaldas y completamente estirado, sobre una especie de bastidor de madera. Estaba firmemente amarrado por una larga banda. Pasaba, dando vueltas, por mis miembros y mi cuerpo, dejando libre sólo mi cabeza y mi brazo izquierdo de tal forma que podía, con gran trabajo, extenderlo para llegar hasta los alimentos, colocados sobre un plato de barro. Para mayor espanto, vi que se habían llevado el cántaro de agua. Y digo espanto, ya que me estaba consumiendo la más insoportable sed. Aparentemente, la intención de mis verdugos era estimular esa sed, ya que la comida del plato era carne muy condimentada.

Mirando hacia arriba, estudié el techo de mi prisión. Estaba a unos treinta o cuarenta pies de alto y su construcción era parecida a la de las paredes. En uno de los paneles, aparecía una figura extraña que se apoderó por completo de mi atención. La figura era la representación del Tiempo, tal como se lo suele pintar, excepto que, en lugar de guadaña, tenía lo que me pareció la pintura de un pesado péndulo, parecido a los que vemos en los relojes antiguos. Sin embargo, había algo en la apariencia de aquella imagen que me movió a observarla con más detalle. Cuando la miré directamente (dado que estaba justamente encima de mí), me dio la impresión de que se movía. Un instante después, esta impresión se confirmó. La oscilación del péndulo era breve y, por supuesto, lenta. Lo observé durante algunos minutos, con cierto temor, pero maravillado. Cansado, al fin, de contemplar su monótono movimiento, volví los ojos hacia los otros objetos que había en la celda.

Me llamó la atención un ligero ruido y, mirando hacia el suelo, observé que lo cruzaban varias ratas enormes. Habían salido del pozo, que se hallaba al alcance de mi vista hacia la derecha. Entonces, mientras las miraba, siguieron saliendo en cantidades, apuradas y con ojos famélicos, atraídas por el olor de la carne. Me costó mucho trabajo alejarlas de la comida.

Habría pasado media hora, tal vez una hora (ya que sólo podía calcular de forma imperfecta el tiempo), antes de que mirara otra vez hacia arriba. Lo que vi luego me confundió y me sorprendió. El movimiento del péndulo había aumentado por lo menos en una yarda. Como consecuencia natural, su velocidad también era mayor. Pero lo que más me preocupó fue que había *descendido* de modo perceptible. Ahora observé, con un espanto que no es necesario describir, que su extremidad inferior estaba constituida por una media luna de reluciente acero, cuyo largo de un extremo a otro alcanzaba a un pie. Aunque estaba afilado como una navaja, el péndulo parecía macizo y pesado, y desde el filo se ensanchaba hasta terminar en una ancha y sólida masa. Se hallaba fijo a un pesado vástago de bronce y todo el mecanismo *silbaba* cuando se movía en el aire.

Ya no dudaba del destino que me había preparado el ingenio de los monjes para la tortura. Los agentes de la Inquisición habían sabido mi descubrimiento del pozo. *El pozo,* sí, cuyos horrores estaban destinados a un recusante tan obstinado como yo; *el pozo,* típico del infierno y considerado según los rumores que corrían como la última Thule de los castigos de la Inquisición. Había podido evitar la caída en este pozo por mero accidente y sabía que la sorpresa y la caída brusca en el tormento eran una parte importante de lo grotesco de la muerte en aquellos calabozos. El haber evitado la caída en el pozo no estaba en los planes demoníacos de que cayera en el abismo; de este modo, como no había otra alternativa, me esperaba una forma de muerte diferente y más tranquila. ¡Más tranquila! Casi sonreí en medio de mi agonía al pensar en semejante aplicación de esta palabra.

¿Para qué hablar de las largas horas de horror más que mortal, durante las cuales conté las veloces oscilaciones del acero? Pulgada a pulgada, línea a línea, con un descenso sólo apreciable a intervalos que parecían años, bajaba y bajaba. Pasaron los días, pudieron pasar varios días, en los que se iba aproximando cada vez más, antes de que oscilara tan cerca de mí que parecía abanicarme con su acre aliento. El olor del afilado acero entraba por fuerza en mis fosas nasales. Rogaba, llenaba el cielo con mis plegarias para que bajara más rápidamente. Me volvía loco y luchaba por enderezarme y quedar a merced de la horrible cimitarra. Y después caí en una repentina calma y me quedé inmóvil, sonriendo ante aquella brillante muerte como sonríe un niño ante un atractivo juguete.

Se produjo otro intervalo de franca insensibilidad. Fue breve, ya que, al resbalar otra vez en la vida, observé que no se había producido otro descenso perceptible del péndulo. Pero podía haber durado mucho, ya que sabía perfectamente que aquellos demonios conocían mis desmayos y que podían haber detenido el péndulo a su voluntad. Al recuperarme, también, me sentí muy débil y enfermo, como después de un largo período de inanición. Entre las agonías de ese período, la naturaleza humana ansiaba alimentarse. Con mucho esfuerzo, estiré mi brazo izquierdo, tanto como me permitieron las ataduras, y obtuve lo poco que me habían dejado las ratas. Al ponerme un trozo en la boca, pasó por mi mente un pensamiento parcial de alegría, de esperanza. Sin embargo, ¿qué tenía yo que ver con la esperanza? Era, como digo, un pensamiento parcial. El hombre suele tener pensamientos de este tipo que nunca se cumplen. Sentía que era una idea de alegría, de esperanza, pero también sentía que había desaparecido mientras se formaba. En vano, intenté lograrlo, recuperarlo. El prolongado sufrimiento había aniquilado todos mis poderes mentales. Estaba hecho un imbécil, un idiota.

La oscilación del péndulo se producía en ángulo recto con mi cuerpo extendido. Vi que la media luna estaba orientada de manera que atravesaría la zona del corazón. Desgarraría la estameña de mi sayo. Volvería y repetiría su operación una y otra vez. A pesar de su carrera terriblemente amplia (treinta pies o más) y el silbante vigor de su descenso, suficiente para romper aquellos muros de hierro, todo lo que haría durante varios minutos sería cortar mi ropa. Y me detuve en este pensamiento. No me atrevía a seguir más allá de esta reflexión. Me mantuve en ella, fijando pertinazmente la atención, como si al hacerlo pudiera *detener* en ese punto el descenso del acero. Me esforcé por meditar acerca del sonido que haría la media luna al atravesar mi ropa, acerca de la especial sensación de estremecimiento que produce en los nervios el roce de la tela. Medité sobre la frivolidad hasta el límite de mi resistencia.

Bajaba... continuaba bajando suavemente. Sentí un frenético placer al contrastar su velocidad lateral con la de descenso. Hacia la derecha, hacia la izquierda, más y más, con el aullido de un espíritu maldito. Hacia mi corazón, con el sigiloso paso del tigre. Me reí a carcajadas y clamé, alternativamente, según una u otra idea predominara en mi mente.

Bajaba... ¡Seguro, incansable, bajaba! Vibraba a tres pulgadas de mi pecho. Intenté con violencia, con furia, liberar mi brazo izquierdo. Sólo estaba libre desde el codo hasta la mano. Pude llevarme la mano a la boca desde el plato que estaba a mi lado, pero no más allá. De haber roto las ataduras de arriba del codo, hubiera tratado de detener el péndulo. ¡Pero hubiera sido como intentar atajar una avalancha!

Bajaba... sin cesar... ¡Bajaba inevitablemente cada vez más! Me encogía con convulsiones a cada oscilación del péndulo. Mis ojos lo seguían en sus movimientos hacia arriba o hacia abajo, con la ansiedad de la más inexpresable desesperación. Se cerraban espasmódicamente cuando descendía, aunque la muerte hubiera sido un alivio. ¡Qué terrible! Sin embargo, me estremecía al pensar que el más pequeño deslizamiento del mecanismo precipitaría aquel reluciente y afilado eje contra mi pecho. La *esperanza* era lo que hacía estremecer mis nervios y contraer mi cuerpo. La esperanza, esa esperanza que triunfa aun en el potro de tortura, era lo que susurra a los oídos de los condenados a muerte hasta en los calabozos de la Inquisición.

Noté que unas diez o doce oscilaciones pondrían en contacto el acero con mi ropa y, con esta observación, comencé a sentir en mi espíritu la calma de la desesperación. Por primera vez en muchas horas (o, tal vez, muchos días) pude *pensar*. Se me ocurrió que la banda que me ataba era *una única pieza*. No estaba atado por medio de cuerdas separadas. El primer roce de la afilada media luna sobre cualquier parte de la banda sería suficiente para cortarla y, ayudándome con la mano izquierda, podría desatarme del todo. Pero ¡qué temible sería en ese caso la proximidad del acero! ¡El resultado de la más leve lucha sería mortal! ¿Sería posible, además, que los verdugos no hubieran previsto esta alternativa? ¿Era probable que la banda se cruzara sobre mi pecho en el camino que recorría el péndulo? Temiendo que mi leve y última esperanza se viera frustrada, levanté la cabeza para obtener una mejor vista de mi pecho. La banda envolvía mis extremidades y mi cuerpo en todas direcciones, *excepto en el lugar por donde pasaría el péndulo.*

Apenas dejé caer la cabeza hacia atrás, cuando se encendió en mi mente algo que sólo puedo describir como la informe mitad de aquella idea de liberación a la que he hecho referencia antes y de la cual sólo una parte flotaba inciertamente en mi mente cuando acerqué la comida a mis ardientes labios. El pensamiento completo se presentaba ahora, débil, medio enfermo, poco definido, pero completo. Con la nerviosa energía de la desesperación, procedí a intentar ejecutarlo.

Durante varias horas, la inmediata cercanía del bastidor sobre el que me encontraba había sido rodeada por gran cantidad de ratas. Eran salvajes, audaces, famélicas; sus ojos, rojos, me miraban brillantes, como si esperaran que me mantuviera inmóvil para convertirme en su presa. Pensé: «¿A qué comida las habrían acostumbrado en el pozo?».

Habían devorado, a pesar de mis esfuerzos para evitarlo, todo salvo un pequeño resto del contenido del plato. Yo agitaba mi mano como un abanico sobre el plato; pero, finalmente, la inconsciente uniformidad del movimiento le hacía perder el efecto. En su voracidad, las espantosas bestias frecuentemente me clavaban sus afiladas garras en los dedos. Con los fragmentos de la aceitosa y especiada carne que quedaba, froté mis ataduras en los lugares donde podía alcanzarlas; después, levantando la mano del suelo, permanecí completamente inmóvil, conteniendo el aliento.

Primero, los voraces animales se sorprendieron y se aterrorizaron por el cambio, por la falta de movimiento. Retrocedieron alarmados; muchos buscaron el pozo como refugio. Pero esto duró sólo un momento. Yo no había contado en vano con su voracidad. Observando que seguía inmóvil, una o dos de las más arriesgadas saltaron al bastidor de madera y olfatearon la banda. Esto fue como una señal para que todas avanzaran. Salían del pozo, corrían en renovados contingentes.

Treparon a la madera, la recorrieron y cientos de ellas corrieron sobre mi cuerpo. El acompasado movimiento del péndulo no las molestaba en absoluto. Evitando los golpes, se precipitaban sobre las untadas ligaduras. Se apretaban, vagaban sobre mí en cantidades cada vez más grandes. Se retorcían cerca de mi garganta; sus fríos labios buscaban los míos. Sentía que me ahogaba bajo su creciente peso. Sentía en el pecho un asco que no puede describirse y el corazón se me helaba con su espesa viscosidad. Sin embargo, un minuto más y la lucha terminaría. Con claridad, pude percibir que las ataduras se aflojaban. Sabía que en más de un sitio ya estaban rotas. Pero, con una resolución que superaba lo humano, me mantuve inmóvil.

Tampoco me había equivocado en mis cálculos ni había soportado tanto sufrimiento en vano. Finalmente sentí que estaba *libre*. Las bandas colgaban en jirones de mi cuerpo. Pero el paso del péndulo ya alcanzaba mi pecho. Había dividido la estameña de mi sayo y cortaba ahora la tela de la camisa. Dos veces más pasó sobre mí y mis nervios sufrieron un agudísimo dolor. Pero había llegado el momento de escapar. Al agitar la mano, mis libertadoras huyeron en tumulto. Con un movimiento regular, cauteloso, lento, me encogí y me deslicé fuera de mis ligaduras, más allá del alcance de la cimitarra. Por el momento, al menos, *estaba libre.*

¡Libre... y en las garras de la Inquisición! Apenas hube salido de mi lecho de horror y pisado sobre el suelo de piedra, se detuvo el movimiento de la infernal maquinaria y pude ver cómo subía hacia el techo, impulsada por una fuerza invisible. Aquella fue una lección que debía tomar en serio desesperadamente. Todos mis movimientos estaban siendo observados, sin duda. ¡Libre! Me acababa de escapar de una muerte en forma de tortura para ser llevado a otra peor que la propia muerte. Con este pensamiento, miré nervioso las barreras de hierro que me encerraban. Había ocurrido en la habitación, obviamente, algo inusual, un cambio que, primero, no pude apreciar tan claramente. Durante algunos minutos de abstracción temblorosa y vaga, me perdí en vanas y deshilvanadas conjeturas. Durante este tiempo me di cuenta, por primera vez, del origen de la luz sulfurosa que iluminaba la celda. Provenía de una fisura, de media pulgada de ancho, que se extendía todo alrededor de la prisión en la base de los muros, que parecían —y en realidad estaban— completamente separadas del suelo. En vano, intenté mirar a través de la abertura.

Al ponerme de pie nuevamente, comprendí el misterio de la alteración producida en la habitación. He dicho que, aunque las siluetas de las imágenes pintadas en las paredes eran suficientemente claras, los colores parecían borrosos e indefinidos. Estos colores habían asumido ahora, por un momento, un brillo sorprendente y muy intenso, que daba a los retratos espectrales y demoníacos un aspecto que podría haber quebrantado unos nervios incluso más fuertes que los míos. Ojos demoníacos, de una salvaje y aterradora vida, me contemplaban en mil direcciones, donde nunca antes habían sido visibles y brillaban con un resplandor de fuego que no alcanzaba a creer que fuera irreal.

¡Irreal! Al respirar, llegó a mis fosas nasales el olor del vapor producido por el hierro recalentado... Aquel sofocante olor invadía toda la prisión. Un brillo aún más profundo se instalaba a cada momento en los ojos que observaban mi agonía. Las pinturas de los sangrientos horrores se ponían más rojas. No cabía duda acerca de la idea de mis verdugos. ¡Los más implacables! ¡Los más demoníacos entre todos los hombres! Corrí desde el encendido metal hasta el centro de la celda. Al pensar en la voraz destrucción del fuego que me esperaba, la idea de la frescura del pozo se apoderó de mi alma como un bálsamo. Corrí hasta el borde mortal. Me esforcé y miré hacia abajo. El resplandor del ardiente techo iluminaba sus más remotos huecos. Y, sin embargo, durante un violento momento, mi espíritu se negó a comprender el sentido de lo que veía. Finalmente, ese sentido se abrió paso, avanzó, poco a poco, hasta mi alma, hasta arder y consumirse en mi estremecida razón. ¿Cómo expresarlo? ¡Espanto! ¡Cualquier horror... menos esto! Con un alarido, salté hacia atrás y oculté mi cara en las manos, llorando amargamente.

El calor aumentaba con rapidez y una vez más miré hacia arriba, temblando como en un ataque de fiebre. Se había producido un segundo cambio en la celda, y ahora el cambio era evidentemente en *la forma*. Como antes, fue en vano intentar apreciar o entender lo que estaba ocurriendo. Pero no dudé mucho tiempo. La venganza de la Inquisición se aceleraba después de mi doble huida y el Rey del Terror ya no perdería tiempo. La habitación había sido cuadrada. Vi que dos de sus ángulos de hierro eran ahora agudos y los otros dos, como consecuencia, obtusos. La atroz diferencia aumentaba rápidamente con un sonido profundo y quejumbroso. En un momento, el calabozo cambió de forma y se convirtió en un rombo. Pero el cambio no se detuvo allí. Tampoco yo deseaba que se detuviera. Podría haber pegado mi pecho a las rojas paredes, como si fueran vestiduras de paz eterna. «La muerte», me dije. «¡Cualquier muerte menos la del pozo!». ¡Tonto! ¿No era evidente que aquellos hierros rojos tenían como objetivo precipitarme en el pozo? ¿Podría yo resistir el fuego? Y si lo resistiera, ¿podría resistir su presión? El rombo se iba achatando, con una velocidad que no me dejaba tiempo para contemplar. Su centro y, por supuesto, su diámetro mayor llegaban ya sobre el abierto abismo. Me eché hacia atrás, pero, al moverme, las paredes me obligaban a avanzar. Por fin, no quedaba en el calabozo ni una pulgada de suelo donde sostener mi abrasado cuerpo. No luché más, pero la agonía de mi alma se expresó en un agudo, prolongado, grito final de desesperación. Sentí que me tambaleaba al borde del pozo. Desvié la mirada...

¡Oí un discordante clamor de voces humanas! ¡Resonó un fuerte toque de trompetas! ¡Escuché un áspero ruido como de mil truenos! ¡Las paredes ardientes retrocedieron! Una mano tendida sujetó mi brazo en el momento en que profundamente desmayado caía en el abismo. Era la mano del general Lasalle. El ejército francés acababa de entrar en Toledo. La Inquisición estaba en poder de sus enemigos.

EL GATO NEGRO

No exijo ni espero que el lector crea la historia tan salvaje como sencilla que estoy a punto de escribir. Estaría loco si lo esperara, en un caso en el cual mis propios sentidos rechazan la propia evidencia. Sin embargo, no estoy loco; tampoco estoy soñando. Pero mañana moriré y hoy quiero aligerar el peso de mi alma. Mi objetivo inmediato consiste en enseñar al mundo, de forma sencilla, sucinta y sin comentarios, nada más que una serie de hechos domésticos. La consecuencia de estos hechos me ha aterrorizado, me ha atormentado, me ha destruido. Sin embargo, no intentaré explicarlos. Para mí sólo significaron horror; para muchos, parecerán menos terribles que extravagantes. Tal vez, de ahora en adelante, algún intelecto podría reducir mi fantasma a un lugar común, algún intelecto más calmado, más lógico y mucho menos excitable que el mío, que percibirá, en las circunstancias que detallo con horror, nada más que una sucesión natural de causas y efectos.

Desde mi infancia, me destaqué por mi docilidad y mi bondad. La sensibilidad de mi corazón era tan notable que muchas veces fui objeto de la burla de mis compañeros. Me gustaban mucho los animales y mis padres me premiaron con una gran variedad de mascotas, con las que pasaba la mayor parte del tiempo; y lo que me más me colmaba de felicidad era darles de comer y acariciarlas. Este especial rasgo de mi personalidad aumentó con los años y, en mi edad adulta, encontré así una de las principales fuentes de placer. No es necesario que me esfuerce en explicar la naturaleza o la intensidad de la gratificación que conlleva el afecto a un perro fiel y sagaz. Algo en el amor generoso y sacrificado de una bestia toca directamente el corazón de una persona que ha tenido ocasión de probar la falsa amistad y la vulnerable lealtad del *hombre.*

Me casé joven y tuve la felicidad de que mi mujer compartiera mis gustos. Conocedora de mi especial devoción por los animales domésticos, no perdía ocasión de procurarme los más agradables. Teníamos pájaros, peces de colores, un perro precioso, conejos, un monito y *un gato.*

Este último era un animal de gran tamaño y belleza, completamente negro y sagaz hasta niveles sorprendentes. Al hablar de su inteligencia, mi mujer, que en realidad era bastante supersticiosa, aludía con frecuencia a la antigua creencia popular que decía que todos los gatos negros son brujas encubiertas. No quiero decir que lo pensara *seriamente* y sólo lo cuento porque me viene a la mente.

Pluto —así se llamaba el gato— era mi animal preferido y mi mejor compañero de juegos. Sólo yo lo alimentaba y me seguía por toda la casa. Incluso me resultaba difícil impedir que me siguiera por las calles.

De esta forma, nuestra amistad duró varios años, a lo largo de los cuales mi temperamento y mi carácter en general, por acción del demonio (me avergüenza confesarlo), experimentaron un radical cambio negativo. Cada día me mostraba más malhumorado, más irritable, más indiferente a los sentimientos de los otros. Comencé a utilizar un lenguaje descontrolado para dirigirme a mi mujer. Llegué incluso a tratarla con violencia personal. Por supuesto, mis animales también sintieron mi cambio de humor. No solo los descuidaba, sino que los maltrataba. Sin embargo, con *Pluto* mantuve el suficiente control para no llegar a maltratarlo, aunque no tenía ningún reparo en maltratar a los conejos, al mono, incluso al perro, cuando se me acercaban por accidente o por afecto. Pero la enfermedad crecía dentro de mí (¿qué enfermedad es comparable al alcohol?) y, finalmente, hasta *Pluto,* que ya estaba envejeciendo y se mostraba entonces algo irritable, hasta *Pluto* empezó a experimentar los efectos de mi mal humor.

Una noche, al volver embriagado a casa, después de una de mis salidas por la ciudad, me pareció que el gato me evitaba. Lo atrapé y, atemorizado por mi violencia, me mordió en la mano. Al instante, se apoderó de mí la furia de un demonio. Ya no me reconocía. Mi alma pareció, de repente, alejarse de mi cuerpo y una violencia demoníaca, alimentada por la ginebra, hizo vibrar todas las fibras de mi cuerpo. Saqué del bolsillo una navaja y, cogiendo a la pobre bestia por el pescuezo, ¡le arranqué un ojo! Me avergüenzo, me abraso, tiemblo, al escribir esta terrible atrocidad.

Cuando la razón me volvió la mañana siguiente, cuando hube alejado con el sueño la ira de la noche de embriaguez, experimenté un sentimiento medio de horror, medio de remordimiento, por el crimen que había cometido; pero era, sin duda, un sentimiento débil y equívoco, y mi alma no se vio afectada. Nuevamente me sumergí en los excesos e intenté ahogar en vino todo recuerdo del suceso.

Mientras tanto, el gato se recuperaba lentamente. Es verdad que la órbita del ojo perdido presentaba un aspecto horrible, pero ya no parecía sufrir de dolor. Andaba por la casa como siempre, pero, como era de esperarse, huía de mí horrorizado cada vez que me acercaba. Como todavía mantenía algo de mi antiguo corazón, al principio me sentí triste por el evidente rechazo de una criatura que tanto me había amado. Pero este sentimiento pronto dio paso a la irritación. Y después sobrevino, para provocar mi caída final, el espíritu de la *perversidad*. La filosofía no puede explicar este sentimiento. Sin embargo, no estoy tan seguro de que mi alma exista como de que la *perversidad* es uno de los impulsos primitivos del corazón humano, un impulso de las indivisibles facultades primarias o sentimientos, que guían el carácter del hombre. ¿Quién no se ha visto, cientos de veces, cometiendo una acción vil o estúpida sólo porque sabe que no debería hacerlo? ¿No tenemos una inclinación permanente, contradictoria con nuestro juicio, a violar la *ley,* por el sólo hecho de entenderla como tal? Quiero decir que este espíritu de perversidad contribuyó a mi caída final. Fue este deseo insondable del alma de *vejarse a sí misma,* de provocar violencia a su propia naturaleza, a hacer el mal por el mal mismo, lo que me llevó a continuar y finalmente consumar el daño que había inflingido a la inocente bestia. Una mañana, con sangre fría, deslicé un lazo por su pescuezo y lo colgué de un árbol; lo colgué con lágrimas en mis ojos y con el más amargo de los remordimientos en el alma; lo colgué *porque* sabía que al hacerlo estaba cometiendo un pecado, un pecado mortal que comprometía mi alma inmortal, si fuera posible, aun más allá del alcance de la infinita misericordia del Dios más misericordioso y más terrible.

La noche siguiente al crimen, me despertó el grito de: «¡Fuego!». Las cortinas de mi cama estaban en llamas. Toda la casa estaba ardiendo. Con gran dificultad, mi mujer, un sirviente y yo mismo escapamos del incendio. La destrucción fue total. Toda mi riqueza terrenal se consumió y, desde entonces, me resigné a la desesperación.

No quiero caer en la debilidad de establecer una secuencia de causa y efecto entre el desastre y la atrocidad. Pero estoy detallando una cadena de acontecimientos y no quiero que falte ningún eslabón. Al día siguiente al del incendio, fui a visitar las ruinas. Todas las paredes, salvo una, habían caído. La excepción era una pared interior, no muy gruesa, que se hallaba en el medio de la casa y contra la cual se encontraba el cabecero de mi cama. Allí, el material había resistido bastante la acción del fuego, hecho este que atribuyo a que hubiera sido colocado recientemente. Alrededor de esta pared, se concentró una multitud y muchas personas examinaron una parte del muro con especial atención. Las palabras «¡extraño!», «¡singular!» y otras expresiones similares me llamaron la atención. Me acerqué y vi, como tallada en bajorrelieve sobre la blanca superficie, la figura de un enorme *gato*. La nitidez de la impresión era realmente maravillosa. Había una cuerda alrededor del pescuezo del animal.

Al contemplar por primera vez esta aparición (no podía considerarla otra cosa), me invadió una sensación de asombro y terror. Pero, finalmente, pude reflexionar. Recordaba que el gato había sido ahorcado en un jardín adyacente a la casa. Ante la alarma de incendio, el jardín había sido invadido, de inmediato, por una multitud, y alguien debía haber cortado la cuerda y arrojado al animal en mi dormitorio por una ventana abierta. Tal vez, esto había ocurrido para despertarme del sueño. La caída de las otras paredes había comprimido a la víctima de mi crueldad en el material recién colocado; la cal, junto con las llamas y el amoníaco del cadáver, habían producido la imagen tal cual la acababa de ver.

Aunque así fue como me expliqué la sorprendente situación que acabo de relatar (y logré satisfacer a mi razón, si no a mi conciencia), lo ocurrido causó una profunda impresión en mi imaginación. Durante meses, no me pude desprender del fantasma del gato, y durante este tiempo volvía a mi espíritu una especie de sentimiento que parecía remordimiento, pero no llegaba a serlo. Llegué a lamentar la pérdida del animal y empecé a buscar, en los viles ambientes que frecuentaba, otro animal de la misma especie y de apariencia similar con el que reemplazarlo.

Una noche, mientras estaba sentado, medio embriagado, en una taberna más que infame, me llamó la atención, de repente, un pequeño objeto negro, que reposaba sobre uno de los inmensos toneles de ginebra o ron que conformaban la principal decoración del lugar. Había estado varios minutos mirando fijamente a la parte superior de este tonel y lo que me sorprendió fue el hecho de que no había percibido de inmediato el objeto que allí se encontraba. Me acerqué y lo toqué con la mano. Era un gato negro, muy grande, tan grande como *Pluto,* y se le parecía en todo salvo en un detalle: *Pluto* no tenía ni un sólo pelo blanco en todo su cuerpo; pero este gato tenía una gran mancha blanca de forma indefinida, que le cubría casi toda la región del pecho.

Al tocarlo, se levantó rápidamente, ronroneó fuerte, se frotó contra mi mano y parecía contento con la atención que le estaba prestando. Por tanto, esta era la criatura que estaba buscando. Enseguida, ofrecí comprárselo al dueño, pero esta persona no se hizo cargo, no sabía nada de él, nunca lo había visto.

Continué con mis caricias y, cuando me preparé para ir a casa, el animal demostró que estaba dispuesto a acompañarme. Le permití que lo hiciera, deteniéndome cada poco para inclinarme y acariciarlo. Cuando llegó a casa, se acomodó rápidamente y se convirtió en el favorito de mi mujer.

Por mi parte, pronto descubrí una sensación de disgusto en mí. Era justo lo contrario de lo que había anticipado; pero —no sé cómo ni por qué— su evidente cariño hacia mí me disgustaba y me enfadaba. Desde hacía poco, estos sentimientos de disgusto y enfado se convirtieron en la amargura del odio. Evitaba a la criatura; una sensación de vergüenza y el recuerdo de mi anterior crimen no me permitían abusar físicamente de él. Durante varias semanas no le pegué ni lo maltraté de otro modo; pero, gradualmente, muy gradualmente, llegué a mirarlo con un odio indescriptible y a huir en silencio de su despreciable presencia, como si fuera la peste.

Sin duda, lo que aumentó mi odio hacia la bestia fue el descubrimiento, la mañana después de haberlo llevado a casa, de que —como había ocurrido con *Pluto*— le faltaba un ojo. Sin embargo, esta circunstancia sólo hizo que mi mujer se encariñara más con él. Ella, como dije, tenía un notable sentimiento de humanidad que alguna vez también me había distinguido y había sido la fuente de muchos de mis más simples y puros placeres.

Sin embargo, mi aversión por el gato aumentó el cariño del animal hacia mí. Me seguía con una terquedad difícil de explicar. Allí donde me sentaba, venía a cobijarse debajo de mi silla o saltaba sobre mis rodillas y me cubría de odiosas caricias. Si me levantaba para caminar, se ponía entre mis pies y casi me hacía caer o se colgaba de mi ropa y trepaba hasta mi pecho. En esos momentos, aunque deseaba destruirlo de un golpe, me reprimía, un poco por el recuerdo de mi anterior crimen, pero más que nada —debo confesarlo de una vez— por un horrible *miedo* al animal.

Este miedo no era exactamente un miedo al mal físico y, sin embargo, no sabría cómo definirlo. Me avergüenza reconocer —sí, aún en esta celda, me avergüenza reconocerlo— que este terror y este horror que el animal me inspiraba se veían aumentados por una de las más simples quimeras que se pueda concebir. Mi mujer me había llamado la atención más de una vez acerca del carácter de la marca de pelo blanco, de la que ya hablé, y que constituía la única diferencia visible entre este gato desconocido y el que yo había destruido. El lector recordará que esta marca, aunque era grande, no tenía forma definida. Sin embargo, poco a poco —tanto que era casi imperceptible y que por mucho tiempo mi razón luchó por rechazar por fantasioso—, comenzó a tomar una forma distintiva. Ahora era la representación de un objeto que tiemblo a mencionar —y, por eso, más que nada, odié y temí al monstruo y me habría deshecho de él *de haberme atrevido*—. Ahora, digo, representaba la imagen de algo horrible, siniestro: ¡el PATÍBULO! ¡Oh, horrible y lúgubre máquina del terror y el crimen, de la agonía y la muerte!

Y ahora me sentí más miserable que la mayor miseria humana. ¡Una *bestia,* cuyo semejante yo había destruido sin piedad, una *bestia* podía causarme esta insufrible angustia, a mí, un hombre, creado a imagen y semejanza de Dios! ¡Ay! Ni de día ni de noche, nunca más, gocé de la bendición que significa el descanso. ¡Durante el día la bestia no me dejaba un momento a solas y por las noches me despertaba a cada hora por pesadillas horribles, y encontraba el aliento de *esa cosa* sobre mi cara y su espantoso peso (una pesadilla de la que no podía desprenderme) apoyado eternamente sobre mi corazón!

Bajo la presión de tormentos como estos, sucumbió lo poco de bueno que quedaba en mí. Los malos pensamientos, los peores y más oscuros pensamientos, se convirtieron en mis únicos compañeros íntimos. La melancolía de mi temperamento habitual se convirtió en odio a todas las cosas y a toda la humanidad. Y mi mujer fue la que más sufrió mis repentinas explosiones de furia, frecuentes e ingobernables.

Un día, para cumplir una tarea del hogar, ella me acompañó al sótano del viejo edificio que habitábamos como consecuencia de nuestra pobreza. El gato me siguió por las empinadas escaleras y casi me hizo caer de cabeza, lo que me exasperó hasta el límite de la locura. Alcé un hacha y, olvidando en mi locura los infantiles temores que hasta entonces había controlado mi mano, lancé un golpe sobre el animal que, por supuesto, habría sido fatal si no hubiera sido porque lo detuvo la mano de mi mujer. Cargado, por su intervención, de una rabia más que demoníaca, solté mi brazo y le clavé el hacha en la cabeza. Cayó muerta al instante, sin emitir un sólo quejido.

Una vez cometido este horrible asesinato, me dediqué, con sangre fría y deliberadamente, a la tarea de ocultar el cadáver. Sabía que no podía llevármelo de la casa, ni de día ni de noche, sin arriesgarme a que algún vecino lo notara. Pensé en varios proyectos. Por un rato, pensé en cortar el cuerpo en pequeños fragmentos y quemarlos. En otro momento, pensé en la posibilidad de cavar una tumba en el suelo del sótano. Más tarde, consideré la posibilidad de arrojar el cadáver al pozo del patio, o meterlo en una caja como si fuera una mercancía en un embalaje habitual y pedirle a un porteador que lo retirara de la casa. Finalmente, di con la solución que consideré la mejor que todas estas alternativas. Decidí empotrarla en la pared del sótano, como hacían los monjes de la Edad Media con sus víctimas.

La pared del sótano se adaptaba a la perfección para este propósito. Las paredes estaban construidas con materiales poco firmes y habían sido cubiertas recientemente con un yeso de mala calidad, que la humedad del ambiente no había permitido endurecer. Además, una de las paredes era un saliente, producido por una falsa chimenea y hogar, que había sido rellenado para asemejarse al resto del sótano. No dudé de que podría remover los ladrillos de esta zona, colocar el cuerpo y reconstruir la pared como antes, de modo que nadie podría detectar nada sospechoso.

Estos cálculos eran correctos. Con la ayuda de una palanca, quité los ladrillos y coloqué el cadáver contra la pared interior, lo mantuve en esa posición, mientras, sin problemas, reconstruí toda la estructura hasta lograr la apariencia inicial. Con argamasa, arena y cal preparé cuidadosamente un enlucido como el anterior, con el que cubrí los ladrillos. La pared no mostraba el menor indicio de haber sido modificada. Barrí el suelo al detalle. Miré a mi alrededor con aire triunfal y me dije: «Por lo menos en esto mi trabajo no ha sido en vano».

El próximo paso era buscar al animal que había causado tanta desgracia, ya que estaba decidido a matarlo. Si lo hubiera encontrado en ese momento, no habría cabido ninguna duda de su destino; pero parecía que el astuto animal se había alarmado con la violencia de mi anterior furia y se negaba a presentarse ante mí en este estado de ánimo. No es posible describir o imaginar el profundo y maravilloso alivio que me producía la ausencia de la detestable criatura. No apareció durante la noche; así que, por una noche por lo menos, desde su llegada a la casa, dormí profunda y tranquilamente. Sí, *dormí* a pesar del peso del asesinato que llevaba en mi alma.

Pasaron el segundo y el tercer día sin que mi verdugo apareciera. Una vez más, respiré como un hombre libre. El monstruo, aterrorizado, había abandonado para siempre el edificio. La culpa de mi siniestro acto no me perturbó demasiado. Me hicieron algunas preguntas, pero pude contestarlas fácilmente. Hasta se instrumentó una búsqueda; pero, por supuesto, no se descubrió nada. Ya sentía que mi felicidad futura estaba asegurada.

Al cuarto día después del asesinato, inesperadamente, entró en la casa un grupo de policías y comenzaron nuevamente con una rigurosa investigación en el edificio. Sin embargo, convencido de la seguridad del lugar que había elegido para esconder el cuerpo, no me sentí para nada incómodo. Los oficiales hicieron que les acompañara en la búsqueda. No dejaron un sólo rincón sin explorar. Por fin, por tercera o cuarta vez, bajaron al sótano. Los seguí sin que me temblara un sólo músculo. Mi corazón latía con calma, como el de aquel que duerme en su inocencia. Caminé de un lado a otro del sótano. Me crucé de brazos y anduve tranquilamente de acá para allá. Los policías estaban completamente satisfechos y se preparaban para partir. La alegría de mi corazón era demasiado fuerte para ser reprimida. Me moría de ganas por decirles, al menos, una palabra como para expresarles mi triunfo y para dejarlos doblemente seguros en su convencimiento de mi inocencia.

—Señores —dije finalmente, mientras el grupo subía por la escalera—, me alegro de haber disipado todas sus sospechas. Les deseo felicidad y un poco más de cortesía. Adiós, señores, esta es una casa muy bien construida. (En mi deseo rabioso de decir algo con naturalidad, casi no supe lo que estaba diciendo.) Quiero decir que esta casa está *excelentemente* bien construida. Estas paredes, ¿ya se van los señores?, estas paredes tienen una construcción muy sólida.

Y, entonces, con el frenesí propio de mis alardes, con un palo que tenía en la mano, golpeé con fuerza la pared, justo en el sitio donde estaba el cuerpo de mi adorada mujer.

¡Pero Dios me proteja y me libre de las garras del demonio! En cuanto terminó el eco de mis golpes en el silencio, ¡una voz me respondió desde la tumba! Un llanto, al principio entrecortado, como el gemido de un niño; luego, un grito prolongado, fuerte y continuo, completamente anormal e inhumano, un aullido, un lamento, medio de horror y medio de triunfo, como el que podría haber surgido de un infierno, conjuntamente de las gargantas de los malditos en su agonía y de los demonios que exaltan la maldición.

Sería una locura hablar de lo que pensé en ese momento. Desesperado, me tambaleé hasta la otra pared. Por un instante, el grupo que se hallaba en las escaleras se quedó inmóvil por el terror. A continuación, una docena de fuertes brazos golpearon la pared. Cayó de una vez. El cuerpo, ya decadente y manchado con sangre coagulada, se mantuvo firme ante los ojos de los espectadores. Sobre su cabeza, con su gran boca roja y su solitario ojo de fuego, estaba la horrorosa bestia cuya astucia me había llevado al asesinato y cuya voz delatora me estaba entregando al verdugo. ¡Había emparedado al monstruo en la tumba!

LA VERDAD SOBRE
EL CASO DEL SEÑOR VALDEMAR

De ningún modo intentaré considerar sorprendente que el extraordinario caso del señor Valdemar haya dado lugar a tantas discusiones. Si así no hubiera sido, habría sido un milagro, especialmente en aquellas circunstancias. A pesar de que todas las partes involucradas preferían mantener el tema al margen del público, al menos por el momento o hasta que hubiera otras oportunidades para investigar, y a pesar de todos nuestros esfuerzos para conseguirlo, comenzó a difundirse en la sociedad un relato alterado o exagerado que se convirtió en fuente de desagradables interpretaciones falsas y, por supuesto, de profunda incredulidad.

Es necesario que yo dé a conocer los hechos, tal como yo los entiendo. En resumen, se trata de lo siguiente:

Durante los últimos tres años, el hipnotismo había llamado mi atención. Hace aproximadamente nueve meses, se me ocurrió de repente que en la serie de experimentos hechos hasta el momento se había producido una notable e inexplicable omisión: nadie había sido hipnotizado *in artículo mortis*. Primero, quedaba por verse si, en tal condición, existía un paciente susceptible de influencia magnética; en segundo lugar, en caso de existir, si dicho estado aumentaría o disminuiría esa susceptibilidad, y, en tercer lugar, en qué medida o por cuánto tiempo el proceso podría detener la intrusión de la muerte. Quedaban otros puntos por aclarar, pero estos eran los que más excitaban mi curiosidad, especialmente el último, por la inmensa importancia de sus consecuencias.

Pensando si entre mis conocidos había alguien con quien probar estos puntos, me acordé de mi amigo Ernest Valdemar, el conocido compilador de la *Biblioteca Forensica* y autor (bajo el *nom de plume* de Issachar Marx) de las versiones polacas de *Wallenstein* y *Gargantúa*. El señor Valdemar, que vivía en Harlem, Nueva York, desde 1839, es (o era) particularmente notable por su extraordinaria delgadez (sus miembros inferiores se parecían a los de John Randolph) y también por lo blanco de sus patillas, en violento contraste con el negro de su pelo, lo que hacía que muchos creyeran que llevaba peluca. Su temperamento era muy nervioso y resultaba un buen sujeto para experiencias hipnóticas. En dos o tres ocasiones, yo le había adormecido sin gran dificultad, pero me sentí decepcionado por otros resultados que no pude conseguir a pesar de su especial constitución. Su voluntad no quedaba nunca sometida completamente a mi control, y, en cuanto a la clarividencia, ninguno de los resultados obtenidos con él merecían confianza. Siempre había atribuido mis fracasos a su mal estado de salud. Durante algunos meses antes de relacionarme con él, los médicos le habían declarado tuberculosis. En realidad, habitualmente hablaba con calma cuando se refería a su próximo fin, como algo que no podía olvidarse ni lamentarse.

Cuando las ideas a las que aludía vinieron a mi mente, resultaba natural que pensara en el señor Valdemar. Conocía la serena filosofía del hombre demasiado bien como para tener algún escrúpulo de su parte. Al no tener parientes en América, nadie podía interferir. Le hablé con franqueza sobre el tema y, para mi sorpresa, se mostró muy entusiasmado. Digo que me sorprendió porque, aunque siempre se había prestado libremente a mis experimentos, nunca me había demostrado interés por lo que yo hacía. La enfermedad que padecía permitía calcular el momento en que se produciría su muerte. Finalmente, acordamos que mandaría a avisarme veinticuatro horas antes del momento anunciado por el médico para su fin.

Hace ahora más de siete meses desde que recibí el siguiente mensaje del señor Valdemar:

«Estimado P...: Puede venir ahora. D... y F... están de acuerdo en que no podré aguantar más de mañana a medianoche y creo que han calculado muy bien la hora. Valdemar».

Recibí esta nota dentro de la media hora después de ser escrita y en quince minutos más me encontraba en el dormitorio del moribundo. No le había visto en los últimos diez días y me sorprendió la horrible alteración que había sufrido durante ese breve período. La cara tenía un color plomizo; los ojos carecían de todo brillo y su delgadez era tan terrible que la piel se le había abierto en los pómulos. Expectoraba continuamente. Su pulso era casi imperceptible. Sin embargo, conservaba de manera notable su poder mental y cierto grado de fuerza física. Hablaba con claridad, tomó algunas medicinas sin ayuda y cuando entré en la habitación estaba escribiendo en un libro de notas. Se mantenía sentado en el lecho con la ayuda de unas almohadas y a su lado se encontraban los doctores D... y F... Después de estrechar la mano de Valdemar, aparté a estos caballeros y les pedí que me contaran con todo detalle cuál era el estado del paciente. El pulmón izquierdo se hallaba desde hacía dieciocho meses en un estado semióseo o cartilaginoso y, por supuesto, no funcionaba en absoluto. La parte superior del pulmón derecho estaba al menos parcialmente osificado, mientras que la parte inferior era una masa de tubérculos purulentos que se confundían unos con otros. Presentaba varias perforaciones dilatadas y, en su lugar, se había producido una adherencia permanente a las costillas. Todos estos fenómenos del pulmón derecho eran de fecha reciente. La osificación se había producido con inusual rapidez; un mes antes no había ningún signo y la adhesión sólo se había observado en los tres días anteriores. Además de la tuberculosis, los médicos sospechaban que también sufría de un aneurisma de aorta, pero los síntomas de osificación hacían imposible dar un diagnóstico. Los dos médicos opinaban que el señor Valdemar moriría a medianoche del día siguiente, domingo. Eran ahora las siete de la tarde del sábado.

Al alejarme de la cama del moribundo para conversar conmigo, los doctores D... y F... se habían despedido de él definitivamente. No tenían intención de regresar; pero, a petición mía, acordaron volver a ver al paciente alrededor de las diez de la noche siguiente.

Cuando se fueron, hablé libremente con el señor Valdemar acerca del tema de su cercana muerte y también, más especialmente, del experimento propuesto. Todavía se mostraba deseoso y hasta ansioso de participar en él y me presionó para que comenzara de inmediato. Había allí una enfermera y un enfermero, pero no me sentí muy convencido de comprometerme en una tarea de este tipo delante de testigos tan poco fiables en caso de ocurrir algún accidente repentino. Por tanto, postergué la operación hasta las ocho de la noche siguiente, cuando llegó un estudiante de medicina, a quien yo conocía bastante bien (Teodoro L...l), quien me libró de toda preocupación. Mi intención inicial había sido esperar a los médicos. Pero tuve que proceder, primero por las urgentes peticiones de Valdemar y segundo por mi propia convicción de que no había un minuto que perder, ya que su decadencia era muy rápida.

El señor L...l fue muy amable al acceder a mi deseo de que tomara nota de todo lo que ocurría. Mi relato procede de sus apuntes, ya sea en forma condensada o literal.

Faltaban unos cinco minutos para las ocho cuando, tomando la mano del paciente, le pedí que dijera lo más claramente posible y en presencia del señor L...l si él (el señor Valdemar) estaba de acuerdo en que hiciera el experimento de hipnosis con él en el estado en que se encontraba.

Respondió con voz débil, pero clara:

—Sí. Deseo ser hipnotizado —y añadió inmediatamente después—: Me temo que sea demasiado tarde.

Mientras decía esto, comencé a efectuar los pases que ya en ocasiones anteriores habían resultado más efectivos con él. Era evidente que recibió la influencia del primer movimiento lateral de mi mano por su frente, pero, aunque ejercí todos mis poderes, no se observó ningún efecto hasta algunos minutos después de las diez, cuando llegaron los doctores D... y F..., según lo que habíamos acordado. Les expliqué en pocas palabras lo que tenía pensado y como no se opusieron, dado que el paciente ya se encontraba en la etapa de agonía de muerte, proseguí sin dudarlo, intercambiando, no obstante, los movimientos laterales por otros hacia abajo y dirigiendo mi mirada hacia el ojo derecho del paciente.

En este momento su pulso era imperceptible y respiraba entre estertores, a intervalos de medio minuto.

Esta condición se mantuvo estable durante un cuarto de hora. Sin embargo, al cabo de este tiempo, un suspiro perfectamente natural, pero muy profundo, escapó del pecho del moribundo y cesó la respiración estertorosa o, mejor dicho, los estertores dejaron de percibirse. Los intervalos siguieron siendo los mismos. Las extremidades del paciente estaban heladas.

A las once menos cinco, percibí los síntomas inequívocos de la influencia hipnótica. La vidriosa mirada de los ojos cambió por una expresión de intranquilo examen interior, que nunca se percibe excepto en casos de hipnotismo y que no puede interpretarse de otro modo. Con unos rápidos pases laterales, hice palpitar los párpados, como cuando se acerca el sueño, y con otros más, se los cerré del todo. Sin embargo, no me sentía satisfecho y continué vigorosamente mis manipulaciones; puse en ellas toda mi voluntad, hasta que logré la completa rigidez de los miembros del paciente, a quien había colocado con anterioridad en una posición más cómoda. Las piernas estaban totalmente extendidas, los brazos casi lo estaban también y descansaban sobre la cama, a corta distancia de los flancos. La cabeza estaba ligeramente levantada.

Una vez logrado esto, era medianoche y pedí a los caballeros que se encontraban presentes que examinaran el estado del señor Valdemar. Después de algunas exploraciones, admitieron que estaba en un inusualmente perfecto estado de trance hipnótico. La curiosidad de ambos médicos se veía excitada. El doctor D... resolvió de repente permanecer con el paciente toda la noche, mientras el doctor F... se marchó con la promesa de regresar al amanecer. El señor L...l y los enfermeros se quedaron.

Dejamos al señor Valdemar completamente tranquilo hasta las tres de la madrugada, cuando me acerqué y le encontré en el mismo estado que cuando se fue el doctor F...; es decir, permanecía en la misma posición. El pulso era imperceptible; la respiración era tranquila (casi imperceptible, a menos que se aplicara un espejo delante de sus labios); los ojos estaban cerrados de forma natural, y los miembros estaban tan rígidos y fríos como el mármol. Sin embargo, la apariencia general distaba mucho de ser la de la muerte.

Cuando me acerqué al señor Valdemar, hice un esfuerzo intermedio para ejercer influencia sobre el brazo derecho, para que siguiera los movimientos del mío, que movía suavemente sobre su cuerpo. En estos experimentos con el paciente, nunca antes lo había logrado y casi no esperaba lograrlo ahora. Sin embargo, para mi sorpresa, su brazo, débil pero seguro, siguió todos los movimientos que le señalaba con el mío. Decidí entonces intentar intercambiar unas breves palabras con él.

—Señor Valdemar —pregunté—, ¿está usted dormido?

No respondió, pero percibí un temblor en sus labios y repetí la pregunta una y otra vez. Al preguntar por tercera vez, todo su cuerpo se agitó levemente; sus párpados se abrieron hasta dejar a la vista una línea del blanco del ojo; sus labios se movieron lentamente, mientras en un susurro apenas audible pronunciaban las siguientes palabras:

—Sí, estoy dormido. No me despierte. ¡Déjeme morir así!

Palpé sus miembros y los noté tan rígidos como siempre. El brazo derecho, al igual que antes, seguía el movimiento de mi mano. Le pregunté de nuevo:

—¿Todavía siente dolor en el pecho, señor Valdemar?

La respuesta fue inmediata, pero menos audible que antes.

—No hay dolor. Estoy muriendo.

No creí aconsejable perturbarle más en ese momento y no dije ni hice nada más hasta que llegó el doctor F..., quien vino poco después del amanecer y expresó una gran sorpresa al encontrar al paciente todavía con vida. Después de tomarle el pulso y de aplicar el espejo a sus labios, me pidió que hablara con el paciente otra vez. Le dije entonces:

—Señor Valdemar, ¿todavía duerme?

Al igual que antes, pasaron algunos minutos hasta que recibí una respuesta. Durante el intervalo el moribundo parecía estar juntando energías para hablar. A la cuarta repetición de mi pregunta, dijo débilmente, casi de forma inaudible:

—Sí, todavía duermo... Me estoy muriendo.

Ahora los médicos opinaban o, mejor dicho, deseaban que el señor Valdemar no fuera sometido a otras molestias en el presente estado de aparente tranquilidad, hasta que llegara el momento de la muerte, que creían que llegaría en pocos minutos. Sin embargo, decidí hablarle una vez más y simplemente repetí mi anterior pregunta.

Mientras hablaba, se produjo un notable cambio en la apariencia del hipnotizado. Los ojos se abrieron lentamente, aunque las pupilas habían girado hacia arriba. La piel adquirió un tono cadavérico, más parecido al papel que al pergamino, y los círculos hécticos, que hasta ese momento se destacaban claramente en el centro de cada mejilla, se apagaron bruscamente. Uso esta expresión porque la rapidez de su desaparición trajo a mi mente la imagen de una vela que se apaga al soplarla. Al mismo tiempo, el labio superior se replegó, dejando al descubierto los dientes, que antes habían estado totalmente ocultos, mientras la mandíbula inferior caía con un temblor que todos oímos, dejando la boca completamente abierta y mostrando una lengua hinchada y ennegrecida. Supongo que todos los presentes estábamos acostumbrados a los horrores de un lecho de muerte, pero la apariencia del señor Valdemar en este momento era tan horrible que todos nos alejamos de la cama.

Creo que he llegado a un punto de este relato en el que el lector sentirá una absoluta incredulidad. Sin embargo, es mi deber continuarlo.

Ya no había el menor signo de vitalidad en el señor Valdemar; seguros de que estaba muerto, decidimos dejarlo a cargo de los enfermeros. De repente, observamos un fuerte movimiento vibratorio de su lengua, que duró cerca de un minuto. Al finalizar, surgió de las mandíbulas inmóviles una voz, que sería absurdo por mi parte describir. En realidad, hay dos o tres epítetos que podrían aplicarse en parte. Podría decir, por ejemplo, que el sonido era áspero, quebrado y hueco. Pero la total fealdad es indescriptible, ya que nunca percibió el oído humano algo semejante. No obstante, hubo un par de detalles que en ese momento consideré, y aún considero, podrían ser característicos de ese sonido y dar alguna idea de su carácter sobrenatural. En primer lugar, la voz parecía llegar a nuestros oídos (por lo menos, a los míos) desde una gran distancia y desde una profunda caverna dentro de la Tierra. En segundo lugar, me dio la misma sensación (me temo, en realidad, que no podré explicarme) que se siente al tocar una materia gelatinosa o viscosa.

He hablado tanto de un «sonido» como de una «voz». Quiero decir que el sonido era un silabeo perfecto y maravillosamente nítido. El señor Valdemar habló, obviamente, en respuesta a la pregunta que le había formulado unos minutos antes. Le había preguntado, como se recordará, si aún dormía. Ahora respondió:

—Sí... no... He estado durmiendo... y ahora... ahora... estoy muerto.

Ninguno de los presentes pudo negar o reprimir el inexpresable, terrible, horror que estas palabras, así pronunciadas, tenían que producir. El señor L...l (el estudiante) se desvaneció. Los enfermeros salieron inmediatamente de la habitación y no pudimos hacerlos entrar. No intentaré explicar mis impresiones al lector. Durante casi una hora nos dedicamos en silencio, sin pronunciar palabra, a reanimar al señor L...l. Cuando volvió en sí, volvimos a estudiar el estado del señor Valdemar.

Permanecía en todos los aspectos tal como le describí la última vez, a excepción de que el espejo ya no reflejaba la evidencia de la respiración. Intentamos provocar que sangrara por el brazo, pero no lo logramos. También debo decir que este brazo ya no obedecía a mi voluntad. Intenté en vano hacer que siguiera el movimiento de mi mano. En realidad, la única indicación real de la influencia hipnótica podía hallarse en el movimiento vibratorio de su lengua, cada vez que dirigía una pregunta al señor Valdemar. Parecía estar haciendo un esfuerzo por responder, pero ya no tenía la voluntad suficiente. Parecía totalmente insensible a las preguntas que le formulara cualquier otra persona que no fuera yo, aunque intenté que todos los presentes establecieran una relación hipnótica con él. Creo que he relatado todo lo necesario para describir el estado del paciente en ese momento. Buscamos otros enfermeros y a las diez me fui con los dos médicos y el señor L...l.

Por la tarde, volvimos todos para ver al paciente. Su estado permanecía exactamente igual. Ahora discutimos si sería apropiado o posible despertarle, pero no dudamos que no lograríamos nada con ello. En ese momento, era evidente que la muerte (o lo que habitualmente se llama muerte) había sido frenada por el proceso hipnótico. Parecía obvio para todos que si despertábamos al señor Valdemar sólo lograríamos su inmediato o, por lo menos, su rápido fallecimiento.

Desde ese momento y hasta el fin de la semana pasada (un período de casi siete meses) continuamos visitando diariamente la casa del señor Valdemar, acompañados por médicos y otros amigos. Durante todo este tiempo, el paciente permaneció exactamente igual al estado que he descrito. La atención de los enfermeros fue continuada.

El viernes pasado decidimos hacer el experimento de despertarle o intentar despertarle, y tal vez sea el desafortunado resultado de este último experimento el que dio origen a tanta discusión en círculos privados y a una opinión pública que no puede dejar de considerarse injustificada.

Para reanimar al señor Valdemar del trance hipnótico, utilicé los movimientos habituales. Durante un momento, no lo logré. El primer indicio de reanimación lo proporcionó el descenso parcial del iris. Como dato notable, observamos que el descenso de la pupila fue acompañado de un abundante flujo de icor amarillento (que salía de debajo de los párpados) y que despedía un olor penetrante y fétido.

Me sugirieron que debería intentar influir sobre el brazo del paciente, como antes. Lo intenté, pero no lo conseguí. El doctor F... expresó su deseo de que hiciera una pregunta al paciente. Lo hice, con las palabras siguientes:

—Señor Valdemar, ¿podría usted explicarnos qué siente o qué desea en este momento?

Hubo una inmediata reaparición de los círculos hécticos sobre sus mejillas; la lengua tembló o, mejor dicho, giró violentamente dentro de la boca (aunque las mandíbulas y los labios permanecían tan rígidos como antes) y, finalmente, se oyó nuevamente esa horrible voz que describí antes:

—¡Por amor de Dios...! Pronto... Pronto... Hágame dormir... o despiérteme... Pronto. ¡Le digo que estoy muerto!

Perdí por completo la serenidad y por un momento no supe qué hacer. Primero, intenté calmar otra vez al paciente, pero al fracasar, por la total suspensión de su voluntad, cambié de proceder y luché con todas mis fuerzas por despertar al paciente. En este intento pensé que podría lograrlo (o, por lo menos, imaginé que mi éxito sería completo) y estoy seguro de que todos los presentes estaban preparados para ver despertar al paciente.

Sin embargo, nadie podía estar preparado para presenciar lo que ocurrió.

Mientras ejecutaba rápidamente mis pases hipnóticos, al tiempo que los gritos de «¡Muerto! ¡Muerto!» explotaban de la lengua y no de los labios del paciente, violentamente, en el lapso de un minuto, o menos, todo su cuerpo se encogió, se deshizo, se corrompió entre mis manos. Sobre la cama, ante todos los presentes, no quedó sino una masa líquida putrefacta, repugnante, detestable.

EL RETRATO OVAL

El castillo en el que mi criado se había decidido a entrar por la fuerza, antes de dejarme en mi grave estado pasar la noche al aire libre, era uno de esos edificios construidos con una mezcla de lobreguez y esplendor que, durante mucho tiempo, se han alzado en los Apeninos, tan reales como en la imaginación de la señora Radcliffe. En apariencia, había sido abandonado recientemente, aunque de forma temporal. Nos instalamos en una de las habitaciones más pequeñas y menos suntuosas, ubicada en una apartada torre del castillo. Su decoración era rica, aunque gastada y antigua. Sus paredes estaban cubiertas de tapices y adornadas con múltiples y variados trofeos heráldicos, junto con un gran número de pinturas modernas en marcos con arabescos de oro. Esas pinturas, que colgaban no sólo de las paredes sino que también aparecían en los diversos nichos de la extraña arquitectura del edificio, causaron en mí un profundo interés, tal vez por mi incipiente *delirium*. Ordené a Pedro que cerrara las pesadas persianas de la habitación porque era de noche, que encendiera los altos candelabros que se alzaban en la cabecera de mi cama y que abriera las cortinas de terciopelo negro que la envolvían. Deseaba que todo esto se hiciera para poder entregarme, si no al sueño, sí a la contemplación de estas pinturas y a la lectura de un pequeño libro que había hallado sobre la almohada, que criticaba y describía los cuadros.

Leí mucho tiempo y observé las obras con mucha devoción. Las horas pasaron volando, rápida y placenteramente, y pronto se hizo medianoche. La posición de los candelabros me disgustaba y, estirando la mano con dificultad —en lugar de despertar a mi sirviente—, los coloqué de modo que iluminaran mejor el libro.

Sin embargo, este movimiento produjo un efecto completamente imprevisto. Los rayos de las numerosas velas (había muchas) cayeron en un nicho de la habitación que se había mantenido oculto hasta el momento a causa de una de las columnas de la cama. Así pude ver a toda luz una pintura que no había visto antes. Era el retrato de una joven que empezaba a madurar y a convertirse en una mujer. Miré la pintura rápidamente y después cerré los ojos. No pude entender por qué lo hice. Pero mientras mis ojos permanecían cerrados, se cruzó por mi mente la razón de mi actitud. Era un movimiento impulsivo a fin de ganar tiempo para pensar, para asegurarme de que la vista no me había engañado, para calmar y tranquilizar mi imaginación, para poder mirar de forma más sobria y certera. En unos minutos, miré fijamente la pintura otra vez.

Ahora no podía dudar de haber visto bien, ya que la primera luz de la vela sobre la tela había parecido disipar el estupor de ensoñación que pesaba sobre mis sentidos y me había despertado.

El retrato, como he dicho, era de una mujer joven. Mostraba sólo la cabeza y los hombros y estaba realizado con la técnica denominada *vignette,* al estilo de las cabezas favoritas de Sully. Los brazos, el seno y hasta las puntas de su brillante cabello se mezclaban de forma imperceptible con la vaga pero profunda sombra formada por el fondo del retrato. El marco era oval, muy adornado y afiligranado en estilo morisco, como una pieza de arte; pero para nada era tan admirable como el retrato en sí. Sin embargo, no podía ser la ejecución de la obra ni la inmortal belleza del retrato lo que tan vehementemente me había emocionado. Menos aún era posible que fuera mi imaginación, sobresaltada de su adormecimiento, lo que había confundido la cabeza con una persona viva. De repente, vi que las peculiaridades del dibujo, de la *vignette* y del marco tenían que haber rechazado semejante idea, impidiéndome incluso que me distrajera por un momento. Me quedé pensando profundamente en estos temas durante una hora, tal vez, medio sentado, medio reclinado, con la vista posada en el retrato. Por fin, satisfecho con el verdadero secreto de su efecto, me dejé caer en la cama. Había descubierto que el hechizo del retrato era la absoluta *apariencia de vida* de la expresión que primero me había sorprendido y después me había confundido, sometido y aterrado. Con profundo y reverente temor, coloqué el candelabro en su posición inicial. La causa de mi gran agitación había desaparecido de mi vista y busqué ansiosamente el libro que hablaba de las pinturas y su historia. Me detuve en el número que designaba el retrato oval y leí las vagas y extrañas palabras que siguen:

«Se trataba de una doncella de singular belleza, tan encantadora como alegre. Fatal fue la hora en que vio, amó y desposó al pintor. Él, apasionado, estudioso y austero, tenía ya una prometida en su arte. Ella, una doncella de singular belleza, tan encantadora como alegre, pura luz y sonrisa, traviesa como un cervatillo, lo amaba y lo mimaba, y odiaba sólo al arte que era su rival, y temía sólo a la paleta, los pinceles y otros instrumentos molestos que la privaban de la contemplación de su amado. Fue terrible para la dama oír hablar al pintor de su deseo de retratarla. Pero ella era humilde y obediente, y permaneció sentada durante muchas horas, posando en la elevada y oscura habitación de la torre donde la luz sólo caía desde lo alto sobre la pálida tela. Pero el pintor se vanagloriaba de su obra, en la que trabajaba horas y horas, días y días. Era apasionado y salvaje, un hombre de carácter, que se perdía en sus ensueños y no veía que la luz que caía tan débilmente en la solitaria torre marchitaba el espíritu de la joven, que se consumía a la vista de todos, salvo a la suya propia. Sin embargo, ella seguía sonriendo, sin quejarse, porque veía que el pintor (de gran renombre) obtenía un ardiente placer en su trabajo y luchaba día y noche para retratar a la que tanto lo amaba y que, no obstante, se debilitaba día tras día. A decir verdad, algunos de los que contemplaban el retrato hablaban en voz baja de su parecido, como de una asombrosa maravilla y como prueba tanto del poder del pintor como del profundo amor por aquella a quien retrataba tan bien. Sin embargo, finalmente, a medida que la labor llegaba a su fin, no dejó que nadie entrara en la torre, ya que estaba exaltado en el ardor de su trabajo y casi no apartaba los ojos de la tela, ni siquiera para observar el rostro de su esposa. Y no quería ver que los tintes que esparcía en la tela eran extraídos de las mejillas de aquella mujer sentada a su lado. Cuando pasaron varias semanas y quedaba poco por hacer, excepto un retoque en la boca y una pincelada en el ojo, el espíritu de la mujer osciló, vacilante como la llama de la lámpara. Y después aplicó el retoque y la pincelada. Por un momento, el pintor quedó en trance ante la obra que había realizado; pero a continuación, mientras seguía mirando, comenzó a temblar y palideció y tembló mientras gritaba: "¡En verdad, esta es la *Vida* misma!" y, al volverse de improviso para mirar a su amada, *estaba muerta*».

EL CORAZÓN DELATOR

¡Es verdad! Soy nervioso, terriblemente nervioso. Siempre lo he sido y lo soy. Pero, ¿podría decirse que estoy loco? La enfermedad había agudizado mis sentidos, no los había destruido ni apagado. Sobre todo, tenía el sentido del oído agudo. Oía todo sobre el cielo y la tierra. Oía muchas cosas del infierno. Entonces, ¿cómo voy a estar loco? Escuchen y observen con qué tranquilidad, con qué cordura puedo contarles toda la historia.

Me resulta imposible decir cómo surgió en mi cabeza esa idea por primera vez; pero, una vez concebida, me persiguió día y noche. No perseguía ningún fin. No había pasión. Yo quería mucho al viejo. Nunca me había hecho nada malo. Nunca me había insultado. No deseaba su oro. Creo que fue su ojo. ¡Sí, eso fue! Tenía un ojo semejante al de un buitre. Era un ojo de color azul pálido, con una fina película delante. Cada vez que posaba ese ojo en mí, se me enfriaba la sangre; y así, muy gradualmente, fui decidiendo quitarle la vida al viejo y quitarme así de encima ese ojo para siempre.

Pues bien, así fue. Usted creerá que estoy loco. Los locos no saben nada. Pero debería haberme visto. Debería usted haber visto con qué sabiduría procedí, con qué cuidado, con qué previsión, con qué disimulo me puse a trabajar. Nunca había sido tan amable con el viejo como la semana antes de matarlo. Y cada noche, cerca de medianoche, yo hacía girar el picaporte de su puerta y la abría, con mucho cuidado. Y después, cuando la había abierto lo suficiente como para pasar la cabeza, levantaba una linterna cerrada, completamente cerrada, de modo que no se viera ninguna luz, y tras ella pasaba la cabeza. ¡Cómo se habría reído usted si hubiera visto con qué astucia pasaba la cabeza! La movía muy despacio, muy lentamente, para no molestar el sueño del viejo. Me llevaba una hora meter toda la cabeza por esa abertura hasta donde podía verlo dormir sobre su cama. ¡Ja! ¿Podría un loco actuar con tanta prudencia? Y luego, cuando mi cabeza estaba bien dentro de la habitación, abría la linterna con cautela, con mucho cuidado (porque las bisagras hacían ruido), hasta que un sólo rayo de luz cayera sobre el ojo de buitre. Hice todo esto durante siete largas noches, cada noche cerca de las doce, pero siempre encontraba el ojo cerrado y era imposible hacer el trabajo, ya que no era el viejo quien me irritaba, sino su ojo. Y cada mañana, cuando amanecía, iba sin miedo a su habitación y le hablaba resueltamente, llamándolo por su nombre con voz cordial y preguntándole cómo había pasado la noche. Por tanto, verá usted que tendría que haber sido un viejo muy astuto para sospechar que cada noche, a las doce, yo iba a mirarlo mientras dormía.

La octava noche, fui más cuidadoso cuando abrí la puerta. El minutero de un reloj de pulsera se mueve más rápido de lo que se movía mi mano. Nunca antes había sentido el alcance de mi fuerza, de mi sagacidad. Casi no podía contener mis sentimientos de triunfo, al pensar que estaba abriendo la puerta, poco a poco, y él ni soñaba con el secreto de mis acciones e ideas. Me reí entre dientes ante esta idea. Y tal vez me oyó, porque se movió en la cama, de repente, como sobresaltado. Pensará usted que retrocedí, pero no fue así. Su habitación estaba tan negra como la noche más cerrada, ya que él cerraba las persianas por miedo a que entraran ladrones; entonces, sabía que no me vería abrir la puerta y seguí empujando suavemente, suavemente.

Ya había introducido la cabeza y estaba para abrir la linterna, cuando mi pulgar resbaló en el cierre metálico y el viejo se incorporó en la cama, gritando:

—¿Quién está ahí?

Me quedé quieto y no dije nada. Durante una hora entera, no moví ni un músculo y mientras tanto no oí que volviera a acostarse en la cama. Aún estaba sentado, escuchando, como había hecho yo mismo, noche tras noche, escuchando los relojes de la muerte en la pared.

Oí de pronto un quejido y supe que era el quejido del terror mortal. No era un quejido de dolor o de tristeza. ¡No! Era el sonido ahogado que brota del fondo del alma cuando el espanto la sobrecoge. Yo conocía perfectamente ese sonido. Muchas veces, justo a medianoche, cuando todo el mundo dormía, surgió de mi pecho, profundizando con su temible eco, los terrores que me enloquecían. Digo que lo conocía bien. Sabía lo que el viejo sentía y sentí lástima por él, aunque me reía en el fondo de mi corazón. Sabía que él había estado despierto desde el primer débil sonido, cuando se había vuelto en la cama. Sus miedos habían crecido desde entonces. Había estado intentando imaginar que aquel ruido era inofensivo, pero no podía. Se había estado diciendo a sí mismo: «No es más que el viento en la chimenea, no es más que un ratón que camina sobre el suelo», o «No es más que un grillo que chirrió una sola vez». Sí, había tratado de convencerse de estas suposiciones, pero era en vano. *Todo en vano,* ya que la muerte, al acercársele, se había deslizado furtiva y envolvía a su víctima. Y era la fúnebre influencia de aquella imperceptible sombra la que le movía a sentir, aunque no veía ni oía, a *sentir* la presencia de mi cabeza dentro de la habitación.

Cuando hube esperado mucho tiempo, muy pacientemente, sin oír que se acostara, decidí abrir un poco, muy poco, una ranura en la linterna. Entonces la abrí —no sabe usted con qué suavidad— hasta que, por fin, su sólo rayo, como el hilo de una telaraña, brotó de la ranura y cayó de lleno sobre el ojo de buitre.

Estaba abierto, bien abierto, y me enfurecí mientras lo miraba. Lo veía con total claridad, de un azul apagado, con aquella terrible película que me helaba el alma. Pero no podía ver nada de la cara o el cuerpo, ya que había dirigido el rayo, como por instinto, exactamente hacia el punto maldito.

¿No le he dicho que lo que usted cree locura es sólo mayor agudeza de los sentidos? Luego llegó a mis oídos un suave, triste y rápido sonido, como el que hace un reloj cuando está envuelto en algodón. Aquel sonido también me era familiar. Era el latido del corazón de un viejo. Aumentó mi furia, como el redoblar de un tambor estimula al soldado en batalla.

Sin embargo, incluso en ese momento me contuve y seguí callado. Apenas respiraba. Mantuve la linterna inmóvil. Intenté mantener con toda firmeza la luz sobre el ojo. Mientras tanto, el infernal latido del corazón iba en aumento. Crecía cada vez más rápido y más fuerte a cada instante. El terror del viejo debe haber sido espantoso. Era cada vez más fuerte, más fuerte... ¿Me entiende? Le he dicho que soy nervioso y así es. Pues bien, en la hora muerta de la noche, entre el atroz silencio de la antigua casa, un ruido tan extraño me excitaba con un terror incontrolable. Sin embargo, por unos minutos más me contuve y me quedé quieto. Pero el latido era cada vez más fuerte, más fuerte.

Creí que aquel corazón iba a explotar. Y se apoderó de mí una nueva ansiedad: ¡Los vecinos podrían escuchar el latido del corazón! ¡Al viejo le había llegado la hora! Con un fuerte grito, abrí la linterna y me precipité en la habitación. El viejo clamó una vez, sólo una vez. En un momento, lo tiré al suelo y arrojé la pesada cama sobre él. Después sonreí alegremente al ver que el hecho estaba consumado. Pero, durante muchos minutos, el corazón siguió latiendo con un sonido ahogado. Sin embargo, no me preocupaba, porque el latido no podría oírse a través de la pared. Finalmente, cesó. El viejo estaba muerto. Quité la cama y examiné el cuerpo. Sí, estaba duro, duro como una piedra. Puse mi mano sobre el corazón y allí la dejé durante unos minutos. No había pulsaciones. Estaba muerto. Su ojo ya no me preocuparía más.

Si aún me cree usted loco, no pensará lo mismo cuando describa las sabias precauciones que tomé para esconder el cadáver. La noche avanzaba y trabajé con rapidez, pero en silencio. En primer lugar, descuarticé el cadáver. Le corté la cabeza, los brazos y las piernas.

Después levanté tres planchas del suelo de la habitación y deposité los restos en el hueco. Luego coloqué las tablas con tanta inteligencia y astucia que ningún ojo humano, ni siquiera el suyo, podría haber detectado nada extraño. No había nada que limpiar; no había manchas de ningún tipo, ni siquiera de sangre. Había sido demasiado precavido para eso. Todo estaba recogido. ¡Ja, ja!

Cuando terminé con estas tareas, eran las cuatro... Todavía oscuro como medianoche. Al sonar la campanada de la hora, golpearon la puerta de la calle. Bajé a abrir muy tranquilo, ya que no había nada que temer. Entraron tres hombres que se presentaron, muy cordialmente, como oficiales de la policía. Un vecino había oído un grito durante la noche, por lo cual había sospechas de algún atentado. Se había hecho una denuncia en la policía y ellos, los oficiales, habían sido enviados a registrar el lugar.

Sonreí, ya que no había nada que temer. Di la bienvenida a los caballeros. Dije que el alarido había sido producido por mí durante un sueño. Dije que el viejo estaba fuera, en el campo. Llevé a los visitantes por toda la casa. Les dije que registraran bien. Por fin, los llevé a *su* habitación. Les enseñé sus tesoros, seguros e intactos. En el entusiasmo de mi confianza, llevé sillas al cuarto y les dije que descansaran *allí* mientras yo, con la salvaje audacia que me daba mi triunfo perfecto, colocaba mi silla sobre el mismo lugar donde reposaba el cadáver de la víctima.

Los oficiales se mostraron satisfechos. Mi forma de proceder los había convencido. Yo me sentía especialmente cómodo. Se sentaron y hablaron de cosas comunes, mientras yo les contestaba muy animado. Pero, de repente, empecé a sentir que me ponía pálido y deseé que se fueran. Me dolía la cabeza y me pareció oír un sonido; pero se quedaron sentados y siguieron conversando. El ruido se hizo más claro, cada vez más claro. Hablé más como para olvidarme de esa sensación; pero cada vez se hacía más claro... hasta que por fin me di cuenta de que el ruido *no* estaba en mis oídos.

Sin duda, me había puesto muy pálido; pero hablé con más fluidez y en voz más alta. Sin embargo, el ruido aumentaba. ¿Qué hacer? Era un sonido bajo, sordo, rápido..., como el sonido de un reloj de pulsera envuelto en algodón. Traté de recuperar el aliento... pero los oficiales no lo oyeron. Hablé más rápido, con más vehemencia; pero el ruido seguía aumentando. Me puse de pie y empecé a discutir sobre cosas insignificantes en voz muy alta y con violentos gestos; pero el sonido crecía continuamente. ¿Por qué no se iban? Caminé de un lado a otro con pasos fuertes, como furioso por las observaciones de aquellos hombres; pero el sonido seguía creciendo. ¡Oh, Dios! ¿Qué podía hacer yo? Me salía espuma de la rabia... Maldije..., juré. Balanceando la silla sobre la cual me había sentado, raspé con ella las tablas del suelo, pero el ruido aumentaba su tono cada vez más. Crecía y crecía y era cada vez más fuerte. Y, sin embargo, los hombres seguían conversando tranquilamente y sonreían. ¿Era posible que no oyeran? ¡Dios Todopoderoso! ¡No, no! ¡Claro que oían! ¡Y sospechaban! ¡Lo sabían! ¡Se estaban burlando de mi horror! Esto es lo que pensaba y así lo pienso ahora. Todo era preferible a esta agonía. Cualquier cosa era más soportable que este espanto. ¡Ya no aguantaba más esas hipócritas sonrisas! Sentía que debía gritar o morir. Y entonces, otra vez, escuchen... ¡más fuerte..., más fuerte..., más fuerte..., *más fuerte!*

—¡No finjan más, malvados! —grité—. ¡Confieso que lo maté! ¡Levanten esas tablas...! ¡Aquí..., aquí! ¡Donde está latiendo su horrible corazón!

EL TONEL DE AMONTILLADO

Había soportado las mil ofensas de Fortunato lo mejor que pude, pero cuando me insultó juré que me vengaría. Usted, que tan bien conoce la naturaleza de mi alma, no pensará, sin embargo, que lo amenacé. Al fin, me vengaría; esto estaba claro, pero la decisión que había tomado excluía la idea de riesgo. No sólo debía castigarlo, sino hacerlo con impunidad. Un agravio no se repara cuando el castigo vuelve al reparador. Tampoco se repara cuando el vengador no es capaz de mostrarse como tal al que lo ha agraviado.

Debe entenderse que, ni con palabras ni con hechos, había dado a Fortunato motivo alguno para dudar de mis buenas intenciones. Seguí sonriendo ante su cara, tal como me lo había propuesto, y él no se dio cuenta de que mi sonrisa era *ahora* consecuencia de pensar en su inmolación.

Fortunato tenía un punto débil, aunque en otros aspectos era un hombre que imponía respeto y hasta temor. Se enorgullecía de su conocimiento en materia de vinos. Pocos italianos tienen el espíritu del verdadero virtuoso. En su mayoría, el entusiasmo que demuestran se adapta al momento y a la oportunidad, para engañar a los millonarios británicos y austriacos. En pintura y en joyas, Fortunato, como sus compatriotas, era un impostor, pero en lo que a vinos añejos se refiere era sincero. En este aspecto, yo no era diferente de él de forma notable, ya que yo también era experto en las vendimias italianas y compraba todos los vinos que podía.

Un atardecer, durante la locura suprema de la semana de carnaval, me encontré con mi amigo. Se acercó a mí con excesiva cordialidad, ya que había estado bebiendo mucho. Vestía disfraz de bufón, llevaba un traje ajustado de rayas y tenía en la cabeza un gorro cónico con cascabeles. Me sentí tan contento de verlo, que creía que nunca terminaría de estrecharle la mano.

—Mi estimado Fortunato —le dije—, me alegro de encontrarlo. ¡Qué bien lo veo hoy! Acabo de recibir un barril de amontillado y tengo mis dudas.

—¿Cómo? —preguntó—. ¿Amontillado? ¿Un barril? ¡Imposible! ¡Y en pleno carnaval!

—Tengo mis dudas —le respondí—, y fui tan tonto que pagué el precio del amontillado sin consultar con usted. Creí que no lo vería y tenía miedo de perder este negocio.

—¡Amontillado!

—Y quiero salir de dudas.

—¡Amontillado!

—Como está usted ocupado, voy a ver a Luchesi. Si alguien tiene sentido crítico, es él. Él me dirá...

—Luchesi no puede distinguir un amontillado de un jerez.

—Y, sin embargo, algunos tontos afirman que su gusto coincide con el suyo.

—¡Vamos!

—¿Adónde?

—A su bodega.

—No, mi amigo. No quiero aprovecharme de su buena voluntad. Veo que tiene usted un compromiso. Luchesi...

—No tengo ningún compromiso. Vamos.

—No, mi amigo. No se trata del compromiso, sino del resfriado que veo que le afecta. Las bodegas son muy húmedas y están cubiertas de salitre.

—Vamos, de todos modos. Este resfriado no es nada. ¡Amontillado! Lo han engañado. Y en cuanto a Luchesi..., no puede distinguir el jerez del amontillado.

Así hablando, Fortunato se apoderó de mi brazo. Se puso una máscara de seda negra y ciñéndome una *roquelaire,* dejé que me llevara rápidamente hasta mi casa.

No había sirvientes en casa. Se habían escapado para festejar el carnaval. Les había dicho que no volvería hasta la mañana siguiente y les había dado órdenes expresas de no moverse de la casa. Sabía que estas órdenes serían suficientes para asegurarme que desaparecerían de inmediato, todos, en cuanto hubiera vuelto la espalda.

Saqué de sus anillas dos antorchas y le di una a Fortunato. Lo conduje a través de varios salones hasta el corredor que llevaba a las criptas. Bajamos una larga escalera de caracol y le pedí que tuviera cuidado al bajar. Llegamos al fondo y nos quedamos juntos sobre el húmedo suelo de las catacumbas de los Montresor.

El paso de mi amigo era tambaleante y los cascabeles de su gorro sonaban a medida que iba caminando.

—El tonel —dijo.

—Está más adelante —dije—, pero tenga cuidado con las blancas telarañas que brillan en las paredes de estas cavernas.

Se volvió y me miró a los ojos con veladas pupilas que destilaban embriaguez.

—¿Salitre? —preguntó.

—Salitre —respondí—. ¿Cuánto hace que está acatarrado?

Comenzó a toser y no pudo responder durante varios minutos.

—No es nada —dijo por fin.

—Vamos —dije con decisión—. Volvamos; su salud es muy importante. Es usted rico, respetado, admirado, adorado; se siente usted feliz, como yo en una época. Su desaparición causaría tristeza. En mi caso, sería lo contrario. Volvamos. Usted enfermaría y no puedo ser responsable. Además, está Luchesi...

—Con esto basta —dijo—. Esta tos no es nada. No me matará. No voy a morir de tos.

—Verdad, verdad —respondí—. Además, yo no quería alarmarlo sin necesidad, pero debería usted tener cuidado. Un trago de este Medoc lo defenderá de la humedad.

Rompí el cuello de una botella que extraje de una larga fila de la misma clase colocada en el suelo.

—Beba —le dije, entregándole el vino.

Se lo llevó a la boca, mirándome de soslayo. Esperó y me hizo un gesto familiar, mientras sus cascabeles seguían sonando.

—Brindo —dijo— por los muertos que reposan a nuestro alrededor.

—Y por su larga vida.

Otra vez me tomó del brazo y seguimos.

—Estas criptas —dijo— son enormes.

—Los Montresor —respondí— eran una gran familia numerosa.

—He olvidado su escudo de armas.

—Un gran pie humano de oro en un campo de azur; el pie aplasta una serpiente rampante, cuyas garras se hunden en el talón.

—¿Y el lema?

—*Nemo me impune lacessit.*

—Bien —dijo.

El vino brillaba en sus ojos y los cascabeles sonaban. Mi propia imaginación se estimulaba con el Medoc. Habíamos pasado por paredes formadas por esqueletos apilados, entre los cuales también aparecían toneles, hacia lo más recóndito de las catacumbas. Me detuve otra vez y me atreví a coger a Fortunato del brazo, por encima del hombro.

—El salitre —dije—. Mire, aumenta. Cuelga como el moho en las criptas. Estamos debajo del lecho del río. Las gotas de humedad se filtran entre los huesos. Venga. Volvamos antes de que sea demasiado tarde. Su tos...

—No es nada —dijo—. Sigamos. Pero primero, otro trago de Medoc.

Rompí el cuello de una botella de De Grave. La vació de un trago. Sus ojos brillaron con una luz salvaje. Se rio y tiró la botella hacia arriba con un gesto que no entendí.

Lo miré con sorpresa, pero él repitió el grotesco movimiento.

—¿No comprende usted? —preguntó.

—No —respondí.

—Entonces no es usted de la hermandad.

—¿Cómo?

—Usted no es un masón.

—Sí, sí —respondí—. Sí, sí.

—¿Usted un masón? ¡Imposible!

—Un masón —respondí.

—Un signo —dijo.

—Es este —contesté, al tiempo que extraía de entre los pliegues de mi *roquelaire* una pala de albañil.

—Usted se está burlando —exclamó, retrocediendo unos pasos—. Pero sigamos hacia el amontillado.

—Así sea —dije, colocando nuevamente la herramienta y ofreciéndole otra vez mi brazo. Se apoyó pesadamente. Seguimos nuestro camino en busca del amontillado. Dejamos atrás una serie de corredores bajos, descendimos, seguimos, descendimos y llegamos a una profunda cripta en la que el aire estaba tan pesado que nuestras antorchas casi no alumbraban.

Al final de la última cripta, aparecía otra menos espaciosa. Las paredes habían sido cubiertas con restos humanos, apilados hasta la bóveda, como puede observarse en las grandes catacumbas de París. Tres paredes de esta cripta interior estaban adornadas de este modo. En la cuarta, los huesos habían sido arrojados y se hallaban desordenados sobre el suelo, formando en un punto un amontonamiento bastante grande. Sobre la pared que quedaba así al descubierto, vimos otro nicho interior, de cuatro pies de profundidad, tres de ancho y seis o siete de altura. Parecía haber sido construido sin un fin específico, sino como intervalo entre dos colosales columnas que soportaban el techo de las catacumbas y cuya parte posterior era una pared de granito sólido.

Fortunato trató en vano de levantar su mortecina antorcha, tratando de ver en el fondo del nicho. No podía verse dónde terminaba a causa de la suave luz.

—Sigamos —dije—, ahí dentro está el amontillado. En cuanto a Luchesi...

—Es un ignorante —interrumpió mi amigo, mientras avanzaba tambaleándose, al tiempo que yo lo seguía muy de cerca. En un instante, había llegado al extremo del nicho y, al ver que una roca le impedía el paso, se quedó como atontado. Un momento más tarde quedaba encadenado al granito. Había una roca con dos argollas de hierro, separadas horizontalmente por una distancia aproximada de dos pies. De una de ellas colgaba una corta cadena, y de la otra, un candado. Pasándole la cadena alrededor de la cintura, sólo tardé unos segundos en asegurarla. Estaba demasiado atónito como para oponer resistencia. Extraje la llave y salí del nicho.

—Pase la mano —dije— por la pared. No podrá dejar de sentir el salitre. En realidad, está *muy* húmedo. Una vez más, le *imploro* que volvamos. ¿No? Entonces, tengo que dejarlo. Pero primero debo ofrecerle todas las atenciones posibles.

—¡El amontillado! —exclamó mi amigo, que no había vuelto en sí de su estupefacción.

—Es cierto —respondí—, el amontillado.

Mientras pronunciaba estas palabras, fui hasta la pila de huesos de la que hablé antes. Apartándolos, dejé al descubierto una cantidad de bloques de piedra y de mortero. Con estos materiales y mi pala de albañil comencé con fuerza a cerrar la entrada del nicho.

Apenas hube colocado la primera hilera de piedras, cuando descubrí que la embriaguez de Fortunato había desaparecido bastante. El primer indicio de que esto ocurría fue un profundo quejido que provenía de la profundidad del nicho. No era el grito de un hombre embriagado. Después se produjo un largo y obstinado silencio. Coloqué la segunda hilera, la tercera y la cuarta. Después escuché la furiosa vibración de la cadena. El ruido duró unos minutos, durante los cuales, para poder escuchar con mayor claridad, dejé de trabajar y me senté sobre los huesos. Cuando la cadena dejó de sonar, tomé de nuevo la pala y seguí, sin interrupción, colocando la quinta, la sexta y la séptima hilera. La pared estaba casi al nivel de mi pecho. Me detuve nuevamente y, orientando la antorcha sobre la pared, lancé unos leves rayos hacia la figura allí encerrada.

Una serie de gritos fuertes y agudos, que salieron de la garganta de aquella forma encadenada, me hicieron retroceder con violencia. Vacilé un instante y temblé. Desenfundé mi espada y empecé a tantear con ella el interior del nicho, pero un instante de reflexión bastó para tranquilizarme. Apoyé la mano sobre la sólida pared de la catacumba y me quedé satisfecho. Me acerqué a la pared. Respondí a los gritos del que clamaba. Fui su eco, lo ayudé, lo sobrepasé en volumen y fuerza. Lo hice y sus gritos cesaron.

Era medianoche y mi tarea estaba llegando a su fin. Había completado la octava hilera, la novena, la décima. Había terminado una parte de la undécima y última. Quedaba sólo una piedra por colocar y fijar. Luché con su peso y la coloqué parcialmente en su posición final. Pero entonces salió del nicho una suave risa que me hizo erizar los cabellos. A continuación, oí una triste voz, que me costó reconocer como la del noble Fortunato. La voz decía:

—¡Ja, ja, ja, ja...! Una broma muy buena. Una burla excelente. ¡Cómo nos reiremos de esto en el *palazzo*! ¡Ja, ja, ja...! ¡Mientras bebamos! ¡Ja, ja!

—¡El amontillado! —exclamé.

—¡Ja, ja, ja, ja...! ¡Ja, ja, ja, ja...! Sí, el amontillado. Pero, ¿no se está haciendo tarde? ¿No nos estarán esperando en el *palazzo,* la señora Fortunato y el resto? ¡Vámonos!

—Sí —dije—, vámonos.

—¡Por el amor de Dios, Montresor!

—Sí —dije—, por el amor de Dios.

Pero esperé en vano la respuesta a mis palabras. Me impacienté y llamé en voz alta:

—¡Fortunato!

No hubo respuesta. Otra vez llamé:

—¡Fortunato!

Silencio. Pasé una antorcha por la abertura y la dejé caer dentro. Como respuesta, sólo escuché el sonido de los cascabeles. Sentí náusea, por la humedad de las catacumbas. Me apresuré a terminar mi trabajo. Puse la última piedra y la fijé. Contra la nueva pared, volví a alzar la antigua pila de huesos. Durante medio siglo, nadie los ha perturbado. *In pace requiescat!*

LA MÁSCARA DE LA MUERTE ROJA

La «Muerte Roja» había devastado el país durante mucho tiempo. Ninguna plaga había sido nunca tan fatal o tan espantosa. La sangre era su encarnación y su sello, el rojo y el horror de la sangre. Había dolores agudos, un vértigo repentino y después sangraban los poros y llegaba la muerte. Las manchas escarlatas sobre el cuerpo y, en especial, sobre el rostro de la víctima eran el bando de la peste, que la aislaba de la ayuda y de la comprensión de sus iguales. La invasión, el progreso y el fin de la enfermedad ocurrían en media hora.

Pero el príncipe Próspero era feliz, intrépido y sagaz. Cuando sus territorios quedaron despoblados a medias, convocó ante su presencia a mil robustos y libres amigos entre los caballeros y las damas de su corte y, con ellos, se retiró a una de sus abadías fortificadas. Se trataba de un edificio amplio y magnífico, construido según el propio gusto excéntrico y a la vez augusto del príncipe. La rodeaba una sólida y alta muralla, que tenía portones de hierro. Una vez dentro, los cortesanos llevaron fraguas y macizos martillos y soldaron los cerrojos. Decidieron no dejar medios de entrada o salida para los repentinos impulsos de desesperación o frenesí que tenían lugar en el interior. La abadía estaba muy bien aprovisionada. Con tales precauciones, los cortesanos podrían evitar el contagio. El mundo exterior podría cuidar de sí mismo. Mientras tanto, era absurdo lamentarse o pensar. El príncipe había previsto todos los elementos necesarios para el placer. Había bufones, improvisadores, bailarines y músicos; había belleza y había vino. Dentro había todo esto y seguridad. Fuera estaba la «Muerte Roja».

Al finalizar un período de unos cinco o seis meses de reclusión, y mientras la peste atacaba furiosamente fuera, el príncipe Próspero dio, para sus amigos, una fiesta de máscaras de la más inusual magnificencia.

Esa mascarada era una escena voluptuosa. Pero primero permitidme que os describa los salones donde tuvo lugar. Eran siete, una *suite* imperial. En muchos palacios, dichos salones formaban una larga galería recta, donde las puertas dobles se abren hasta tocar la pared a cada lado, de modo que se podía ver toda su extensión. En este caso, era diferente, como podía esperarse del amor que el príncipe sentía por las cosas raras. Los salones estaban dispuestos de forma tan irregular que sólo podía verse uno cada vez. Había un recodo cada veinte o treinta yardas, y en cada recodo, un objeto novedoso. A la derecha y a la izquierda, en el medio de cada pared, había una ventana gótica alta y estrecha que daba a un corredor cerrado que seguía el contorno de los salones. Estas ventanas eran de cristales, cuyo colorido variaba según el tono dominante en la decoración de la cámara hacia la cual se abrían. Por ejemplo, la del extremo oriental era azul y de este mismo color eran sus ventanas. La segunda cámara tenía ornamentos y tapices en color púrpura y los cristales eran también púrpura. La tercera era toda verde, al igual que los cristales. La cuarta estaba amueblada e iluminada en color anaranjado; la quinta, en blanco, y la sexta, en violeta. La séptima cámara estaba completamente cubierta con tapices de terciopelo negro que colgaban desde el cielo raso y decoraban las paredes, cayendo sobre la alfombra del mismo material y del mismo color. Pero en esta habitación sólo el color de las ventanas no coincidía con el de la decoración. Los cristales eran escarlata, del espeso color de la sangre. En ninguna de las siete cámaras había lámparas o candelabros, entre la profusión de ornamentos dorados que aparecían dispuestos o colgados del cielo raso. No emanaba luz de ninguna vela o lámpara dentro de las habitaciones. Pero en los corredores paralelos a la galería de salones había frente a cada ventana un pesado trípode que sostenía un brasero, cuyos rayos se proyectaban a través de los coloridos cristales, iluminando cada habitación. Producían así una gran multitud de resplandores tan vivos como fantásticos. Pero en la cámara oeste, o cámara negra, el efecto de la luz que se derramaba sobre las sombrías colgaduras era terriblemente siniestro y daba un tono tan extraño a los rostros de los que allí se encontraban, que pocos eran lo bastante osados como para ingresar allí.

También en esta cámara había sobre la pared occidental un gigante reloj de ébano. Su péndulo se balanceaba de un lado al otro, con un sonido pesado, sordo y monótono. Y cuando la manecilla de los minutos había recorrido su circuito y debía dar la hora, salía de las entrañas de bronce del reloj un sonido claro y fuerte, profundo y muy musical, pero de un tono y una fuerza tan peculiares que a cada hora los músicos debían hacer una pausa en su ejecución para escucharlo; también los bailarines dejaban de danzar y había un momento de desconcierto entre el alegre grupo. Mientras seguían sonando las campanadas del reloj, se observaba que los más atolondrados palidecían y los de más edad y reflexión se pasaban la mano por la frente, como si estuvieran en medio de una confusa meditación o de un ensueño. Pero cuando cesaban los ecos, se oía una leve risa entre la concurrencia; los músicos se miraban unos a otros y sonreían de su absurdo nerviosismo, mientras se prometían en voz baja que el siguiente tañido del reloj no causaría en ellos una emoción semejante. Y, luego, después de sesenta minutos (que abarcan tres mil seiscientos segundos del tiempo que vuela), sonaba nuevamente el reloj y se producía el mismo desconcierto, el mismo temblor y la misma meditación que antes.

Sin embargo, a pesar de todo esto, era una fiesta alegre y magnífica. Los gustos del príncipe eran especiales. Tenía una sensibilidad notable para los colores y sus efectos. Despreciaba la *decoración* de la simple moda. Sus planes eran audaces y feroces, y sus ideas brillaban con bárbaro esplendor. Algunos pensaban que estaba loco. Sus seguidores creían que no. Era necesario oírlo, verlo y tocarlo para asegurarse de que no.

Él mismo había dirigido, en gran parte, la decoración de las siete cámaras, con ocasión de esta gran fiesta, y era su propio gusto el que había guiado el carácter de los disfraces. Por supuesto, eran grotescos. Había en ellos mucho de brillante, de esplendoroso, de pícaro y de fantasmagórico, mucho de lo que se vería más tarde en *Hernani*. Había figuras arabescas, con siluetas y atuendos incoherentes. Había fantasías delirantes, como las preferidas por los locos. Había mucho de belleza, mucho de extraño y licencioso. No faltaba lo terrible y lo repelente. En verdad, en aquellas siete cámaras había una multitud de sueños. Los sueños se movían de un lado a otro tomando el color de cada habitación y haciendo que la música y la orquesta parecieran el eco de sus pasos. Pero otra vez sonó el reloj de ébano que aparecía en la habitación de terciopelo. Y así, durante un momento, todo quedó quieto y en silencio, salvo la voz del reloj. Los sueños se congelaron. Pero los ecos del reloj se desvanecieron, sólo duraron un instante, y flotó una risa suave y medio sofocada tras ellos en su partida. Y otra vez sonó la música y vivieron los sueños y fueron de un lado al otro más felices que nunca, tomando el color de las ventanas de colores a través de las cuales se cuelan los rayos provenientes de los trípodes. Pero ninguna de las máscaras se atrevió a ir a la cámara que se hallaba hacia el occidente, porque cuando la noche fue avanzando y se filtró una luz más roja por los cristales de color de sangre, la tiniebla de los tapices negros fue aterradora. Y para aquel que pisara la sombría alfombra, surgiría del reloj de ébano un ahogado sonido mucho más solemne que los que alcanzaban a oír las máscaras entregadas a la distante alegría de las otras cámaras.

Pero estas otras cámaras estaban muy concurridas y en ellas latía fervorosamente el corazón de la vida. La fiesta continuaba en su torbellino hasta que, por fin, comenzaba a sonar el reloj a medianoche. Después cesó la música, como he dicho, y la danza de los bailarines se tranquilizó. Se produjo una interrupción desagradable de todas las cosas como antes. Pero ahora debían sonar doce campanadas en el reloj, y por eso ocurrió, tal vez, que los pensamientos invadieron en mayor número las meditaciones de los que reflexionaban entre la multitud que participaba de la fiesta. Quizá también por eso ocurrió que, antes de que sonaran los últimos ecos de la última campanada, hubo muchos miembros de la multitud que pudieron advertir la presencia de una figura enmascarada que hasta el momento no había llamado la atención de nadie. Y al correr en un susurro la noticia de esta nueva presencia, surgió al final un rumor de desaprobación y sorpresa, y, luego, de terror, de horror, de repugnancia.

En una asamblea de fantasmas, como la que he descrito, puede suponerse que ninguna aparición podría haber causado semejante sensación. En realidad, esa mascarada no tenía límites; pero la figura en cuestión lo sobrepasaba e iba más allá de los límites del mismísimo indefinido decoro del príncipe. En el corazón de los más temerarios hay fibras que no pueden tocarse sin emoción. Aun en el ser más relajado, para quien la vida y la muerte no son sino juegos, existen temas con los que no se puede jugar. En realidad, todos los asistentes parecían sentir que en la vestimenta y el porte del extraño no había nada de apropiado o de ingenioso. Su figura era alta y delgada, y llevaba una mortaja desde la cabeza hasta los pies. La máscara que ocultaba el rostro se parecía tanto a un cadáver rígido, que el análisis más detallado habría encontrado dificultades para descubrir el engaño. Es verdad, aquella frenética concurrencia podía admitir, y hasta aprobar, semejante disfraz. Sin embargo, el enmascarado había osado asumir el aspecto de la «Muerte Roja». Su mortaja estaba salpicada de sangre y su amplia frente, como todo su rostro, estaba manchada por el horror escarlata.

Cuando los ojos del príncipe Próspero se posaron en la imagen espectral (que con un movimiento lento y solemne, como para cumplir mejor su papel, se paseaba entre los bailarines), vieron que se convulsionaba, en un primer momento, con un temblor de terror o disgusto; pero a continuación, su frente enrojeció de furia.

—¿Quién se atreve —preguntó, con voz ronca, a los cortesanos que tenía alrededor— a insultarnos con esta burla blasfema? ¡Apresadlo y desenmascaradlo para que podamos ver a quién colgaremos al amanecer!

El príncipe Próspero se encontraba en la cámara oriental o azul al pronunciar estas palabras. Su voz resonó en las siete cámaras, fuerte y clara, ya que el príncipe era un hombre valiente y robusto y la música había cesado con un simple movimiento de su mano.

Estaba en la cámara azul rodeado de un grupo de pálidos cortesanos. Al principio, mientras él hablaba, se produjo un leve movimiento en dirección al intruso, quien, en ese momento, también estaba cerca y se aproximaba aún más hacia el príncipe con paso sereno y deliberado. Pero, debido a la inexplicable aprensión que la insana apariencia del enmascarado había producido entre la concurrencia, nadie se adelantó para apresarlo. Al no ser detenido, se puso a una yarda del príncipe y, mientras la asamblea, como con un impulso, retrocedió del centro de las cámaras hacia las paredes, él avanzó sin interrupción, pero con el mismo paso sereno y medido que lo había distinguido desde el primer momento, pasando de la cámara azul a la púrpura, de la púrpura a la verde, de la verde a la anaranjada, de esta a la blanca y de allí a la violeta, sin que nadie se hubiera atrevido a detenerlo. Pero entonces el príncipe Próspero, enloquecido de furia y vergüenza de su propia cobardía, corrió por las seis cámaras, sin que nadie lo siguiera, a causa de un terror mortal que se había apoderado de todos. Con un puñal en la mano, se acercó, con veloz ímpetu, hasta tres o cuatro pies de distancia de la figura, que se alejaba. Al llegar al extremo de la cámara de terciopelo, giró de repente y se enfrentó al que lo perseguía. Se oyó un grito agudo, mientras el puñal caía brillante sobre la negra alfombra y el príncipe Próspero se desplomaba muerto. Reuniendo el salvaje coraje de la desesperación, algunas máscaras se lanzaron dentro de la cámara negra y, al apresar al desconocido, cuya alta figura permanecía erecta e inmóvil a la sombra del reloj de ébano, retrocedieron con inexpresable terror al descubrir que la mortaja y la cadavérica máscara que con tanta fuerza habían aferrado no contenían forma tangible alguna.

Así se reconoció la presencia de la «Muerte Roja». Había llegado como un ladrón en la noche. Uno por uno cayeron los concurrentes en las salas de la fiesta y cada uno murió en la posición desesperada de su caída. La vida del reloj de ébano se extinguió con la del último de aquellos seres alegres. Y las llamas de los trípodes se apagaron. Y la oscuridad y la decadencia y la «Muerte Roja» lo dominaron todo.

EL ENTIERRO PREMATURO

Hay algunos temas de los que el interés es absolutamente absorbente, pero que también resultan por completo horribles como objeto de una verdadera obra de ficción. Estos temas deben ser evitados por el mero autor romántico, si no quiere ofender o disgustar. Solo son tratados de forma adecuada cuando la severidad y la majestuosidad de la verdad los santifican y los sostienen. Por ejemplo, nos estremecemos con el más intenso de los «dolores placenteros» ante los relatos del paso del Beresina, del terremoto de Lisboa, de la plaga de Londres, de la masacre de san Bartolomé o la asfixia de ciento veintitrés prisioneros en el Pozo Negro de Calcuta. Pero, en estos relatos, lo que excita es el hecho, la realidad, la historia. Como invenciones, debemos considerarlos con simple aversión.

He mencionado sólo algunas de las más destacadas y augustas calamidades registradas; pero en estos casos es el alcance, al igual que el carácter de la calamidad, los que causan una impresión tan viva en la imaginación. No es necesario recordar al lector que, del largo y horrible catálogo de miserias humanas, podría haber elegido muchos casos individuales más llenos de sufrimiento esencial que cualquiera de estos vastos desastres generales. La verdadera desgracia, el desastre verdadero, es particular, no difuso. ¡Demos gracias al Dios misericordioso por permitir que los horribles extremos de agonía sean soportados por el hombre como individuo y nunca por el hombre en masa!

Ser enterrado vivo es, sin duda, el más terrible de estos extremos que haya caído jamás en suerte al simple mortal. Ningún ser pensante puede negar que ha caído con frecuencia, con mucha frecuencia. Los límites que dividen la vida de la muerte son, como mucho, sombríos y vagos. ¿Quién podría decir dónde termina una y comienza la otra? Sabemos que hay enfermedades que producen cese total de todas las funciones vitales aparentes y en las que, sin embargo, estos ceses son meras suspensiones, para hablar con precisión. Son sólo pausas temporales del incomprensible mecanismo. Transcurrido cierto tiempo, algunos principios misteriosos ocultos ponen en movimiento nuevamente los mágicos piñones y las ruedas de hechicería. La cuerda de plata no estaba suelta para siempre, ni el vaso de oro irreparablemente roto. Pero, mientras tanto, ¿dónde estaba el alma?

Sin embargo, además de la conclusión inevitable, *a priori,* de que determinadas causas producen determinados efectos, de que los bien conocidos casos de vida suspendida deben provocar naturalmente, una y otra vez, entierros prematuros, aparte de esta consideración, contamos con el testimonio directo de experiencia médica y vulgar para probar que han ocurrido un gran número de entierros de esta clase. Podría recurrir, si fuera necesario, a un centenar de casos perfectamente auténticos. Uno muy notable, y cuyas circunstancias pueden estar frescas aún en la memoria de algunos lectores, tuvo lugar, no hace mucho tiempo, en una ciudad cercana a Baltimore, donde causó una excitación dolorosa, intensa y generalizada. La mujer de uno de los más respetables ciudadanos, un eminente abogado miembro del Congreso, fue atacada por una enfermedad repentina e inexplicable, que burló el ingenio de sus médicos. Después de sufrir mucho, murió o se creyó que había muerto. En realidad, nadie sospechó o tuvo motivos para sospechar que no había muerto. Presentaba todos los síntomas habituales de la muerte. La cara cobró un habitual contorno contraído. Los labios tenían la palidez del mármol. Los ojos carecían de brillo. No había calor. Las pulsaciones se habían detenido. Durante tres días, el cuerpo fue mantenido sin enterrar; durante este tiempo, adquirió mayor rigidez. En resumen, el funeral fue apresurado a causa del veloz avance de lo que, se suponía, era la descomposición.

La dama fue depositada en la bóveda familiar, que permaneció cerrada durante los tres años siguientes. Al finalizar este período, fue abierta para la recepción de un sarcófago, pero, ¡oh, qué espantoso choque esperaba al marido, quien, en persona, abrió la puerta! Al abrirse las puertas, un objeto vestido de blanco cayó rechinando en sus brazos. Era el esqueleto de su mujer, que aún tenía la mortaja puesta.

Una investigación cuidadosa dio como resultado que la mujer había revivido dos días después de enterrada, que su lucha dentro del ataúd había provocado la caída desde el nicho o estante al suelo, donde se había roto, permitiendo así que ella escapara. Una lámpara, que había quedado por accidente llena de aceite dentro de la tumba, estaba vacía; sin embargo, debió consumirse por evaporación. En el escalón superior que llevaba hacia la espantosa cámara, había un gran pedazo del ataúd, con el que, según parecía, la mujer había tratado de llamar la atención golpeando sobre la puerta de hierro. Mientras lo intentaba, probablemente, se desmayó o tal vez murió de terror, y, al caer, la mortaja se enredó en alguna pieza de hierro que se proyectaba hacia adentro. En esta posición, erecta, se quedó y así se pudrió.

En el año 1810, tuvo lugar en Francia un caso de inhumación con vida, rodeado de circunstancias que garantizan la afirmación de que la realidad es más extraña que la ficción. La heroína de la historia era la señorita Victorine Lafourcade, una joven de ilustre familia, rica y de gran belleza personal. Entre sus numerosos pretendientes se contaba Julien Bossuet, un pobre escritor, o periodista, de París. Su talento y su amabilidad habían llamado la atención de la heredera, quien parecía haberse enamorado de él. Pero el orgullo de su casta hizo que decidiera dejarlo y casarse con el señor Renelle, un distinguido banquero y diplomático. Sin embargo, después de la boda, el caballero dejó de cuidarla y hasta llegó a maltratarla. Después de pasar con él unos miserables años, murió; por lo menos, su estado se asemejaba tanto a la muerte que todos los que la vieron la creyeron muerta. Fue enterrada, no en una bóveda, sino en una tumba común en el pueblo donde había nacido. Desesperado y todavía inflamado por el recuerdo de su profundo cariño, el amante viajó de la capital a la remota provincia donde se encontraba ese pueblo, con el propósito romántico de desenterrar el cuerpo y apoderarse de sus impresionantes trenzas. Llegó a la tumba. A medianoche, exhumó el ataúd, lo abrió y, al desprender el pelo, se sorprendió al ver que su amada tenía los ojos abiertos. En realidad, la mujer había sido enterrada viva. Su vitalidad no había desaparecido del todo, y fue reanimada, por las caricias de su amante, de ese letargo que había sido confundido con la muerte. La llevó frenéticamente hasta su alojamiento en el pueblo. Utilizó ciertos poderosos reconstituyentes sugeridos por sus no pocos conocimientos médicos. Finalmente, ella revivió. Permaneció con él hasta que, gradualmente, recuperó completamente la salud. Su corazón era duro y esta última lección de amor bastó para ablandarlo. Lo entregó a Bossuet. Nunca más regresó con su marido, sino que le ocultó su resurrección y huyó con su amante a América. Veinte años después regresaron a Francia, persuadidos de que el tiempo habría alterado tanto el aspecto de la dama que sus amigos no podrían reconocerla. Sin embargo, estaban equivocados, ya que la primera vez que se encontraron, el señor Renelle la reconoció y la reclamó como su mujer. Ella se resistió a dicho reclamo y los tribunales la apoyaron en su actitud, al decidir que las especiales circunstancias, con el paso de los años, habían extinguido, no sólo desde el punto de vista de la equidad sino también desde el punto de vista del derecho, la autoridad del marido.

La *Revista de Cirugía*, de Leipzig, un periódico de gran autoridad y mérito, que algunos libreros americanos harían bien en traducir y publicar nuevamente, relata, en una edición posterior, un hecho muy lamentable con las mismas características en cuestión.

Un oficial de artillería, de estatura enorme y salud robusta, fue derribado por un caballo ingobernable y recibió una gravísima contusión en la cabeza, que lo dejó inconsciente de inmediato. Tuvo una leve fractura de cráneo, pero no corría peligro inmediato. La trepanación se realizó con éxito. Se le practicó una sangría y se aplicaron muchos otros métodos para aliviarlo. Sin embargo, fue cayendo gradualmente en un lamentable estado de sopor y, finalmente, se le dio por muerto.

Hacía calor y fue enterrado con demasiada prisa en uno de los cementerios públicos. El funeral se llevó a cabo el jueves. El domingo siguiente, el cementerio se llenó, como siempre, de muchos visitantes. Cerca de mediodía, se generó una gran excitación general por la declaración de un campesino que, al sentarse sobre la tumba del oficial, había sentido un movimiento de la tierra, como si alguien estuviera luchando allí abajo. Primero, se prestó poca atención a lo que decía aquel hombre; pero su evidente terror y la terca insistencia con que repetía el relato tuvieron su efecto natural en la multitud. Algunos se procuraron unas palas y la tumba, vergonzosamente superficial, quedó abierta en unos minutos, dejando a la vista la cabeza de su ocupante. Aparentemente, estaba muerto, pero sentado dentro del ataúd, cuya tapa, en su furiosa lucha, había levantado parcialmente.

De inmediato, lo llevaron al hospital más cercano y allí se le declaró vivo, aunque en estado de asfixia. Después de algunas horas, revivió, reconoció a algunos amigos y relató, con voz entrecortada, su agonía en la tumba.

Por lo que contó, estaba claro que debía haber estado consciente de estar vivo durante más de una hora, mientras estaba enterrado, antes de perder el sentido. La tumba había sido cubierta de forma descuidada con tierra muy porosa y, por tanto, había permitido la entrada de aire. Oyó los pasos de la multitud por encima e intentó hacerse oír. Dijo que fue el tumulto del cementerio lo que pareció despertarlo de un profundo sueño, pero en cuanto se hubo despertado se dio cuenta de los terribles horrores de su estado.

Se asegura que este paciente iba mejorando y parecía estar en buen camino para la recuperación, pero sucumbió víctima del curanderismo médico. Se le aplicó la batería galvánica y expiró de pronto en uno de esos estáticos paroxismos que, en algunos casos, ocasiona.

Sin embargo, la mención de la batería galvánica me recuerda un extraordinario caso, muy conocido, en el que su acción resultó ser un medio de reanimar a un joven abogado de Londres, quien había permanecido enterrado durante dos días. Este hecho tuvo lugar en 1831 y causó, en ese período, una profunda sensación en todos los sitios donde fue tema de conversación.

El paciente, Edward Stapleton, había muerto, aparentemente, de fiebre tifoidea, acompañada por unos síntomas anómalos que excitaron la curiosidad de los médicos. Por su aparente muerte, se solicitó a sus amigos un permiso para llevar a cabo un examen *postmortem,* pero no lo autorizaron. Como ocurre a menudo, cuando se producen estas negativas, los médicos resolvieron exhumar el cuerpo y disecarlo a gusto, en privado. Con facilidad, se hicieron los arreglos necesarios con algunos de los muchos ladrones de cadáveres que abundan en Londres y, la tercera noche después del funeral, el supuesto cadáver fue desenterrado de una tumba de ocho pies de profundidad y fue depositado en una sala de operaciones de un hospital privado.

Se le había practicado una incisión de cierta magnitud en el abdomen, cuando la fresca e incorrupta apariencia del sujeto sugirió la aplicación de la batería. Se realizaron varios experimentos y ocurrieron los efectos habituales, sin nada de peculiar, salvo, en una o dos ocasiones, un mayor grado de apariencia de vida en la acción convulsiva.

Ya era tarde. Iba a amanecer y, finalmente, se creyó oportuno proceder de inmediato a la disección. Sin embargo, un estudiante deseoso de probar una teoría propia, insistió en aplicar la batería en uno de los músculos pectorales. Después de practicar una tosca incisión, se estableció apresuradamente un contacto con el cable y el paciente, con un movimiento convulsivo y rápido, se incorporó en la mesa, se puso de pie en el suelo, miró a su alrededor extrañado durante unos segundos y, después, habló. Lo que dijo era ininteligible, pero la pronunciación era clara. Después de hablar, cayó pesadamente al suelo.

Durante unos momentos, todos quedaron paralizados del susto, pero la urgencia del caso pronto les devolvió la presencia de ánimo. Se vio que Stapleton estaba vivo, aunque en síncope. Al aplicársele éter, revivió y recuperó la salud, regresando a su grupo de amigos, a quienes ocultó el hecho de su resurrección hasta que no hubo ningún peligro de recaída. Cabe imaginar la sorpresa y el asombro de aquellos.

Lo más espeluznante de este hecho es, sin embargo, lo que afirma Stapleton. Declara que en ningún momento perdió por completo el sentido y que, de un modo oscuro y confuso, fue consciente de todo lo que estaba ocurriendo desde el momento en que fue declarado *muerto* por los médicos, hasta que cayó desmayado en el suelo del hospital. «Estoy vivo» eran las palabras incomprendidas que, al reconocer la sala de disección, había intentado pronunciar en su estado.

Sería fácil contar múltiples historias como estas, pero no lo hago, ya que, en realidad, no es necesario para confirmar el hecho de que hayan ocurrido entierros prematuros. Cuando reflexionamos acerca de las contadas veces en que, por la naturaleza del caso, podemos detectarlos, debemos admitir que pueden ocurrir *con frecuencia* sin que nos enteremos. En realidad, pocas veces se ha removido un cementerio, por cualquier motivo, sin que se hallaran esqueletos en posiciones que sugieren la más atroz de las sospechas.

¡Atroz la sospecha, pero más atroz el destino! Se puede afirmar, sin dudarlo, que *ningún* hecho es tan terrible como el enterramiento antes de la muerte para llevar al máximo de la angustia física y mental. La insoportable opresión de los pulmones, las sofocantes emanaciones de la tierra húmeda, las adherentes vestiduras funerarias, el rígido abrazo de la estrecha morada, la oscuridad de la noche absoluta, el silencio como un mar que abruma, la presencia oculta pero palpable del conquistador gusano, todo esto, con la idea del aire y la hierba que crece arriba, con el recuerdo de los amigos queridos que volarían para salvarnos si se enteraran de nuestro destino y la conciencia de que *nunca* podrán enterarse de este destino, de que nuestra suerte sin esperanza es la de los muertos de verdad, estas consideraciones, digo, llevan al corazón, que aún palpita, un nivel de horror destructivo e intolerable ante el cual retrocede hasta la imaginación más audaz. No conocemos algo tan agonizante en la tierra, no podemos pensar en nada que sea la mitad de terrorífico que el reino del más profundo infierno. Y, de este modo, todos los relatos sobre este tema tienen un profundo interés; un interés, sin embargo, que, mediante el sagrado horror del tema en sí, depende, de forma especial y peculiar, de nuestra convicción de la *veracidad* del asunto narrado. Lo que tengo que decir ahora es de mi propio conocimiento real, de mi propia experiencia positiva y personal.

Durante varios años, había sufrido unos extraños ataques que los médicos han acordado llamar catalepsia, al no encontrar un nombre más definido. Aunque tanto las causas inmediatas como las predisposiciones, así como el diagnóstico real de la enfermedad, son aún misteriosos, sus características obvias y aparentes se comprenden bastante bien. Las variaciones parecen ser sólo de grado. A veces, el paciente permanece, durante sólo un día o menos tiempo, en una especie de exagerado letargo. Está insensible e inmóvil en su exterior, pero todavía puede percibirse remotamente la pulsación de su corazón. Quedan algunos restos de calor. Aparece un suave color en el centro de las mejillas. Y, al aplicar un espejo delante de los labios, podemos detectar un torpe, desigual y vacilante funcionamiento de los pulmones. Después, el trance puede durar semanas, meses, mientras el estudio y los controles médicos más rigurosos no pueden establecer una distinción importante entre el estado del paciente y lo que entendemos por muerte absoluta. En muy pocos casos, el enfermo se salva de un entierro prematuro sólo por el conocimiento de sus amigos de que había sufrido anteriormente ataques de catalepsia y la consiguiente sospecha; pero, sobre todo, lo salva su aspecto incorrupto. Es de agradecer que los avances de la enfermedad sean graduales. Las primeras manifestaciones, aunque marcadas, son inequívocas. Los ataques son cada vez más característicos y cada uno dura un poco más que el anterior. Aquí reside la seguridad principal para proceder a la inhumación. El pobre cuyo *primer* ataque fuera grave sería inevitablemente enterrado vivo en la tumba.

Mi propio caso no difería de manera importante de los que aparecen en los libros de medicina. A veces, sin causa aparente, me hundía, poco a poco, en un estado de semisíncope o semidesmayo; así, sin dolor, sin capacidad para moverme o, para ser más preciso, para pensar, pero con una oscura conciencia letárgica de la vida y de la presencia de los que rodeaban mi cama permanecía, hasta que la crisis de la enfermedad me devolvía, de repente, el perfecto conocimiento. En otras ocasiones, el ataque era rápido, fulminante. Me sentía mal, aterido, helado, con vértigo y, de pronto, caía postrado. Después, durante semanas, todo era vacío y negro y silencioso, y la nada era el universo. La aniquilación total no podía ser otra cosa. Sin embargo, de estos últimos ataques me despertaba con lentitud, en comparación con la rapidez del ataque. Así como amanece para los mendigos solitarios y vagabundos que recorren las calles toda la noche de invierno, así, tan tardía, tan cansada, tan alegre, volvía a mí la luz del alma.

Sin embargo, a pesar de mi tendencia al trance, mi salud en general parecía buena; tampoco podía percibir que estuviera afectada por la enfermedad, a menos que una característica de mi *sueño* pudiera creerse causada por ella. Cuando me despertaba, nunca podía recuperar de inmediato mis sentidos y me quedaba durante unos minutos en un estado de extravío y perplejidad, ya que se habían suspendido absolutamente las facultades mentales, en general, y la memoria, en especial.

En todo lo que soporté, no hubo sufrimiento físico, pero sí una infinita angustia moral. Mi imaginación se tornó macabra. Hablaba «de gusanos, de tumbas y epitafios». Me perdía en sueños de muerte y atrapaba mi mente la idea de un entierro prematuro. El horrible peligro que corría me perseguía día y noche. Durante el día, la tortura de la meditación resultaba excesiva, y durante la noche, suprema. Cuando las tinieblas cubrían la tierra, presa de los más atroces pensamientos, temblaba, temblaba como los trémulos penachos de la carroza fúnebre. Cuando mi naturaleza no podía soportar más, luchaba por no dormirme, por miedo a encontrarme dentro de una tumba al despertarme. Y cuando, finalmente, me dormía, era para precipitarme de repente en un mundo de fantasmas sobre el que se cernía con sus vastas, negras alas tenebrosas, la única, la sepulcral *idea*.

De las innumerables imágenes de oscuridad que oprimen mis sueños, quiero relatar una visión solitaria. Pensaba que estaba inmerso en un trance cataléptico de duración y profundidad mayores que las habituales. De pronto, una mano helada se posó en mi frente y una voz impaciente susurró a mi oído la palabra «¡Levántate!».

Me senté. La oscuridad era total. No podía ver la figura de quien me había despertado. No podía recordar el momento en el que había entrado en trance ni el sitio donde me encontraba. Mientras permanecía inmóvil y ocupado en intentar pensar, la mano helada me agarraba de la muñeca, me sacudía petulante, mientras la voz decía nuevamente:

—¡Levántate! ¿No te ordené que te levantaras?

—Y tú —pregunté—, ¿quién eres?

—No tengo nombre en la región que habito —respondió la voz fúnebre—. Fui mortal, pero ahora soy un demonio. Soy implacable, pero digno de piedad. Tú debes sentir que me estremezco. Los dientes me rechinan mientras hablo, pero no es por el frío de la noche, de la noche sin fin. Pero este horror es insoportable. ¿Cómo puedes dormir tranquilo? No puedo descansar por los gritos de estas enormes agonías. Estos suspiros son más de lo que puedo soportar. ¡Levántate! Ven conmigo a la noche exterior y deja que te enseñe las tumbas. ¿No es este un espectáculo de dolor? ¡Mira!

Miré y la figura invisible, que aún agarraba mi muñeca, hizo abrir las tumbas de toda la humanidad. De cada una salía un suave brillo fosfórico de la decadencia, de modo que pude ver en los más recónditos escondites y observé los cuerpos amortajados en su triste y solemne sueño con el gusano. Pero los verdaderos durmientes eran menos, entre muchos millones, que los que no dormían y se producía una leve lucha y un desasosiego general; de las profundidades de los innumerables pozos salía el melancólico frotar de las vestiduras de los enterrados. Y, entre aquellos que parecían descansar tranquilos, pude ver que muchos habían cambiado, en mayor o menor grado, la rígida e incómoda posición en que habían sido inhumados. Y la voz me dijo nuevamente, mientras yo miraba:

—¿No es, acaso, un triste espectáculo?

Pero, antes de que pudiera encontrar palabras para responder, la figura había dejado de aferrarme por la muñeca, se apagaron las luces fosforescentes y las tumbas se cerraron con un golpe violento, mientras surgieron de ellas un tumulto de gritos desesperados, que repetían: «¿No es, acaso, un triste espectáculo?».

Fantasías como estas, que se presentan durante la noche, extendían su terrible influencia durante el día. Mis nervios se trastornaron y caí presa del perpetuo horror. Dudaba en caminar o cabalgar, o intentar por otros modos de volver a casa. En realidad, ya no confiaba en mí mismo lejos de los que conocían mi tendencia a la catalepsia, por miedo a que, en uno de mis habituales ataques, me enterraran antes de determinar mi verdadero estado. Dudaba del cuidado, de la fidelidad de mis amigos más queridos. Temía que, en algún trance más prolongado que los habituales, pudieran pensar que era irrecuperable. Llegué a pensar que, como causaba tantos problemas, estarían contentos de considerar un ataque profundo como causa suficiente para librarse de mí para siempre. En vano intentaron darme seguridad mediante promesas solemnes. Intenté que me prometieran bajo juramento que en ningún caso me enterrarían hasta comprobar que mi estado de descomposición estaba tan avanzado que no sería posible conservarme. Y, aun así, mis terrores mortales no entendían razones, no encontraban consuelo. Tomé una serie de complicadas precauciones. Entre otras cosas, hice remodelar la cripta familiar de modo que pudiera ser fácilmente abierta desde dentro. La más mínima presión sobre una larga palanca que se extendía dentro de la tumba haría que las puertas de hierro se abrieran. También preví la entrada de aire y luz y receptáculos apropiados para comida y agua, cerca del ataúd que me contendría. El ataúd estaba forrado con un material suave y cálido, con una tapa elaborada según el mismo principio de la puerta, con un añadido de resortes diseñados de tal modo que el más leve movimiento del cuerpo hubiera bastado para liberarlo. Además de todo esto, del techo de la tumba colgaba una gran campana, cuya cuerda se diseñó para que entrara por un orificio del ataúd y estuviera atada a una de las manos del cadáver. Pero, ¡oh!, ¿de qué sirve la vigilancia contra el destino del hombre? Ni siquiera estas medidas de seguridad eran suficientes para salvar de las más terribles angustias de la inhumación con vida a un pobre hombre destinado a ellas.

Llegó una época, como había ocurrido con anterioridad, en que me encontré pasando de un estado de total inconsciencia a la primera sensación, leve e indefinida, de estar vivo. Lentamente, a paso de tortuga, se acercaba el gris amanecer del día psíquico. Un desasosiego tranquilo. Una apática sensación de dolor sordo. Sin cuidado, sin esperanza, sin esfuerzo. Después de un largo intervalo, algo resonó en mis oídos, y después de un intervalo aún más largo, una sensación de hormigueo en mis extremidades; después de un período aparentemente eterno de tranquilidad placentera, durante el cual los sentimientos luchan por convertirse en pensamientos; posteriormente, otra caída en la nada; después, una recuperación repentina. Por fin, el leve temblor de un párpado y, enseguida, un choque eléctrico de terror, mortal e indefinido, que envía sangre a torrentes desde las sienes hasta el corazón. Y luego, el primer esfuerzo positivo por pensar. Y luego, el primer intento por recordar. Y luego, un triunfo parcial y evanescente. Y luego, el recuerdo ha recuperado su dominio de tal forma que, en alguna medida, estoy consciente de mi estado. Siento que no me estoy despertando de un sueño común. Recuerdo que he pasado por un estado cataléptico. Y después, por fin, como por la fuerza del océano, mi espíritu estremecido se ve abrumado por el único horrendo peligro, la única idea espectral, siempre dominante.

Durante algunos minutos, poseído por esta idea, me quedé inmóvil. ¿Y por qué? No podía reunir coraje para moverme. No me atrevía a hacer el esfuerzo que debía tranquilizarme y, sin embargo, algo en mi corazón susurraba que *era seguro*. La desesperación —como ninguna otra desgracia puede causar—, sólo la desesperación, me impulsó, después de un largo tiempo de indecisión, a abrir los ojos. Los abrí. Estaba oscuro, completamente oscuro. Sabía que el ataque había terminado. Sabía que la crisis de mi trastorno había pasado. Sabía que había recuperado el uso de mis facultades visuales y, sin embargo, estaba oscuro, completamente oscuro, con la intensa y total capacidad de la noche que dura por siempre.

Intenté gritar y mis labios y mi lengua reseca se movieron convulsivamente juntos en el intento; pero no surgía ninguna voz de mis cavernosos pulmones, que, oprimidos como si estuvieran bajo el peso de una montaña, jadeaban y palpitaban con el corazón en cada elaborada y trabajosa inspiración.

El movimiento de mis mandíbulas, en mi esfuerzo por gritar, me demostró que estaban atadas, como ocurre habitualmente con los muertos. También sentí que me encontraba sobre un material duro y mis costados también estaban muy comprimidos. Por el momento, no me había animado a mover ninguna de mis extremidades, pero entonces levanté violentamente los brazos que estaban estirados con las muñecas cruzadas. Golpearon un material de madera sólida, que se extendía sobre mi cuerpo a una altura de no más de seis pulgadas de mi cara. Ya no podía dudar de que me encontraba, por fin, dentro de un ataúd.

Y entonces, en medio de todas mis infinitas miserias, llegó dulcemente el querubín de la esperanza, pues pensé en mis precauciones. Me retorcí y realicé movimientos espasmódicos para abrir la tapa; no se movió. Me palpé las muñecas en busca de la cuerda; no la encontré. Y, así, el consuelo huyó para siempre y una desesperación aún más fuerte reinó triunfante, ya que no pude evitar percibir la ausencia de las almohadillas que tan cuidadosamente había preparado; también llegó a mis fosas nasales el peculiar olor fuerte de la tierra húmeda. La conclusión era irresistible. No estaba en la bóveda. Había sufrido un trance durante mi ausencia de casa, entre extraños, y, no recuerdo cuándo ni cómo, ellos me habían enterrado como un perro, encerrado en un ataúd común, y arrojado en la profundidad de una *tumba* normal y anónima para siempre.

Mientras esta terrible convicción entró en lo más íntimo de mi alma, luché nuevamente por gritar fuerte. Y, en este segundo intento, lo logré. Un largo, salvaje y continuo grito o gemido de agonía resonó en los reinos de la noche subterránea.

—¡Hola! ¡Hola! —dijo una voz áspera, en respuesta.

—¿Qué demonios ocurre ahora? —preguntó otro.

—¡Sal de ahí! —dijo un tercero.

—¿Por qué aúlla de esta manera, como un gato montés? —preguntó un cuarto y, en ese momento, fui sujetado y sacudido sin ceremonias por un grupo de individuos muy toscos. No me despertaron de mi sueño, ya que estaba despierto cuando grité; pero me devolvieron la plena posesión de la memoria.

La aventura tuvo lugar cerca de Richmond, Virginia. Acompañado por un amigo, había iniciado una expedición de caza, algunas millas abajo a orillas del río James. Se acercaba la noche y nos sorprendió una tormenta. El único refugio que encontramos fue la cabina de una pequeña embarcación anclada en la corriente y cargada de tierra vegetal. La aprovechamos todo lo que pudimos y pasamos la noche a bordo. Dormí en una de las dos únicas literas que había y ni falta hace que describa las literas de una embarcación de sesenta o setenta toneladas. La que yo ocupaba no tenía ropa de cama. Su ancho era de dieciocho pulgadas. La distancia entre el fondo y la cubierta era exactamente la misma. Me resultó dificilísimo introducirme en ella. Sin embargo, dormí profundamente. Y toda mi visión —ya que no estaba soñando, no estaba teniendo una pesadilla— surgió naturalmente de las circunstancias de mi posición, del giro habitual de mis pensamientos y de la dificultad que he mencionado de concentrar mis sentidos y, en especial, de recobrar la memoria durante largo tiempo después de despertar de un sueño. Los hombres que me sacudieron eran los tripulantes de la embarcación y algunos trabajadores dedicados a descargarla. De la carga misma procedía el olor de la tierra. La venda alrededor de mis mandíbulas era un pañuelo de seda en el que había envuelto mi cabeza, a falta de mi usual gorro de dormir.

Sin embargo, las torturas soportadas fueron indudablemente iguales en aquel momento a las de una verdadera inhumación. Eran espantosas, de una atrocidad inconcebible. Pero del mal surge el bien, ya que el mismo exceso produjo en mí una reacción inevitable en mi espíritu. Mi alma adquirió tono, temperamento. Me fui al extranjero. Hice fuertes ejercicios. Respiré el aire libre del cielo. Pensé en otros temas que no fueran la muerte. Me deshice de mis libros de medicina. Quemé *Buchan*. No leí más *Pensamientos nocturnos,* ni otras obras sobre cementerios, ni cuentos de miedo como este. En resumen, me convertí en un hombre nuevo y viví la vida. Desde aquella memorable noche, desprecié para siempre mis aprensiones sepulcrales y con ellas desaparecieron mis trastornos catalépticos, de los cuales, tal vez, habían sido menos efecto que causa.

Hay momentos en los que, aun para el sobrio ojo de la razón, el mundo de nuestra triste humanidad puede asumir la apariencia de infierno. Pero la imaginación del hombre no es Caratis para explorar con impunidad todas sus cavernas. ¡Oh! La legión de terrores sepulcrales no puede considerarse totalmente imaginaria, pero, como los demonios, en cuya compañía Afrasiab hizo su viaje por el Oxus, deben dormir o nos devorarán; debemos permitirles dormir o pereceremos.

ELEONORA

Sub conservatione formae specificae salva anima[1].

RAIMUNDO LULIO.

Provengo de una estirpe notable por el vigor de la imaginación y la intensidad de la pasión. Los hombres me han llamado loco, pero el asunto aún no está resuelto. La cuestión de si la locura es o no la inteligencia más elevada (de si es gloriosa y cuánto, de si es todo lo que es profundo) no mana de una enfermedad del pensamiento, o de estados de ánimo exaltados a expensas del intelecto en general. Los que sueñan despiertos están enterados de muchas cosas que se les escapan a aquellos que sólo sueñan de noche. Estos consiguen en sus grises imágenes destellos de eternidad y emoción, y al despertar ven que han estado al borde del gran secreto. Aprenden a trozos algo de la sabiduría, que es del bien, y más del mero conocimiento, que es del mal. Sin embargo, penetran sin brújula ni timón en el vasto océano de la «inefable luz», y, como en las aventuras del geógrafo nubio[2], *agressi sunt mare tenebrarum, quid in eo esset exploraturi*[3].

Diremos entonces que estoy loco. Concedo que al menos hay dos estados distintos en mi existencia mental: el estado de una razón lúcida, que no será debatido y que pertenece al recuerdo de los acontecimientos que forman la primera época de mi vida, y un estado de sombra y duda, que pertenece al presente y al recuerdo de lo que constituye la segunda gran época de mi ser. Por lo tanto, lo que diga del primer período, creedlo, y a lo que pueda relatar de la época posterior dadle sólo el crédito que se le deba, o dudad de ello enteramente, o, si no podéis dudar, entonces haced de Edipo en esta adivinanza.

---

[1] «El alma se salva porque conserva su individualidad». *(N. del T.)*

[2] Se refiere a Ptolomeo Hefestión, a quien cita Poe en varios relatos. *(N. del T.)*

[3] «Se aventuraron en el mar de las tinieblas para explorar lo que había en él». *(N. del T.)*

Aquella a quien amé en la juventud, y de quien ahora escribo serena y claramente estos recuerdos, era la hija única de la única hermana de mi madre, difunta hace mucho tiempo. Eleonora era el nombre de mi prima. Siempre habíamos vivido juntos, bajo un sol tropical en el Valle de la Hierba Multicolor. Ningún paso sin guía llegó jamás a ese valle, porque se hallaba apartado entre una cadena de colinas gigantes que sobresalían arremolinadas sobre él y dejaban la luz solar fuera de sus placenteros rincones. No había sendero alguno marcado en su cercanía, y para alcanzar nuestro feliz hogar era necesario apartar con esfuerzo el follaje de muchos miles de árboles, y de matar aplastando las glorias de muchos millones de flores fragantes. De esta manera vivíamos solos, y sin saber nada del mundo fuera del valle, mi prima, su madre y yo.

Desde las sombrías regiones de más allá de las montañas, en el extremo superior de nuestro circundado territorio, descendía un estrecho y profundo río (más luminoso que todo, menos los ojos de Eleonora) que, serpenteando sigilosamente por el laberinto de su trayectoria, pasaba al final a través de una sombría garganta, entre colinas aún más oscuras que aquellas de donde manaba. Lo llamábamos «el Río del Silencio», porque parecía que su fluir inducía a él. Ningún murmullo surgía de su lecho, y fluía tan suavemente, que los blancos guijarros a los que nos encantaba mirar muy abajo en su seno, no se revolvían en absoluto, sino que estaban inmóviles cada uno en su propio sitio de siempre y brillando gloriosa y eternamente.

Los márgenes del río y de los muchos riachuelos deslumbrantes que se deslizaban por caminos sinuosos hacia él, y los espacios que se extendían desde los márgenes hacia la profundidad de las corrientes hasta llegar al lecho de guijarros al fondo, aquellos lugares, así como la superficie toda del valle desde el río hasta las montañas que lo ceñían, estaban alfombrados enteramente con una hierba verde y suave, espesa, corta, perfectamente igual, con aroma de vainilla; pero estaba tan salpicada por todas partes del amarillo de los ranúnculos, el blanco de las margaritas, el morado de las violetas y el rojo carmín de los asfódelos, que su extrema belleza hablaba alto y sonoro a nuestros corazones del amor y la gloria de Dios.

Y aquí y allá, en bosquecillos sobre esta hierba como en la jungla de los sueños, brotaban árboles fantásticos, cuyos troncos altos y esbeltos no crecían erguidos, sino inclinados gentilmente hacia la luz que miraba a mediodía al centro del valle. Sus cortezas estaban moteadas del vívido resplandor alterno del ébano y el plata (y eran lo más suave de todo, menos las mejillas de Eleonora), de tal manera que, de no ser por el verde brillante de las enormes hojas que se desplegaban desde sus copas en largas y trémulas hileras que cortejaban a los suaves céfiros, uno podría haber fantaseado que eran serpientes gigantes de Siria rindiendo homenaje a su señor y soberano, el Sol.

Durante quince años rondé yo por este valle de la mano de Eleonora antes de que el Amor entrase en nuestros corazones. Fue una tarde, en la culminación del tercer lustro de su vida y del cuarto de la mía. Sentados bajo los serpenteantes árboles, fundidos uno a otro en un abrazo, mirábamos hacia abajo nuestra imagen en el agua del Río del Silencio. No dijimos palabra durante el resto de aquel adorable día, e incluso las palabras del día siguiente fueron trémulas y escasas. Habíamos atraído al dios Eros de aquella ola, y sentíamos que ahora había incendiado en nosotros las ardientes almas de nuestros ancestros. Las pasiones que han distinguido durante siglos a nuestra especie vinieron en maremágnum con las fantasías que la hicieron célebre por igual, y juntas exhalaban una dicha delirante sobre el Valle de la Hierba Multicolor. Sobrevino una transformación sobre todas las cosas. Radiantes flores extrañas como estrellas ardían sobre los árboles, donde antes no se conocían flores. Los tonos de la verde alfombra se hicieron más profundos, y cuando las blancas margaritas se mustiaron una a una, en su lugar brotaron decenas y decenas de asfódelos como rubíes. Y la vida se alzaba a nuestro paso, porque los altos flamencos, invisibles hasta entonces, y todas las demás aves alegres y vistosas lucían su plumaje escarlata ante nosotros. Los peces de oro y de plata rondaban el río, de cuyo seno emanó, poco a poco, un murmullo que al final aumentó hasta ser una melodía arrulladora, más divina que la del arpa de Eolo (lo más dulce de todo, menos la voz de Eleonora). Y ahora, también una voluminosa nube, a la que habíamos observado desde hacía tiempo en las regiones de Hesper[4], flotó desde allí hermosa de carmesíes y oros, y asentándose en paz sobre nosotros, fue descendiendo día a día cada vez más abajo, hasta que sus bordes descansaron sobre las cimas de las montañas; y en-

---

[4] El lucero de la tarde, Venus. *(N. del T.)*

tonces convirtió toda su penumbra en magnificencia, y nos encerró, como si fuera para siempre, en la entraña de una mágica prisión de grandeza y de gloria.

El encanto de Eleonora era el de los serafines, pero era una doncella tan inocente y sin malicia como la breve vida que había tenido entre las flores. No había astucia que ocultara el fervor del amor que daba vida a su corazón, y conmigo examinaba sus más íntimos recovecos mientras paseábamos ambos por el Valle de la Hierba Multicolor y conversábamos de los grandes cambios que habían ocurrido últimamente en él.

Con el tiempo, un día me habló llena de lágrimas de la última y penosa transformación que debe ocurrirle a la Humanidad, y a partir de entonces se preocupó sólo de este único tema doliente, entretejiéndolo en todas nuestras conversaciones; como en las canciones del bardo de Schiraz, en las que hallamos que las mismas imágenes se reproducen una y otra vez en cada sorprendente variación de las frases.

Ella había visto que el dedo de la Muerte apuntaba a su seno, que, como todo lo efímero, ella había sido hecha perfecta en sus encantos solo para morir. Pero para ella el espanto de la tumba se presentaba únicamente en una reflexión, que me reveló al ocaso de una tarde en las orillas del Río del Silencio. Se afligía al pensar que cuando la hubiese enterrado en el Valle de la Hierba Multicolor, yo dejaría para siempre sus felices rincones y trasladaría el amor que ahora era tan apasionadamente suyo a alguna doncella del mundo cotidiano exterior. Y allí mismo, en aquel mismo momento, me arrojé apresuradamente a los pies de Eleonora y ofrecí el voto, a ella y a los cielos, de que jamás me uniría en matrimonio con ninguna hija de la Tierra, que en manera alguna me mostraría como desertor a su amada memoria, ni al recuerdo del fervoroso afecto con que me había bendecido. Y puse al Todopoderoso Soberano del Universo como testigo de la devota solemnidad de mi voto. Y la maldición que invoqué de Él y de ella, una santa del Paraíso, si me mostrase traidor a esa promesa, significaba un castigo cuyo intenso y excesivo horror no me permitirá que ponga por escrito aquí. Y los luminosos ojos de Eleonora se hicieron más radiantes con mis palabras; y suspiró como si una carga mortal se hubiera levantado de su pecho; y tembló y lloró muy amargamente, pero aceptó el voto (porque, ¿qué era ella, sino una niña?) y ello hizo que le fuera cómodo el lecho de su muerte. Y no muchos días después, mientras moría serenamente, me dijo que por lo que yo había hecho para el consuelo de su alma, ella cuidaría de mí en espíritu cuando se marchara, y que, si así se le era permitido, volvería a mí visiblemente en las vigilias de la noche; pero que si esto estaba en realidad más allá del poder de las almas en el Paraíso, al menos me daría frecuentes indicaciones de su presencia, suspirando sobre mí con los vientos de la tarde, o llenando el aire que yo respirase con perfumes de los incensarios angélicos. Y con estas palabras en sus labios, entregó su inocente vida y puso fin a la primera época de la mía.

Hasta aquí lo he dicho todo fielmente. Pero cuando paso la barrera del sendero del Tiempo, formada por la muerte de mi amada, y prosigo con la segunda época de mi existencia, siento que una nube se acumula en mi cerebro y desconfío de la justa cordura del documento. Pero permitid que siga. Los años se arrastraban pesadamente y yo aún residía en el Valle de la Hierba Multicolor, pero había sobrevenido una segunda transformación sobre todas las cosas. Las flores como estrellas se hundieron en los troncos de los árboles y no volvieron a aparecer. Los tonos de la verde alfombra palidecieron y uno a uno los rojos asfódelos como rubíes se marchitaron, y en su lugar brotaron decenas y decenas de violetas como ojos oscuros, que se retorcían inquietas y estaban siempre abrumadas de rocío. Y la Vida se apartó de nuestros senderos, pues el alto flamenco ya no ostentó su plumaje escarlata ante nosotros y voló tristemente del valle a las colinas, llevándose a todas las alegres aves resplandecientes que habían llegado en su compañía. Y los peces de oro y de plata nadaron por la garganta del extremo inferior de nuestro dominio y nunca más engalanaron el placentero río. Y la arrulladora melodía que había sido más suave que el harpa de viento de Eolo (y la más divina de todas, salvo la voz de Eleonora), se fue desvaneciendo poco a poco en murmullos cada vez más inaudibles, hasta que al final la corriente volvió por entero a la solemnidad de su silencio original. Y entonces, por último, la voluminosa nube se levantó y abandonó las cimas de las montañas a la antigua penumbra, retirándose a las regiones de Hesper y llevándose consigo del Valle de la Hierba Multicolor todas sus glorias hermosas y múltiples.

Aun así, las promesas de Eleonora no fueron olvidadas, pues oí los sonidos del balanceo de los incensarios angélicos y oleadas de sagrado perfume flotaban constantemente sobre el valle; y en las horas solitarias cuando mi corazón latía pesadamente, los vientos que bañaban mi frente venían a mí cargados de suaves suspiros; y tenues murmullos llenaban el aire de la noche; y una vez —¡ay, pero sólo una!— me desperté de un sueño, como el sueño de la muerte, por el tacto de unos labios espirituales sobre los míos.

Pero el vacío de dentro de mi corazón se negaba, incluso entonces, a llenarse. Anhelaba el amor que antes lo había colmado hasta desbordarse. Con el tiempo, el valle me entristeció con sus recuerdos de Eleonora y lo abandoné para siempre, a cambio de las vanidades y los tumultuosos triunfos del mundo.

Me encontré en una ciudad extraña, donde todo podría haber servido para borrar del recuerdo los limpios sueños que tanto tiempo soñé en el Valle de la Hierba Multicolor. Las pompas y boatos de una corte señorial, con el salvaje estruendo de las armas y el refulgente atractivo de las mujeres, confundieron y embriagaron mi cerebro. Pero hasta entonces, mi alma había demostrado ser fiel a sus votos y aún se me concedían indicaciones de la presencia de Eleonora en las calladas horas de la noche. De repente, esas manifestaciones cesaron y el mundo se oscureció ante mis ojos; y yo me quedé espantado por los ardientes pensamientos que poseía y por las terribles tentaciones que me asaltaban; pues, de muy lejos, de una tierra muy distante y desconocida, llegó a la alegre corte del rey al que yo servía una doncella ante cuya belleza mi renegado corazón se rindió al instante. Me postré sin lucha ante su escabel, en la adoración amorosa más ardiente y más abyecta. ¿Qué era en realidad mi pasión por la joven del valle comparada con el fervor, y el delirio, y el éxtasis de adoración que me elevaba el espíritu y con los que vertí toda mi alma llorando a los pies de la etérea Ermengarde? ¡Oh, qué radiante era el serafín Ermengarde! Y al mirar en las profundidades de sus ojos memorables, sólo pensé en ellos, y en ella.

Contraje matrimonio; no temí la maldición que había invocado, y su inclemencia no me hizo visita alguna. Y una vez, pero de nuevo sólo una vez en el silencio de la noche, llegaron por mi celosía los suaves suspiros que me habían abandonado, y tomaron forma de una voz adorable y familiar que decía:

«¡Duerme en paz!, porque el Espíritu del Amor reina y gobierna, y al llevar a Ermengarde a tu apasionado corazón quedas relevado, por razones que se te harán conocidas en el cielo, de los votos que hiciste a Eleonora».

BERENICE

Dicebant mihi sodales, si sepulchrum amicae visitarem,
curas meas aliquantulum fore levatas[5].

EBN ZAIAT.

La infelicidad tiene muchas caras. La desgracia terrenal es multiforme. Se extiende más allá del vasto horizonte, como el arcoíris, y sus tonalidades son tan variadas como los de este, distintas, pero tan íntimamente unidas como ellas. ¡Más allá del horizonte, como el arcoíris! ¿Cómo es que de la belleza proviene para mí esta clase de desagrado; que de la alianza de la paz viene este símil de la pena? Pero en la ética el mal es consecuencia del bien, así que, en realidad, la pena nace de la alegría. Ya sea que el recuerdo de la dicha pasada es la angustia de hoy, o sea que los sufrimientos que padecemos tienen su origen en los éxtasis que pudieron haber sido.

Mi nombre de pila es Egaeus, mi apellido no lo mencionaré. Sin embargo, no hay torres en el país más venerables que las estancias melancólicas y grises de mi heredad. Dicen que nuestro linaje es una estirpe de visionarios, y que por muchos detalles sorprendentes en el carácter de la mansión familiar, en los frescos del salón principal, en las tapicerías de los dormitorios, en las tallas de los contrafuertes de su armería, pero todavía más especialmente en la galería de pinturas antiguas, en el estilo de su biblioteca y por último la especialísima naturaleza de lo que contiene, hay evidencias más que suficientes para justificar esa creencia.

Los recuerdos de mis primeros años están unidos a esa biblioteca y a sus volúmenes, de los cuales no diré nada más después. Allí murió mi madre. Allí nací yo, pero será simple banalidad decir que yo no

---

[5] «Me decían mis compañeros que encontraría alivio a mis pesares si visitaba el sepulcro de mi amada». *(N. del T.)*

he vivido antes, que el alma no conoce una existencia anterior. ¿Lo negáis?, no discutamos sobre el asunto. Yo mismo estoy convencido de ello y no busco convencer a nadie. Sin embargo, hay un recuerdo de formas aéreas, de ojos espirituales y llenos de sentido, de sonidos musicales, aunque tristes; un recuerdo que no será descartado. Un recuerdo como una sombra difusa, indefinida, variable, vacilante; y del mismo modo, una sombra por la imposibilidad de verme libre de ella mientras exista la luz del sol de mi razón.

Nací en aquella biblioteca. Así pues, al despertarme de la larga noche de lo que parecía una insignificancia, pero no lo era, me vi de repente en las mismísimas regiones de la tierra de las hadas en un palacio de la imaginación —en los vastos dominios del pensamiento y la erudición monásticos— y no tiene nada de extraño que mirase a mi alrededor con ojos alarmados y ardientes, que perdiera el tiempo de mi infancia entre libros y que disipase mi juventud en ensoñaciones. Pero es excepcional que, según pasaban los años, el mediodía de mi edad adulta me encontrase aún en casa de mis padres. Es maravillosa la paralización que cayó allí sobre las fuentes de mi vida, es maravilloso lo total que fue la inversión que tomó lugar en el carácter de mis pensamientos más comunes. Las realidades del mundo me afectaban como visiones, y sólo como tales, mientras que, a su vez, las locas ideas de la tierra de los sueños se convirtieron no ya en el material de mi existencia diaria, sino muy realmente en esa existencia, completa y puramente en sí misma.

Berenice y yo éramos primos y crecimos juntos en las estancias de mis padres; aunque crecimos de manera diferente, yo de salud delicada y sumergido en la melancolía, ella ligera, grácil y desbordante de energía. Suyos los paseos por las colinas, míos los estudios enclaustrados; yo vivía en mi propio corazón con mi cuerpo y mi alma adictos a las meditaciones más intensas y dolorosas, ella deambulaba por la vida sin preocupaciones y sin pensar en las sombras de su camino, ni en el vuelo silencioso de las alas de cuervo de las horas. ¡Berenice! Exclamo su nombre, ¡Berenice!, y desde las grises ruinas de la memoria se sorprenden miles de recuerdos tumultuosos con ese sonido. ¡Ay, su imagen se me presenta muy vívidamente ante mí ahora, como lo fuera en los primeros días de su alegría y despreocupación! ¡Oh, belleza espléndida y a la vez fantástica; ¡oh sílfide entre los arbustos de Arnheim![6] ¡Oh, náyade entre sus fuentes!... Y luego... luego todo es terror y misterio, y un cuento que jamás debería contarse. El vendaval de la enfermedad, una enfermedad mortal, cayó sobre ella como el simún; y hasta mientras la miraba el espíritu del cambio la arrasaba, impregnaba su mente, sus hábitos y su carácter, ¡y de la manera más sutil y terrible alteraba también la identidad de su persona! ¡Ay!, la destructora llegó y se fue, y su víctima... dónde estaba, no la conocía, ni la reconocía ya como Berenice.

Entre el largo séquito de enfermedades añadidas por aquella primera y fatal, que efectuaba una revolución de un tipo tan horrible en el ser moral y físico de mi prima, debe mencionarse como la de naturaleza más inquietante y obstinada una especie de epilepsia que con frecuencia terminaba en un trance, trance que se asemejaba mucho a la disolución completa y del que se recuperaba de manera sorprendentemente abrupta en la mayoría de los casos. Mientras tanto, mi propia enfermedad (porque se me ha dicho que no debo llamarla por otro nombre), mi propia enfermedad, pues, creció rápidamente en mí y adquirió al final un carácter monomaníaco de formas novedosas y extraordinarias, que ganaba en vigor hora a hora y momento a momento, y que a la larga consiguió adquirir el ascendiente más incomprensible sobre mí. Esta monomanía, si debo llamarla así, consistía en la morbosa irritabilidad de las propiedades de la mente que la ciencia metafísica denomina atención. Es más que probable que no se me entienda, pero me temo que en realidad no exista una manera posible de evocar en la mente de quien meramente lee una idea adecuada de la nerviosa intensidad de intereses con los que, en mi caso, los poderes de la meditación (por no hablar técnicamente) se afanaban y se ocultaban en la contemplación hasta de las cosas más ordinarias del universo.

Cavilar infatigable durante largas horas con mi atención remachada a algún frívolo artefacto marginal, o a la tipografía de un libro; verse absorto la mayor parte de un día de verano por una sombra evocadora que caía oblicua sobre una tapicería o una puerta; perderme toda la noche en contemplar la invariable llama de un quinqué o las ascuas de un fuego; emplear días enteros en soñar con el perfume de una flor; repetir monótonamente una palabra corriente hasta que el

---

[6] Referencia al apellido y al castillo de una familia en la novela de WALTER SCOTT *Anne de Geierstein,* o *La Doncella de la niebla. (N. del T.)*

sonido, a fuerza de tanta repetición, dejaba de transmitir idea alguna a la mente; perder todo sentido de movimiento o de existencia física por medio de una absoluta inmovilidad corporal, en la que perseveré larga y obstinadamente; tales eran algunos de los caprichos más corrientes y menos perniciosos que provocaba una enfermedad de las facultades mentales, enfermedad no totalmente sin paralelo en realidad, pero que ciertamente desafía todo intento de análisis o de explicación.

Pero no consintamos que se me entienda mal. La atención exagerada, sincera y mórbida, excitada de esta manera por cosas frívolas por naturaleza, no debe confundirse con el carácter de la tendencia meditativa común a toda la humanidad, a la que se entregan muy especialmente personas de imaginación ardiente. Ni siquiera consistía, como podría suponerse en un principio, en un estado extremo o una exageración de tal tendencia, sino que de manera muy nítida es algo principal y esencialmente diferente. En el primer caso, el soñador, o entusiasta, que se interesa por un objeto, que por lo general no es frívolo, pierde de vista imperceptiblemente ese objeto en la jungla de deducciones y sugerencias que brotan de él, hasta que al final del ensueño, a menudo saciado de suntuosidad, encuentra que el *incitamentum,* o razón primera de sus reflexiones, ha desaparecido completamente y lo ha olvidado. En mi caso, el objeto principal era invariablemente frívolo, aunque por medio de mi vista destemplada adoptaba una importancia refractada e irreal. Pocas deducciones hacía, si es que hacía alguna, y esas pocas volvían una y otra vez sobre el objeto original como su centro. Las meditaciones no resultaban placenteras nunca y, al final del ensueño, la razón primera, lejos de haberse perdido de vista, había alcanzado el interés sobrenaturalmente exagerado que era el rasgo predominante de la enfermedad. En pocas palabras, como antes he dicho, la facultad mental que se ejercitaba más intensamente en mí era la atención, y ahora, en el soñador, es la especulación.

En aquella época, si mis libros no servían en realidad para exacerbar mi trastorno, participaban de él. Eso se verá en gran medida por su naturaleza imaginativa e intrascendente, cualidades características de la enfermedad. Entre otras obras, recuerdo bien el tratado del noble italiano Coelius Secundus Curio *De Amplitudine Beati Regni Dei*[7]; la gran obra de san Agustín *La ciudad de Dios;* y la de Tertuliano

---

[7] «La extensión del reino de los beatos de Dios». *(N. del T.)*

De Carne Christi[8], en la que la paradójica frase *mortuus est Dei filius, credibile est quia ineptum est; et sepultus resurrexit, certum est quia impossibile est*[9] ocupó sin fisuras mi tiempo durante muchas semanas de trabajosa y estéril investigación.

Así pues, parecerá que, alterado su equilibrio solamente por cosas triviales, mi razón se asemejaba a ese risco marino del que habló Ptolomeo Hefestión, que resistía firmemente los ataques de la violencia humana y la furia ciega de las aguas y los vientos, y que sólo temblaba con el roce de la flor llamada Asfódelo. Y aunque a un pensador descuidado pudiera parecerle un asunto más allá de toda duda que la alteración producida por su desgraciada enfermedad en el estado moral de Berenice me proporcionaría muchas cosas para el ejercicio de esa meditación intensa y anormal, cuya naturaleza me he tomado la molestia de explicar, a pesar de ello ese no fue el caso en grado alguno. En los intervalos lúcidos de mi enfermedad, su desgracia me dolía realmente y tomaba profundamente en serio la ruina de su hermosa y suave vida. No caí en sopesar frecuente y amargamente sobre los medios asombrosos por los que había llegado a ocurrir una revolución tan extraña y tan súbita. Mas esas reflexiones no participaban de la idiosincrasia de mi enfermedad, y eran tal como le habría ocurrido al conjunto normal de la humanidad en circunstancias similares. Fiel a su propio carácter, mi trastorno se deleitaba con los cambios menos importantes, pero más llamativos, provocados en el cuerpo de Berenice, en la excepcional y tan espantosa deformación de su identidad personal.

En los días más claros de su belleza sin igual, lo más seguro es que nunca la había amado. En la extraña anomalía de mi existencia, mis sentimientos no han brotado nunca del corazón y mis pasiones fueron siempre de la mente. Envuelto en la luz grisácea de la mañana, entre las sombras enrejadas del bosque a mediodía y en el silencio de mi biblioteca por la noche, ella había revoloteado ante mis ojos y yo la había visto no como la Berenice que vivía y respiraba, sino como la Berenice de un sueño (no como un sencillo ser de la tierra, sino como la abstracción de tal ser; no como algo que admirar, sino que analizar),

---

[8] «Sobre el cuerpo de Cristo». *(N. del T.)*

[9] «Murió el hijo de Dios, es creíble porque es absurdo; del sepulcro resucitó, es cierto porque es imposible». *(N. del T.)*

no como objeto de amor, sino como el tema de la más abstrusa, aunque esporádica, especulación. Y ahora... Ahora me estremecía en su presencia y palidecía cuando se acercaba. Aun así, lamentando amargamente su situación decaída y afligida, recordé que me había amado mucho tiempo, y en un mal momento le hablé de matrimonio.

Al fin se aproximaba el tiempo de nuestros esponsales, y entonces, una tarde de invierno, uno de esos días atípicos, cálidos, calmados y neblinosos que son la nodriza del bello Halción[10], me hallaba sentado (a solas, como creí) en el rincón más íntimo de la biblioteca. Pero al levantar los ojos vi que Berenice se alzaba ante mí.

¿Fue mi propia imaginación sobreexcitada, o la influencia neblinosa de la atmósfera, o la incierta media luz de la estancia, o los grises paños que caían sobre su silueta lo que causaba en ella un contorno tan difuminado y vacilante? No podría saberlo. Ella no dijo ni una palabra, y yo ni por todo el oro del mundo podría haber pronunciado ni una sílaba. Un escalofrío glacial me recorrió el cuerpo, me oprimía una sensación insufrible de ansiedad, una curiosidad incontenible impregnó mi alma; y hundiéndome de nuevo en el sillón permanecí cierto tiempo sin respiración ni movimiento, con los ojos fijos en su persona. ¡Ay!, su delgadez era excesiva y ni un sólo vestigio de su ser anterior podía divisarse en línea alguna de su silueta. Al fin, mis miradas ardientes cayeron sobre su rostro.

La frente era alta y muy pálida, y particularmente sosegada; el que una vez fuera negrísimo cabello caía en parte sobre ella y ensombrecía las hundidas sienes con rizos innumerables, ahora de color amarillo intenso, en estremecedora discordancia, por su carácter fantástico, con la dominante melancolía de su semblante. Los ojos carecían de vida, sin brillo y al parecer sin pupilas. Me aparté involuntariamente de su vítrea mirada y contemplé los labios, finos y marchitos. Estos se separaron y, con una sonrisa de especial sentido, los dientes de la transformada Berenice se revelaron lentamente ante mi vista. ¡Ojalá que no los hubiese visto nunca, o que hubiera muerto al hacerlo!

El ruido de una puerta al cerrarse me interrumpió, y al mirar hacia arriba vi que mi prima había salido de la estancia. Pero, ¡ay!, no había

---

[10] Como durante la estación invernal Júpiter otorga dos semanas de calidez, los hombres han llamado a ese período templado y clemente «la nodriza del bello Halción». SIMÓNIDES *(Nota del Autor.)*

partido de la desordenada estancia de mi cerebro, ni se alejó el blanco y espantoso espectro de los dientes. No fue una mota en su superficie, ni un matiz de su esmalte, ni siquiera una muesca en sus contornos, sino que el breve momento de su sonrisa había bastado para marcarla a fuego en mi memoria. Ahora los veía más inequívocamente aun que los había contemplado antes. ¡Los dientes! ¡Los dientes! Estaban aquí, y allá, y en todas partes, y ante mí de forma visible y palpable: largos, estrechos y excesivamente blancos, con los pálidos labios retorciéndose sobre ellos como en el mismo momento de su primer y terrible desarrollo. Entonces llegó mi monomanía con toda su furia y luché en vano contra su influencia irresistible y extraña. No tenía pensamientos para las cosas múltiples del mundo exterior, sólo para los dientes. Los anhelaba con un deseo frenético. Todos los demás asuntos y diferentes intereses se vieron absorbidos en su sola contemplación. Ellos, sólo ellos estaban presentes en la imaginación, y ellos, en su exclusiva individualidad, se convirtieron en la esencia de mi vida mental. Los sostenía bajo todas las luces; les daba vueltas con cada actitud; analizaba sus características. Me obsesionaba su singularidad; sopesaba su forma y tamaño; reflexionaba sobre la alteración de su naturaleza. Me estremecía al asignarles en mi imaginación un poder, sensible y consciente, y la capacidad de expresión moral, incluso cuando no contaban con la ayuda de los labios. Bien se ha dicho de la señorita Sallé[11] «que tous ses pas etaient des sentiments»[12], y de Berenice creí muy seriamente que todos sus dientes eran ideas, *que toutes ses dents étaient des idées. ¡Des idées!* ¡Ah, ese es el pensamiento estúpido que me destruyó! *¡Des idées!* ¡Ah, por eso los codiciaba tanto! Sentí que sólo su posesión podría restaurar mi paz y devolverme a la razón.

Y la tarde se cerró sobre mí de esa manera, y luego llegó la oscuridad, y se entretuvo, y se marchó; y el día amaneció de nuevo, y las brumas de una segunda noche se agruparon alrededor; y yo seguía sentado inmóvil en aquella solitaria estancia, y yo seguía sentado sepultado en mis meditaciones; y el fantasma de los dientes seguía manteniendo su terrible ascendiente y flotaba entre las cambiantes luces y sombras de la estancia con la claridad más vívida y horrorosa. Tras largo tiempo, se introdujo entre mis sueños un grito como de horror

---

[11] Marie Sallé, bailarina y coreógrafa francesa. *(N. del T.)*
[12] «Que todos sus pasos eran sentimientos». *(N. del T.)*

y consternación, y a ello lo siguió tras una pausa el sonido de voces afligidas, entremezcladas con muchos gemidos sordos de pena, o de dolor. Me levanté de mi asiento, abrí una de las puertas de la biblioteca y vi que en la antecámara estaba en pie una sirviente, llorosa, que me dijo que Berenice... ya no estaba. Había sufrido un ataque de epilepsia al amanecer y ahora, al acabar la noche, la tumba ya estaba lista para su ocupante y se habían completado todas las preparaciones para el entierro.

Me vi sentado en la biblioteca, otra vez a solas. Me parecía que acababa de despertar de un sueño confuso y emocionante. Sabía que ahora era la medianoche y era muy consciente de que Berenice llevaba enterrada desde la puesta del sol, pero del sombrío período que intermedió no tenía un conocimiento seguro, ni preciso siquiera. Aun así, su recuerdo estaba lleno de horror, todavía más horrible al ser difuso, un terror más terrible por su ambigüedad. Era una temerosa página en el registro de mi existencia, emborronada por todas partes con recuerdos borrosos, horribles e incomprensibles. Me esforcé en descifrarlos, pero en vano. Mientras tanto, de forma ocasional como el espíritu de un sonido que se aleja, parecía que el agudo y lacerante grito de una voz femenina resonaba en mis oídos. Yo había hecho algo, pero, ¿qué era? Me hice la pregunta en voz alta, y los susurrantes ecos de la estancia me respondieron «¿qué era?».

Sobre una mesita a mi lado ardía un quinqué, cerca del cual había una cajita. No tenía nada de notable, yo la había visto antes con cierta frecuencia porque era propiedad del médico de la familia, pero, ¿cómo llegó hasta allí, sobre mi mesita, y por qué me estremecía al mirarla? Esas cosas no eran para tomarlas en cuenta de ninguna manera, y tras un rato mis ojos cayeron sobre las páginas abiertas de un libro, a una frase subrayada en ellas. Las palabras eran las excepcionales y sencillas del poeta Ebn Zaiat: *Dicebant mihi sodales si sepulchrum amicae visitarem, curas meas aliquantulum fore levatas.* Entonces, ¿por qué se me alzaba de punta el cabello de la cabeza y se me congelaba la sangre en las venas cuando las miraba?

Alguien llamó suavemente a la puerta de la biblioteca y, pálido como el ocupante de una tumba, entró un sirviente de puntillas. Su aspecto era de loco terror y me habló con voz trémula, ronca y muy baja. ¿Qué dijo?, oí algunas frases entrecortadas. Dijo algo de un grito salvaje que perturbó el silencio de la noche, de una reunión doméstica, de una búsqueda en la dirección del ruido; y entonces su tono se hizo estremecedoramente distinto al susurrarme algo de una tumba profanada, de un cuerpo amortajado y desfigurado, pero que aún respiraba y palpitaba, ¡que aún estaba vivo!

Señaló mis ropas, estaban embarradas y llenas de sangre coagulada. No dijo nada y me tomó suavemente de la mano, tenía en ella huellas hechas por uñas humanas. Dirigió mi atención a un objeto que había contra la pared, lo miré cierto tiempo, era una pala. Di un alarido, salté hacia la mesa y agarré la caja que había encima de ella. Pero no conseguí abrirla y debido a mi temblor se deslizó de mis manos, cayó pesadamente y se rompió en pedazos. Y, con un ruido tintineante, de ella rodaron algunos instrumentos de cirugía dental, mezclados con treinta y dos sustancias pequeñas, blancas y con aspecto de marfil que se esparcieron por todas partes sobre el suelo.

LIGEIA

Y allí está la voluntad de aquel que no muere. ¿Quién conoce los misterios de la voluntad y de su fuerza? Porque Dios no es sino una gran voluntad que prevalece sobre todas las cosas por la naturaleza de su intensidad. El hombre no se doblega ante los ángeles, ni cede por completo a la muerte, a menos que sea por la debilidad de su frágil voluntad.

Joseph Glanvill.

Por mi alma, juro que no puedo recordar cómo, cuándo ni exactamente dónde conocí a *lady* Ligeia. Han pasado muchos años desde entonces y mi memoria está muy débil a causa de mucho sufrimiento. O, tal vez, no puedo ahora recordarlo, porque, en verdad, el carácter de mi amada, su extraño saber, su belleza singular y a la vez plácida, y la penetrante y cautivante elocuencia de su profunda y musical voz, fueron entrando en mi corazón de forma progresiva, de modo que no lo advertí. Sin embargo, creo que la conocí y la seguí encontrando la mayor cantidad de veces en una antigua y enorme ciudad decadente cerca del Rin. Seguramente, le oí hablar de su familia. No cabe duda de que era de una familia cuya estirpe era muy remota. ¡Ligeia! ¡Ligeia! Dedicado a estudios de una naturaleza tal que, como ninguna otra cosa, lograban suavizar las impresiones del mundo exterior, sólo esta dulce palabra —Ligeia— traía a mi mente la imagen de aquella que ya no está. Y ahora, mientras escribo, recuerdo que *nunca supe* el apellido de quien fuera mi amiga y amada, y que luego se convirtió en mi compañera de estudios y, por fin, la esposa de mi corazón. ¿Fue por una amable orden de parte de mi Ligeia? ¿O era una prueba de la fuerza de mi amor el hecho de no permitírseme preguntar sobre este punto? ¿O era un capricho mío, como una romántica ofrenda en mi devoción apasionada? Sólo recuerdo con poca claridad el hecho en sí. ¿Es extraño que haya olvidado las circunstancias que lo originaron o lo acompañaron? Y, en realidad, si alguna vez ese espíritu que se llama *romance,* si alguna vez la pálida Ashtophet del Egipto idólatra presidió, como dicen, los matrimonios fatídicos, seguramente presidieron el mío.

Sin embargo, hay un tema muy querido sobre el que la memoria no me falla. Se trata de la *persona* de Ligeia. Era alta, algo delgada y, en sus últimos días, casi descarnada. Sería vano intentar retratar su majestuosidad, su tranquilidad, sus modales y la incompresible ligereza y elasticidad de sus pasos. Entraba y salía como una sombra. Nunca me di cuenta de su entrada en mi estudio, salvo por la adorada música de su suave y dulce voz, mientras posaba su delicada mano sobre mi hombro. Ninguna dama llegaba a ser como ella en cuanto a la belleza de su rostro. Tenía el brillo de un sueño de opio, una visión aérea y arrebatadora más divina que las fantasías que revoloteaban en las adormecidas almas de las hijas de Delos. Sin embargo, sus rasgos no concordaban con los moldes regulares que hemos aprendido a adorar en las obras clásicas del paganismo. «No existe la belleza exquisita», dice Bacon, lord Verulam, hablando de las formas y los géneros de la belleza, «sin cierta extrañeza proporcional». Sin embargo, aunque veía que las facciones de Ligeia no eran de una regularidad clásica, aunque percibía que su encanto era, en realidad, «exquisito» y sentía que había mucho de «extrañeza» en ella, no obstante trataba en vano de detectar la irregularidad y buscar mi propia percepción de «lo extraño». Examinaba el contorno de su frente alta y pálida; era impecable. ¡Qué fría resulta esta palabra cuando se aplica a una majestuosidad tan divina! Impecable por su piel, que rivalizaba con el más puro marfil, por la imponente amplitud y la calma, por la noble prominencia de la zona superciliar, y luego los cabellos, como ala de cuervo, brillantes, exuberantes y naturalmente rizados, que demostraban toda la fuerza del epíteto homérico «cabellera de jacinto». Observaba el delicado contorno de su nariz y sólo encontraba una perfección similar en los graciosos medallones de los hebreos. Tenía la misma suavidad de superficie, la misma tendencia a ser aguileña, casi imperceptiblemente, la misma armonía en la curva de sus fosas nasales que hablaban de un espíritu libre. Observaba su dulce boca. En ella estaba el verdadero triunfo de todas las cosas celestiales, en la magnífica forma de su pequeño labio superior y la suave y voluptuosa calma del inferior, los hoyuelos y el color expresivo; los dientes que reflejaban un brillo sorprendente ante los rayos de la bendita luz que sobre ellos caían en la más serena de las sonrisas. Analizaba la formación de su mentón, y aquí también encontraba la suave amplitud, la delicadeza y la majestuosidad, la plenitud y la espiritualidad de los griegos, el contorno que el dios Apolo reveló sólo en sueños a Cleómenes, el hijo del ateniense. Y luego me asomaba a los grandes ojos de Ligeia.

Para los ojos, no encuentro modelos en la antigüedad. También podría ser que esos ojos de mi amada guardaran el secreto a que alude lord Verulam. Debo creer que eran mucho más grandes que los ojos de la gente de nuestra raza, más que los de las gacelas de la tribu del valle de Nourjahad. Sin embargo, era sólo a intervalos, en momentos de intensa excitación, cuando esta característica se hacía más notable en Ligeia. En esos momentos, su belleza —en mi ferviente fantasía así aparecía— era la belleza de los seres que no pertenecen al mundo, la belleza de la fabulosa hurí de los turcos. Los ojos eran del negro más brillante y los rodeaban oscuras y largas pestañas. Las cejas, algo irregulares en su forma, tenían el mismo tinte. Lo «extraño», sin embargo, que encontraba en sus ojos era la especial naturaleza de su forma o el color o el brillo de los rasgos... Debo referirme en realidad a la *expresión*. ¡Palabra sin sentido, tras la que ocultamos nuestra completa ignorancia de lo espiritual! ¡Cuántas horas habré pensado en la expresión de sus ojos! ¡Cómo luché, durante toda una noche de verano, por alejarla de mí! ¿Qué era eso más profundo que el pozo de Demócrito, que estaba en las pupilas de mi amada? ¿Qué era eso? Estaba poseído por la pasión de descubrirlo. ¿Esos ojos, esos enormes, brillantes, divinos ojos? Ellos eran para mí las estrellas gemelas de Leda y yo era para ellas el más fervoroso de los astrólogos.

No existe nada, entre las múltiples anomalías incomprensibles en la ciencia de la mente, más atrayente y excitante que el hecho —nunca mencionado, creo, por las escuelas— de que en nuestros esfuerzos por traer a la memoria algo olvidado hace tiempo, nos encontramos *al borde mismo* de recordarlo sin conseguirlo finalmente. Y, de este modo, ¡con cuánta frecuencia, en mi intenso estudio de los ojos de Ligeia, sentía que me aproximaba al pleno conocimiento de su expresión, sentía que me aproximaba, aún no era mío, me acercaba y al fin desaparecía por completo! Y —¡extraño, el misterio más extraño de todos!— encontraba en los objetos más comunes del universo un círculo de analogías de su expresión. Quiero decir que, después del período en que la belleza de Ligeia invadió mi espíritu y se instaló como en un altar, yo extraía de muchos objetos del mundo material un sentimiento como el que sentía siempre, dentro de mí, frente a sus grandes y brillantes ojos. Sin embargo, no podía definir ese sentimiento o analizarlo o, simplemente, observarlo. Lo reconocía, repito, algunas veces en la observación de una viña que crecía rápidamente, en la contemplación de una falena, de una mariposa, de una crisálida, de un arroyo. La he sentido en el océano, en la caída de un meteoro. La he sentido en la mirada de gente muy anciana. Y hay una o dos estrellas en el cielo (una especialmente, de la sexta magnitud, doble y cambiable, que se encuentra cerca de la gran estrella de Lira), en cuyo estudio telescópico he descubierto ese sentimiento. Me ha colmado el escuchar ciertos sonidos de instrumentos de cuerda y muchas veces la lectura de ciertos pasajes de algunos libros. Entre otros innumerables casos, recuerdo perfectamente algo en un libro de Joseph Glanvill, que (tal vez, sólo por lo insólito) nunca dejó de inspirarme ese sentimiento: «Y allí está la voluntad de aquel que no muere. ¿Quién conoce los misterios de la voluntad y de su fuerza? Porque Dios no es sino una gran voluntad que prevalece sobre todas las cosas por la naturaleza de su intensidad. El hombre no se doblega ante los ángeles, ni cede por completo a la muerte, a menos que sea por la debilidad de su frágil voluntad».

Los años transcurridos y la reflexión me han permitido, en realidad, encontrar cierta conexión de este pasaje del moralista inglés y un aspecto del carácter de Ligeia. *La intensidad* de su pensamiento, su forma de actuar o de hablar era posiblemente un resultado o, al menos, un signo de una gigantesca voluntad que, durante nuestra larga relación, no dio pruebas de su existencia. De todas las mujeres que he conocido, ella, la aparentemente tranquila y siempre plácida Ligeia, era presa con la mayor violencia de los tumultuosos buitres de la más dura pasión. No puedo calcular el alcance de esa pasión, excepto por la milagrosa dilatación de sus ojos que me deleitaban y aterraban a la vez, por la casi mágica melodía, modulación, claridad y placidez de su suave voz, y por la feroz energía (doblemente efectiva por contraste con su forma de hablar) de las extrañas palabras que habitualmente profería.

He hablado del saber de Ligeia. Era inmenso, como nunca vi en ninguna mujer. Tenía profundo conocimiento de las lenguas clásicas y, en cuanto lo que yo sabía de los dialectos modernos de Europa, nunca la descubrí en un error. En verdad, en cualquier tema de su alabada erudición, simplemente admirada por abtrusa, ¿descubrí *alguna vez* un error en Ligeia? ¡De qué forma singular y sorprendente comenzó a llamarme la atención esta característica de la naturaleza de mi esposa en los últimos tiempos! He dicho que sus conocimientos eran como los que no había visto en ninguna mujer, pero ¿qué hombre ha atravesado con éxito todas las amplias áreas de las ciencias morales, físicas y matemáticas? Entonces no veía lo que ahora puedo percibir con claridad: que las adquisiciones de Ligeia eran gigantescas, eran sorprendentes; sin embargo, sabía bastante acerca de su infinita supremacía para someterme, con una confianza infantil, a su guía por el caótico mundo de la investigación metafísica en el que me ocupaba durante los primeros años de nuestro matrimonio. ¡Con qué gran sentimiento de triunfo, con qué deleite, con qué etérea esperanza *sentía* yo —cuando ella se entregaba conmigo a estudios poco frecuentes, poco conocidos— esa deliciosa perspectiva que gradualmente se extendía ante mí, por cuya larga y magnífica senda podría encontrar finalmente el camino hasta la magnífica meta de la sabiduría demasiado divina como para no ser prohibida!

De este modo, ¡con qué terrible dolor habré visto, después de un tiempo, salir volando mis bien fundadas esperanzas y desaparecer! Sin Ligeia yo no era sino un niño a tientas en la oscuridad. Su presencia, su sola conversación, daba luminosidad a los muchos misterios del trascendentalismo en que me hallaba inmerso. Sin el radiante brillo de sus ojos, esas páginas, leves y doradas, se volvían más opacas que el plomo saturnal. Y aquellos ojos brillaban cada vez con menos frecuencia sobre las páginas que yo estudiaba. Ligeia enfermó. Sus extraños ojos brillaron con un fulgor glorioso, los pálidos dedos tomaron la transparencia de una vela de la tumba y las venas azules sobre su amplia frente latieron con ímpetu en las alteraciones de la más suave emoción. Veía que iba a morir y luché desesperadamente en espíritu con el torvo Azrael. Y las luchas de la apasionada esposa eran, para mi asombro, aún más enérgicas que la mía propia. Muchas cosas de su fuerte naturaleza me habían hecho pensar que, para ella, la muerte tendría que llegar sin los habituales terrores; pero no fue así. Las palabras no bastan para dar una idea justa de la fuerza y la resistencia con que ella se enfrentaba a la Sombra. Gemí de angustia ante la triste escena. Hubiera querido calmarme, hubiera querido razonar; pero en la intensidad de su salvaje deseo de vivir, vivir, sólo de vivir, la tranquilidad y la razón eran el colmo de lo absurdo. Sin embargo, hasta el último momento, en las convulsiones más violentas de su espíritu fuerte, no se conmovió la placidez de su conducta. Su voz se hizo más suave, más baja, pero yo no quería demorarme en pensar en el extraño significado de las palabras que con tanta calma pronunciaba. Mi mente vacilaba mientras escuchaba, fascinado, una melodía sobrehumana, pensamientos y aspiraciones que el hombre no había conocido hasta entonces.

No podía dudar de que me amaba, y podía comprender fácilmente que, en un corazón como el suyo, el amor no reinaba como una pasión ordinaria. Pero sólo en la muerte pude entender la fuerza de su amor. Durante largas horas, reteniendo mi mano, desplegaba ante mí los excesos de un corazón cuya devoción superaba la pasión y llegaba a la idolatría. ¿Cómo era yo merecedor de la bendición de semejantes confesiones? ¿Cómo merecía yo la condena de que mi amada me fuera arrebatada justo en el momento en que me las hacía? Pero no soporto extenderme sobre este asunto. Sólo quiero decir que en la entrega más que femenina de Ligeia al amor inmerecido, que recibí sin ser digno, reconocí el principio de su ansioso y profundo deseo de vida, de una vida que ahora estaba desapareciendo con rapidez. No puedo describir este salvaje deseo, esta ansiosa vehemencia del deseo de vivir, *sólo* de vivir. No hay palabras para expresarlo.

La medianoche de su muerte, me llamó urgentemente a su lado y me pidió que repitiera unos versos que ella misma había compuesto pocos días atrás. Le obedecí. Decían lo siguiente:

> *¡Mirad! Es noche de gala*
> *en los últimos años de soledad.*
> *Muchos ángeles alados,*
> *con sus velos, en llanto bañados,*

son quienes contemplan
un drama de esperanzas y temores,
mientras la orquesta toca, indefinida,
la música interminable de las esferas.

Los mimos gruñen y mascullan
imágenes de Dios que está en lo alto,
corren de un lado a otro y los apremian
grandes cosas sin forma
que alteran el escenario todo el tiempo
vertiendo de sus alas desplegadas
un invisible
y largo sufrimiento.

¡Este drama múltiple
jamás será olvidado!
Su fantasma siempre perseguido
por una multitud que no puede atraparlo
por un círculo que regresa siempre
al mismo lugar.
Y mucho de locura y más de pecado,
y más horror, ¡el alma de la intriga!

Pero entre los mimos en tumulto
se distingue una forma reptante.
Una cosa de sangre roja que se retuerce
en la escena solitaria.
¡Se retuerce, se retuerce! Con tormentos
los mimos son su presa
y sus fauces destilan sangre humana
y los ángeles lloran.

¡Apáguense las luces! ¡Todas, todas!
Y sobre cada forma estremecida,
la cortina, el telón funerario,
baja con la violencia de una tormenta.

Y los ángeles, pálidos y débiles,
ya de pie, sin velo, afirman
que la obra es la tragedia, «Hombre»,
y su héroe, el Gusano Conquistador.

—¡Oh Dios! —casi gritó Ligeia, poniéndose de pie y extendiendo sus brazos hacia el cielo con un movimiento espasmódico, mientras yo terminaba de leer estos versos—. ¡Oh Dios! ¡Padre Divino! ¡Tiene que ser esto inevitable! ¿No podrá ser este conquistador vencido una vez? ¿No somos una parte, una parcela de Ti? ¿Quién conoce los misterios de la voluntad, con toda su fuerza? El hombre no se dobla ante los ángeles, ni cede por completo ante la muerte, a menos que sea por la debilidad de su frágil voluntad.

Entonces, como agotada por la emoción, sus blancos brazos cayeron y volvió solemnemente a su lecho de muerte. Y mientras lanzaba los últimos suspiros, se mezcló con ellos un suave murmullo que salió de sus labios. Acerqué mi oído y distinguí nuevamente las palabras del pasaje de Glanvill: «El hombre no se dobla ante los ángeles, ni cede por completo a la muerte, a menos que sea por la debilidad de su frágil voluntad».

Murió y yo, deshecho por la tristeza, no pude soportar seguir viviendo en la soledad de la triste y decadente ciudad del Rin. No tenía suerte en lo que el mundo llama riqueza. Ligeia me había legado mucho más de lo que, comúnmente, reciben los mortales. Por tanto, después de unos meses de andar tediosamente sin rumbo, compré y reparé una abadía, cuyo nombre no mencionaré, en una de las zonas más salvajes y solitarias de la hermosa Inglaterra. La sombría y triste grandeza del edificio, el aspecto casi salvaje del dominio, los muchos recuerdos melancólicos relacionados con ambos, tenían mucho en común con el sentimiento de abandono total que me habían llevado a esa remota y solitaria zona del país. No obstante, aunque el exterior de la abadía, ruinoso, lleno de moho, sufrió pocos cambios, me dediqué con infantil perversidad, como buscando una forma de aliviar mi tristeza, a desplegar en su interior una magnificencia más que real. Durante mi infancia, me había gustado esa extravagancia y ahora volvía a mí como para calmar mi pena. Ahora sé cuánto de incipiente locura podría haberse descubierto en los fantásticos tapices, en las solemnes esculturas egipcias, en las cornisas, en los muebles, en los diseños de las alfombras de oro recamado. Me había convertido en un esclavo del opio y mi trabajo y mis órdenes habían tomado el color de mis sueños. Pero no quiero perder tiempo en estas tonterías. Sólo quiero hablar de una habitación, por siempre maldita, adonde en un momento de enajenación conduje al altar, como sucesora de la inolvidable Ligeia, a *lady* Rowena Trevanion, de Tremaine, de ojos azules y cabellos rubios.

No hay una sola parte de la arquitectura y la decoración de esa habitación nupcial que no se me presente ahora ante mis ojos. ¿Dónde estaba el alma de la altiva familia de mi esposa, cuando, por su sed de oro, permitieron que una doncella, una hija, cruzara el umbral de una habitación *tan* decorada? He dicho que recuerdo perfectamente los detalles de la habitación —yo, que tristemente olvido cosas de importancia profunda— y, sin embargo, no había orden ni armonía en aquel fantástico lujo, que se fijaran en mi memoria. La habitación se hallaba en una alta torre de la abadía fortificada, tenía forma pentagonal y era muy espaciosa. Ocupando toda la cara meridional del pentágono estaba la única ventana, una inmensa pieza entera de cristal de Venecia, de un sólo paño y con una tonalidad plomiza, de modo que los rayos del Sol o la Luna iluminaban con un brillo horrible los objetos que había en el interior. Sobre la parte superior de esta gran ventana, estaba el enrejado de una antigua vid, que trepaba por las sólidas paredes de la torre. El techo, de sombrío roble, era muy alto, abovedado y decorado con los motivos más extraños, grotescos, de un estilo semigótico y semidruídico. Del centro de esa melancólica bóveda, colgaba, de una cadena de oro de grandes eslabones, un enorme incensario también de oro con muchas perforaciones, a través de las cuales se veían los movimientos continuos de llamas multicolores, como si tuvieran la vitalidad de una serpiente.

Había algunas otomanas y candelabros de oro de estilo oriental. También el lecho, el lecho nupcial, era de estilo indio, bajo, esculpido en ébano macizo, con baldaquino como un tapiz fúnebre. En cada esquina del aposento, había un gigantesco sarcófago de granito negro que provenía de las reales tumbas de Luxor, con sus antiguas tapas cubiertas de antiguos relieves. Pero en los tapices de la habitación estaba la fantasía más importante. Los altos muros, gigantes en su altura —tanto que eran desproporcionados—, estaban cubiertos por completo, en vastos pliegues, por una pesada y espesa tapicería de un material similar al de la alfombra del suelo, la cubierta de las otomanas y el lecho de ébano, del baldaquino y de las volutas de las cortinas que tapaban parcialmente la ventana. Este material era el más rico tejido de oro, cubierto íntegramente por arabescos en relieve, de un pie de diámetro, de color negro azabache. Pero estas figuras formaban arabescos sólo cuando se los observaba desde un punto determinado. Por un efecto que ahora es bastante común, y que en realidad se remonta a un remoto período de la antigüedad, podía cambiar de aspecto. Para quien entrara en la habitación, parecían simples monstruosidades; pero al acercarse, este aspecto se desvanecía y, a medida que se acercaba al centro de la habitación, se veía rodeado de una sucesión de horribles formas que pertenecen a la superstición de los normandos o aparecen en los culpables sueños de los monjes. El efecto fantasmagórico se intensificaba por la introducción artificial de una fuerte corriente continua de viento detrás de los tapices, dando al conjunto una animación horrible e inquietante.

En habitaciones de este tipo, en una habitación nupcial como esta, pasé con *lady* Tremaine las impías horas de nuestro primer mes de matrimonio y las pasé sin demasiada inquietud. No podía pasar por alto que mi esposa tuviera miedo de lo hosco de mi carácter, que huyera de mí y me amara muy poco; pero esto me causaba más placer que preocupación. La trataba con un odio más propio de un demonio que de un hombre. Mi memoria volaba (¡con cuánta tristeza!) hacia Ligeia, la amada, la augusta, la bella, la enterrada. Soñaba en los recuerdos de su pureza, su sabiduría, su altura, su naturaleza etérea, su amor apasionado e idólatra. Ahora mi espíritu ardía libremente con más intensidad que el suyo. En la excitación de mis sueños de opio (pues me hallaba habituado a la droga) gritaba su nombre en silencio durante la noche o durante el día, en los sombreados lugares retirados de los valles, como si con esa terrible vehemencia, con la solemne pasión, con el fuego devorador de mi deseo por la desaparecida, pudiera restituirla a la senda que había abandonado —¿era posible que fuera para siempre?— en la tierra.

Al comenzar el segundo mes de matrimonio, *lady* Rowena fue atacada por una repentina enfermedad, de la que se repuso con lentitud. La fiebre que la consumía hacía que pasara muy mal las noches.

En su estado de adormecimiento, hablaba de sonidos, de movimientos dentro de la habitación de la torre, que creí que serían ocasionados por el extravío de su imaginación o, tal vez, por la influencia fantasmagórica de la habitación misma. Finalmente, llegó la convalecencia y, después, el restablecimiento total. Sin embargo, pasó un breve período antes de que un nuevo malestar repentino la llevara nuevamente a la cama y de este ataque su débil cuerpo nunca se recuperó del todo. Sus males eran, después de esta época, de un carácter alarmante y de más alarmante recurrencia. Desafiaba el conocimiento y los grandes esfuerzos de los médicos. Con el aumento de su enfermedad crónica —que aparentemente había invadido de tal modo su constitución que era imposible desarraigarlo por medios humanos—, pude observar un aumento similar en su irritabilidad nerviosa y en su excitabilidad para el miedo ocasionado por causas triviales. Volvía a hablar, con mayor frecuencia e insistencia, de los sonidos y de los movimientos insólitos en los tapices, a los cuales hice referencia antes.

Una noche, cerca de finales de septiembre, me presionó con este penoso tema con más insistencia que de costumbre. Se acababa de despertar de un adormecimiento intranquilo y yo había estado observando, con un sentimiento mezcla de ansiedad y terror, los gestos de su semblante descarnado. Me senté al lado de su cama de ébano, sobre una de las otomanas de la India. Se incorporó parcialmente y habló, en un suave susurro, de sonidos que escuchaba en ese momento, pero que yo no podía percibir. El viento estaba soplando con velocidad detrás de los tapices y quise mostrarle (algo que, confieso, ni yo creía del todo) que los suspiros casi inarticulados y las suaves variaciones de las figuras de la pared eran sólo el efecto natural del viento. Pero una palidez mortal que se extendió por su rostro me demostró que mis esfuerzos por tranquilizarla eran infructuosos. Me pareció que se desvanecía y no había criados a quien recurrir. Recordé el lugar donde había un frasco de vino ligero que le habían indicado los médicos y crucé rápidamente la habitación para buscarlo. Pero, al llegar bajo la luz del pebetero, me llamaron la atención dos circunstancias sorprendentes. Sentí que un objeto palpable, pero invisible, rozaba suavemente mi cuerpo y vi que sobre la alfombra de oro, bajo el rico brillo que desprendía el pebetero, había una sombra, una débil e indefinida sombra de aspecto angelical, tal como se puede imaginar la sombra de una sombra. Pero estaba perturbado por la excitación producida por una inmoderada dosis de opio; no presté atención a estas cosas y no se las comenté a Rowena. Hallé el vino, crucé nuevamente la habitación, llené un vaso y lo acerqué a los labios de la desvanecida. Como ya estaba un poco recuperada, tomó el vaso con sus manos, mientras yo me dejaba caer en una otomana cercana, con los ojos fijos en su persona. Entonces percibí con claridad un suave paso sobre la alfombra cerca del lecho y, un momento después, mientras Rowena se acercaba el vino a los labios, vio, tal vez soñé que veía, caer dentro del vaso, como si hubieran surgido de una invisible fuente en la atmósfera de la habitación, tres o cuatro gotas de fluido brillante de color rubí. Yo lo vi, pero Rowena no. Bebió el vino sin dudar y no le hablé de una circunstancia que, según pensé, debía considerarse fruto de una imaginación agitada, cuya actividad mórbida aumentaba con el miedo de mi esposa, el opio y la hora.

No obstante, no pude dejar de ver que, después de la caída de las gotas, mi esposa sufrió un empeoramiento en su enfermedad, tanto que la tercera noche sus doncellas la prepararon para la tumba y la cuarta la pasé sólo con su cuerpo amortajado, en aquella fantástica habitación donde había ingresado recién casada. Veía delante de mí extrañas visiones provocadas por el opio. Observé con ojos inquietos los sarcófagos colocados en los ángulos de la habitación, las cambiantes figuras de los tapices, los movimientos de las llamas multicolores del pebetero colgado. Entonces, mientras trataba de recordar lo ocurrido la noche anterior, me detuve a mirar en el lugar donde, bajo el brillo del pebetero, había percibido las débiles huellas de la sombra. Pero no estaba allí. Respirando con mayor libertad, volví mi mirada a la figura pálida y rígida sobre la cama. Entonces se me aparecieron mil recuerdos de Ligeia y luego volvió a mi corazón, con la turbulenta violencia de una tempestad, todo el indecible dolor con que había observado su cuerpo amortajado. La noche avanzaba y, sin embargo, con el corazón lleno de amargura de pensar en mi única amada, permanecí mirando el cuerpo de Rowena.

Sería medianoche, o tal vez más temprano o más tarde, ya que no había mirado la hora, cuando un sollozo sofocado, suave pero claro, me despertó de mi sueño. Sentí que venía del lecho de ébano, el lecho de muerte. Escuché en una agonía de supersticioso terror, pero no se repitió el sonido. Afiné mi vista para detectar cualquier movimiento del cuerpo, pero no tuve ninguna percepción. Sin embargo, no podía haberme engañado. Había oído el ruido, por leve que fuera, y mi alma estaba despierta. Mantuve mi atención decidida y perseverantemente fija en el cuerpo. Pasaron varios minutos antes de que ocurriera algo que podría aclarar en parte el misterio. Finalmente, se hizo evidente que un suave, muy débil y casi imperceptible color, había aparecido en sus mejillas y a lo largo de las venas hundidas de los párpados. Con una especie de horror y espanto indecibles, para los que el lenguaje de los mortales no cuenta con una expresión suficientemente enérgica, sentí que mi corazón dejaba de latir y mis extremidades se ponían rígidas. Sin embargo, un sentido del deber finalmente me devolvió el control de mí mismo. No podía seguir dudando que nos habíamos precipitado en los preparativos: Rowena todavía vivía. Era necesario hacer algo de inmediato; pero la torre estaba lejos de la zona de la abadía habitada por los criados y no había ninguno cerca. No tenía forma de reunirlos para que me ayudaran, sin abandonar la habitación durante varios minutos y no podía arriesgarme a esto. Por tanto, luché sólo en mis esfuerzos por devolver a la vida el espíritu aún vacilante. Sin embargo, en poco tiempo se produjo una recaída; el color desapareció de los párpados y las mejillas, dejándolos más pálidos que el mármol; los labios estaban doblemente apretados y contraídos en la horrible expresión de la muerte; una viscosidad y un frío repulsivos se extendieron rápidamente sobre la superficie del cuerpo y sobrevino la habitual rigidez. Caí con un estremecimiento en el diván de donde me había levantado tan bruscamente y, de nuevo, me dediqué a las apasionadas visiones de Ligeia.

Había pasado una hora, cuando (¿podría ser posible?) por segunda vez noté un vago sonido que surgía de la zona de la cama. Escuché, con extremado horror. El sonido volvió: era un suspiro. Dirigiéndome rápidamente al cuerpo, vi claramente un temblor en los labios. Un minuto después, se relajaron, dejando a la vista una brillante hilera de dientes como perlas. Ahora el asombro luchaba en mi corazón con un profundo miedo que antes se hallaba solo. Sentí que mi vista se oscurecía, que mi razón vacilaba y sólo con un violento esfuerzo pude finalmente seguir con el trabajo que el deber me señalaba una vez más. Ahora se veía un brillo parcial en la frente, en la mejilla y el cuello;

un calor perceptible invadía todo el cuerpo; incluso hubo una leve pulsación en el corazón. La mujer *vivía* y, con redoblado ardor, me entregué a la tarea de resucitarla. Froté y friccioné sus sienes y sus manos y usé todos los métodos que me aconsejaban la experiencia y la lectura de temas médicos. Todo fue en vano. De repente, el color desapareció, cesaron las pulsaciones, los labios recuperaron la expresión de la muerte y, un instante después, todo el cuerpo adquiría el frío de hielo, el lívido color, la intensa rigidez, el aspecto consumido y todos los horribles rasgos de quien ha sido, por muchos días, habitante de una tumba.

Y otra vez me sumí en las visiones de Ligeia y, otra vez (¿y quién se sorprendería de que me estremezca al escribirlo?), llegó a mis oídos un sollozo suave de la zona del lecho de ébano. Pero, ¿por qué debo detallar tan minuciosamente los horrores de esa noche? ¿Por qué debo detenerme ahora a relatar cómo, cada cierto tiempo, hasta que se acercó el alba gris, se repitió ese horrible drama de resurrección; cómo cada espantosa recaída terminaba en una muerte más rígida; cómo cada agonía tenía el aspecto de una lucha con un enemigo invisible, y cómo cada pelea era seguida por no sé qué salvaje cambio en el aspecto del cadáver? Permitidme que apresure mi conclusión.

La mayor parte de la terrible noche había transcurrido y la que había estado muerta, volvió a moverse y ahora con más vigor que antes, aunque despertase de una disolución más horrible y más irreparable. Había dejado de luchar o de moverme y permanecía sentado rígido en la otomana, presa de un remolino de violentas emociones, de las que el horror extremo era tal vez la menos terrible, la menos devoradora. Repito que el cuerpo se movió y con más fuerza que antes. Los colores de la vida volvieron a aparecer con energía en su rostro, las extremidades se relajaron y, excepto por el hecho de que los párpados estuvieran cerrados y que los vendajes y la mortaja funeraria aún daban su mortal carácter a la figura, podría haber soñado que Rowena se había quitado de encima, completamente, las cadenas de la muerte. Pero si, en ese momento, no acepté del todo la idea, ya no pude seguir dudando, cuando, levantándose del lecho, a tientas, con débiles pasos, con los ojos cerrados y el modo peculiar de quien se ha perdido en un sueño, aquel ser amortajado avanzó osadamente, palpablemente hasta el centro de la habitación.

No temblé, no me moví, ya que una multitud de fantasías conectadas con el aire, la estatura, los modales de la figura, cruzaron rápidamente por mi mente, paralizándome y convirtiéndome en una fría piedra. No me moví, pero observé la aparición. ¿Podría ser posible que Rowena, *viva,* estuviera frente a mí? ¿Podía ser Rowena, la de cabellos rubios y ojos azules, *lady* Rowena Trevanion de Tremaine? ¿Por qué, por qué debía dudarlo? Los vendajes le ceñían la boca pero, ¿podía no ser la boca de *lady* de Tremaine? Y las mejillas eran como rosas en la plenitud de su vida y sí podían ser las hermosas mejillas de *lady* de Tremaine. Y el mentón, con sus hoyuelos, como cuando estaba sana, ¿podría no ser el suyo? Pero entonces, ¿había crecido durante su enfermedad? ¿Qué inexplicable locura me atacó con esa idea? De un salto, llegué a sus pies. Estremeciéndose por el contacto conmigo, dejó caer de la cabeza y se soltó las horribles vendas que la cubrían. Entonces, en la sacudida atmósfera de la habitación, se desplomó una enorme masa de largos y desordenados cabellos. Eran más negros que las alas del cuervo de la medianoche. Y ahora lentamente se abrieron *los ojos* de la figura que se encontraba frente a mí. «¡En esto, por fin —grité—, en esto nunca, nunca podría equivocarme! ¡Son los ojos negros y extraños de mi amor perdido, los de *lady...* de *lady* Ligeia».

LA CAÍDA DE LA CASA USHER

Son coeur est un luth suspendu;
Sitôt qu'on le touche, il résonne[13].

DE BÉRANGER.

A lo largo de todo un día triste, oscuro y silencioso de otoño, cuando las nubes se cernían bajas y pesadas en el cielo, había cruzado a caballo, solo, una zona especialmente lúgubre del país, y, al fin, me encontré, a medida que crecían las sombras de la noche, frente a la melancólica Casa Usher. No podría decir cómo fue, pero al mirar por primera vez el edificio, me sobrevino una sensación de insoportable tristeza. Digo insoportable, ya que el sentimiento no fue aliviado por ninguno de los sentimientos algo placenteros, por ser poéticos, con los que el espíritu recibe incluso las más austeras imágenes naturales de lo desolado o lo terrible. Miré el escenario que tenía delante: la casa y el sencillo paisaje que la rodeaba, las paredes desnudas, las ventanas como ojos vacíos, los siniestros y pobres juncos, algunos troncos blancos de carcomidos árboles, con una fuerte depresión en el espíritu que no puedo comparar con ninguna sensación terrenal más que la somnolencia que sigue al despertar del fumador de opio, la amarga caída en la existencia cotidiana, el horrible descorrerse del velo. Era una sensación de frío, de abatimiento, de malestar del corazón, una tristeza irremediable del pensamiento que ningún alivio de la imaginación podía desviar hacia alguna forma de lo sublime. ¿Qué era —me pregunté—, qué era eso que tanto me deprimía al contemplar la Casa Usher? Era un misterio insoluble. Tampoco podía luchar contra los sombríos pensamientos que me agobiaban mientras reflexionaba. Me vi forzado a caer en la insatisfactoria conclusión de que mientras, sin duda, existen combinaciones de objetos naturales muy sencillos que

---

[13] «Su corazón es un laúd suspendido; apenas lo tocan, resuena». *(N. del T.)*

tienen el poder de afectarnos así, el análisis de este poder reside en consideraciones que están más allá de nuestro alcance. Reflexioné que era posible que un simple cambio en la disposición de los objetos del escenario, de los detalles del cuadro, serían suficientes para modificar o tal vez aniquilar su capacidad de causar una impresión tan triste, y, siguiendo esta idea, conduje mi caballo hacia la escarpada orilla de un estanque negro y fantástico que se extendía brillante y tranquilo junto a la casa, y miré hacia abajo. Pero con una sensación aún más estremecedora que antes, pude contemplar las imágenes cambiadas e invertidas entre los juncos grises y los troncos espectrales y las vacías ventanas como ojos.

Sin embargo, me propuse pasar unas semanas en esta melancólica mansión. Su propietario, Roderick Usher, había sido uno de mis alegres compañeros de adolescencia, pero habían pasado muchos años desde nuestro último encuentro. No obstante, recientemente, me había llegado una carta a un lugar distante del país, una carta de Usher, que por su tono apremiante no admitía otra respuesta que la presencia personal. Su escritura demostraba agitación y nerviosismo. Hablaba de una enfermedad física aguda, de un desorden mental que lo oprimía y de un inmenso deseo de verme, ya que era su mejor —y en realidad su único— amigo personal, para intentar, gracias a la jovialidad de mi compañía, aliviar su mal. Por la manera en que había expresado todo esto y mucho más, pude ver que le iba el *corazón* en este ruego, razón por la cual no dudé un momento y obedecí de inmediato al que, no obstante, consideraba un requerimiento muy singular.

Si bien en nuestra adolescencia habíamos sido amigos íntimos, poco sabía de mi amigo. Siempre había sido muy reservado. Sin embargo, yo sabía que su antiquísima familia se había destacado, desde tiempos inmemoriales, por una peculiar sensibilidad de temperamento, que se mostraba, a lo largo de los años, en muchas obras de elevada concepción artística y se manifestaba, últimamente, en reiteradas obras de caridad generosas pero discretas, así como en una devoción apasionada por las dificultades más que por las bellezas ortodoxas y fácilmente reconocibles de la ciencia musical. También conocía el sorprendente hecho de que la estirpe de los Usher, siempre honorable, nunca había producido una rama duradera. En otras palabras, la familia entera seguía siempre una línea directa de descendencia, salvo insignificantes y transitorias variaciones. Mientras revisaba mentalmente la coherencia entre el carácter de la propiedad y el carácter que distinguía a sus habitantes, reflexionando acerca de la influencia que la primera podría haber ejercido sobre los segundos a través de tantos siglos, consideré que esa carencia de ramas colaterales, y la consiguiente transmisión de padres a hijos del patrimonio y el nombre, era la que identificaba, finalmente, a los dos hasta el punto de fundir el título originario del dominio en el extraño y equívoco nombre de «Casa de Usher», que parecía incluir, en la mente de los campesinos que lo utilizaban, tanto a la familia como a la mansión familiar.

He dicho que el único efecto de mi experimento, algo infantil, de mirar el reflejo en el estanque, había sido el de profundizar la primera y singular impresión. No puede dudarse que la conciencia del rápido aumento de mi superstición (¿por qué no llamarla así?) servía para acelerar su crecimiento mismo. Sé desde hace tiempo que esta es la paradójica ley de todos los sentimientos que se basan en el terror. Y por esta razón, cuando levanté mis ojos hacia la casa desde la imagen del estanque, apareció en mi mente un extraño pensamiento, tan ridículo, en realidad, que lo menciono sólo para demostrar la vívida fuerza de las sensaciones que me oprimían. Mi imaginación estaba tan excitada como para creer que en la mansión y su dominio había una atmósfera especial para ellos y los alrededores, una atmósfera que no guardaba afinidad con el aire del cielo, sino que era exhalada por los árboles marchitos, por los muros grises y el silencioso estanque, un vapor pestilente y misterioso, opaco, pesado, apenas perceptible y de color plomizo.

Intentando despojar a mi espíritu de lo que *debía* haber sido un sueño, examiné más de cerca el aspecto real del edificio. Su principal característica parecía ser la de una excesiva antigüedad. La decoloración producida por el paso del tiempo era muy grande. Pequeños hongos se extendían por toda la superficie, colgando desde el alero en una fina y enmarañada telaraña. Pero todo esto no estaba en relación con una decadencia extraordinaria. No se había caído ninguna parte de la mampostería y parecía haber una rara incoherencia entre la perfecta adaptación de sus partes y la condición de cada piedra. Todo esto me recordaba la aparente integridad de ciertos maderajes que se han estropeado con el paso del tiempo en alguna cripta descuidada, sin la acción del aire exterior. Sin embargo, más allá de estas señales de gran decadencia, el edificio daba pocas muestras de inestabilidad. Tal vez, el ojo de un observador minucioso podría haber descubierto una fisura apenas perceptible, que, desde el tejado del edificio, en el frente, se extendía hacia abajo en las paredes, en zigzag, hasta perderse en las sombrías aguas del estanque.

Mientras observaba todo esto, cabalgué por un breve camino hacia la casa. Un sirviente que esperaba allí se ocupó de mi caballo y entré por el arco gótico del vestíbulo. Un criado de paso furtivo me condujo desde allí, en silencio, a través de varios pasadizos oscuros e intrincados, hacia el gabinete de su amo. No sé cómo mucho de lo que encontré en el camino contribuyó a elevar el vago sentimiento del que ya he hablado. Aunque los objetos que me rodeaban, los relieves de los techos, los sombríos tapices de las paredes, el ébano negro de los suelos y los fantasmagóricos trofeos heráldicos que reconocía en el camino, eran cosas a las cuales estaba habituado desde mi infancia, y aunque no dudaba en reconocer lo familiar de todo esto, aún me asombraba por las insólitas fantasías que esas imágenes habituales producían en mí. En una de las escaleras, me encontré con el médico de la familia. Pensé que la expresión de su rostro era una mezcla de débil astucia y perplejidad. Me miró con preocupación y siguió su camino. El criado me abrió la puerta y me dejó en presencia de su amo. La habitación donde me encontré era muy grande y de techos altos. Las ventanas eran largas, estrechas y puntiagudas, y estaban a tanta distancia desde el suelo de roble negro que eran absolutamente inaccesibles desde dentro. A través de los cristales enrejados entraban débiles rayos de luz carmesí, que servían para distinguir los principales objetos; sin embargo, los ojos intentaban en vano llegar a los más remotos ángulos del cuarto y a los huecos del techo abovedado y esculpido. Sobre las paredes, colgaban oscuros tapices. Los muebles, en general, eran profusos, incómodos, antiguos y destartalados. Había muchos libros e instrumentos musicales desparramados, que no lograban dar vitalidad alguna a la escena. Sentí que respiraba una atmósfera de tristeza. Un aire de dura, profunda e irremediable melancolía envolvía y penetraba todo.

Cuando entré, Usher se levantó del sofá sobre el que se encontraba tendido y me recibió con gran ardor, que demostraba, según pensé en un primer momento, una excesiva cordialidad y un esfuerzo obligado de mundo *aburrido*. Sin embargo, al mirar su semblante me convencí de su absoluta sinceridad. Nos sentamos y, durante unos momentos de silencio, lo observé con un sentimiento en parte de compasión, en parte de espanto. ¡Sin duda, nadie había cambiado hasta entonces tan terriblemente, en tan poco tiempo, como Roderick Usher! Me costó admitir que ese ser que tenía ante mí fuera el compañero de mi adolescencia. Sin embargo, los rasgos de su rostro habían sido siempre notables. La tez cadavérica; los incomparables ojos grandes, líquidos y luminosos; los labios algo finos y muy pálidos, pero de una curva hermosa; la delicada nariz de tipo hebreo, pero con orificios más grandes de lo habitual; el mentón, delicadamente modelado, revelador, por su falta de prominencia, de una carencia de energía moral; los cabellos, más suaves y tenues que una tela de araña; estos rasgos y el excesivo desarrollo de su frente constituían unas características difíciles de olvidar. Sin embargo, esta simple exageración del carácter dominante de estas facciones y de su habitual expresión revelaba un cambio tan importante que hasta dudé de la persona con la que estaba hablando. La espectral palidez de su piel y el milagroso brillo de sus ojos me sorprendieron y me asustaron. También el sedoso cabello había crecido de forma descuidada y, como su desordenada textura de tela de araña flotaba alrededor del rostro, me era imposible, aunque me esforzara, relacionar su apariencia con la idea de pura humanidad.

En el modo de actuar de mi amigo me sorprendió la incoherencia y la inconsistencia, y descubrí que se debía a una serie de débiles e inútiles intentos por vencer un azoramiento habitual y una excesiva agitación nerviosa. En verdad, ya estaba preparado para algo así, tanto por su carta como por el recuerdo de determinados rasgos juveniles y por las conclusiones que saqué de su especial conformación física y su temperamento. Sus gestos eran alternativamente vivaces y lentos. Su voz variaba rápidamente de una trémula indecisión (cuando su espíritu vital parecía inexistente) a una especie de concisión enérgica —esa abrupta, pesada, lenta y hueca manera de hablar—, a esa pronunciación gutural perfectamente modulada, que puede observarse en el borracho perdido o en el incorregible fumador de opio en los períodos de mayor excitación.

Después me habló del objetivo de mi visita, de su sincero deseo de verme y del consuelo que esperaba de mí. Al fin, empezó a comentar lo que estaba convencido que era la naturaleza de su enfermedad. Dijo que era un mal constitucional y de familia, y se desesperaba por hallar un remedio para ello; una afección nerviosa, según dijo, que se le pasaría en poco tiempo. Se manifestaba en una multitud de sensaciones anormales. Algunas de ellas, cuando las detalló, me interesaron y me desconcertaron, aunque, sin duda, influyeron también los términos y el estilo general de su relato. Sufría de una mórbida agudeza de los sentidos. Apenas soportaba los alimentos más insípidos. Sólo podía usar ropa de determinada textura. Le sofocaban los perfumes de todas las flores. Sus ojos se sentían torturados aun por la más pálida luz. Y pocos eran los sonidos que no le inspiraran terror, estos eran sonidos de instrumentos de cuerda.

Vi que era un esclavo de una especie anormal de terror. Decía: «Moriré, *debo* morir en esta deplorable locura. Así, así y no de otro modo, me perderé. Temo los hechos del futuro, no por sí mismos, sino por sus consecuencias. Tiemblo al pensar en cualquier incidente, aun el más trivial, que pueda ocurrir en esta intolerable agitación del alma. En realidad, no aborrezco el peligro, salvo por su efecto absoluto: el terror. En este desaliento, en esta lamentable situación, llegará tarde o temprano el momento en que deba abandonar la vida y la razón en la lucha con el fantasma: el *miedo*».

Además reconocí, por momentos y por señales cortadas y equívocas, otra característica singular de su condición mental. Estaba atrapado por ciertas impresiones supersticiosas con respecto a la casa donde vivía y de donde, por muchos años, nunca se había aventurado a salir, supersticiones relacionadas con una influencia cuya supuesta energía fue descrita en términos demasiado sombríos para reproducirlos aquí, una influencia que las peculiaridades de la forma y los materiales de la casa familiar habían ejercido sobre su alma, según él, a fuerza de soportarlas durante mucho tiempo, efecto que el aspecto *físico* de las paredes, las torres grises y el oscuro estanque en el que se reflejaban, había producido finalmente en la *moral* de su existencia.

Sin embargo, admitía, aunque con dudas, que gran parte de la singular melancolía podía tener origen en algo más natural y palpable, la seria y larga enfermedad y la muerte evidentemente cercana de una hermana a quien quería con ternura y que había sido su compañera durante muchos años, su último y único familiar vivo. «Su muerte», decía con una amargura inolvidable, «me dejará (a mí, el desesperado y el frágil) como el último de la antigua raza de los Usher». Mientras hablaba, *lady* Madeline, que así se llamaba, pasó lentamente por una zona apartada de la habitación y, sin notar mi presencia, desapareció. La observé con gran asombro y un terror inexplicable. Me oprimía una sensación de estupor, mientras mis ojos seguían sus pasos al alejarse. Cuando se cerró una puerta a su paso, mi mirada se dirigió instintiva y ansiosamente hacia el rostro de su hermano, pero había ocultado su cara entre sus manos y sólo pude percibir que una palidez mayor que la habitual se había apoderado de sus dedos descarnados, entre los que se filtraban apasionadas lágrimas.

La enfermedad de *lady* Madeline había burlado durante mucho tiempo los conocimientos de los médicos que la atendían. El inusual diagnóstico era una apatía permanente, una dejadez gradual de su persona y frecuentes aunque transitorias afecciones de carácter parcialmente cataléptico. Hasta entonces, había soportado con entereza la carga de su enfermedad, negándose a permanecer en cama; pero, al caer la tarde de mi llegada a su casa, sucumbió (tal como me dijo esa noche su hermano con inexplicable agitación) al poder aplastante del Destructor, y supe que la breve visión que yo había tenido de su persona sería probablemente la última que podría obtener, pues la dama, mientras viviera, por lo menos, no sería vista nunca más.

Durante los días posteriores, su nombre no fue mencionado por Usher ni por mí mismo, y durante ese período me ocupé con verdadero esfuerzo por aliviar la melancolía de mi amigo. Pintábamos y leíamos juntos o escuchábamos, como en un sueño, las raras improvisaciones de su elocuente guitarra. Y, de este modo, a medida que me sumergía con una intimidad cada vez más cercana en los rincones más recónditos de su alma, iba viendo con amargura la inutilidad de todo intento de alegrar un espíritu cuya oscuridad, como una cualidad positiva e inherente, se derramaba sobre todos los objetos del universo moral y físico, en una incesante irradiación de tinieblas.

Siempre recordaré las muchas horas solemnes que pasé solo con el amo de la Casa Usher. Sin embargo, no podría dar una idea del carácter exacto de los estudios o de las ocupaciones en que me involucró o me condujo. Una idealidad exaltada y enfermiza, arrojaba un fulgor sulfúreo sobre todas las cosas. Sus largos e improvisados cantos fúnebres resonarán por siempre en mis oídos. Entre otras cosas, conservo con dolor en mi memoria cierta especial perversión y amplificación del extraño aire del último vals de Von Weber. De las pinturas que alimentaba su laboriosa imaginación y cuya vaguedad crecía a cada pincelada y que me causaba un estremecimiento cada vez más penetrante a medida que ignoraba su causa; de esas pinturas (tan vivas que aún retengo sus imágenes) sería imposible expresar algo más que la pequeña parte comprendida dentro de los límites de las meras palabras escritas. Por su gran simplicidad y por la desnudez de sus dibujos, atraían la atención y subyugaban. Si alguien alguna vez pintó una idea, ese fue Roderick Usher. Al menos para mí, en las circunstancias que me rodeaban, surgía de las puras abstracciones que el hipocondríaco lograba proyectar en la tela, una intensidad de intolerable horror, cuya sombra nunca he sentido, ni al contemplar las fantasías de Fuseli, brillantes, por cierto, pero demasiado concretas.

Una de las concepciones fantasmagóricas de mi amigo, que no participaba con tanto rigor del espíritu de la abstracción, puede describirse vagamente en palabras. Un pequeño cuadro representaba el interior de una bóveda o un túnel, inmensamente largo y rectangular, con paredes bajas, suaves, blancas y sin interrupciones ni adornos. Ciertos puntos accesorios del diseño servían para dar la idea de que esta excavación yacía a una profundidad mayor bajo la superficie de la Tierra. No se observaba salida en toda su extensión, ni se podía ver una antorcha u otra fuente artificial de luz; sin embargo, en todo su espacio, flotaba una ola de intensos rayos que daban al conjunto un esplendor inadecuado y espectral.

He hablado acerca del mórbido estado del nervio auditivo que hacía que la música fuera intolerable para el paciente, a excepción de ciertos sonidos de los instrumentos de cuerda. Tal vez, los estrechos límites a los que se había confinado con la guitarra fueron los que dieron origen, en gran medida, a la forma fantástica de sus obras. Pero no se puede explicar del mismo modo la fogosa *facilidad* de sus *impromptus*. Las notas y las palabras de sus extrañas fantasías (ya que a menudo se acompañaba con improvisaciones verbales en rima) debían ser la consecuencia de ese intenso recogimiento y concentración a que he aludido anteriormente, detectables sólo en momentos especiales de gran excitación artificial. Las palabras de una de esas rapsodias me resultan fáciles de recordar. Tal vez, fue la que más me impresionó cuando la recitó, porque en la corriente intimista o mística de su sentido imaginé que percibía por primera vez una conciencia acabada por parte de Usher de que su razón vacilaba. Los versos, que él tituló *El palacio encantado,* decían más o menos lo siguiente:

I

En el más verde de nuestros valles
    habitado por ángeles buenos
aparecía un palacio que una vez
    fue hermoso y radiante.
En los dominios del rey Pensamiento,
    allí se hallaba.
Nunca un serafín batió sus alas
    sobre algo tan bello.

II

Amarillos pendones, gloriosos, dorados,
    flotaban y fluían en el techo
(todo esto ocurría en el pasado,
    un remoto pasado),
y con la brisa que jugaba
    en tan glorioso día
por las almenas se expandía
    una fragancia alada.

III

Y los que vagaban por el valle,
    por dos ventanas iluminadas
a los espíritus veían
    bailar al son de laúdes
en torno al trono donde
    (¡Porfirogéneto!)
envuelto en merecida pompa
    se sentaba el amo del reino.

IV

Y de rubíes y perlas
*   era la puerta del palacio,*
de donde como un río fluían,
*   y fluían centelleando,*
los Ecos, de gentil tarea:
*   la de cantar con altas voces*
el genio y el ingenio
*   de su rey soberano.*

V

Pero seres malos invadieron
*   vestidos de tristeza aquel dominio*
(¡Duelo, luto! ¡Nunca más
*   nacerá otra alborada!)*
Y en torno al palacio, la hermosura
*   que antaño florecía entre rubores,*
es sólo una olvidada historia
*   sepultada en los viejos tiempos.*

VI

Y los viajantes, desde el valle,
*   a través de las ventanas ahora rojas,*
ven vastas formas que se mueven
*   en fantasmales discordancias,*
mientras, cual espectral torrente,
*   por la pálida puerta*
sale una horrenda multitud que ríe...,
*   pero ya no sonríe.*

Recuerdo muy bien que las sugestiones nacidas de esta balada nos lanzaron a una corriente de pensamientos donde se hizo manifiesta una opinión de Usher, que menciono no tanto como explicación de su novedad (ya que otros hombres ya habían pensado así), sino como para explicar la obstinación con que la mantuvo. Esta opinión, en general, afirmaba la sensibilidad de todos los seres vegetales. Pero en su desordenada fantasía, la idea había asumido un carácter más atrevido y traspasaba, en ciertas condiciones, el reino de lo inorgánico. Me faltan palabras para expresar el alcance o el *abandono* vehemente de su persuasión. Sin embargo, la creencia se relacionaba (como insinué antes) con las grises piedras de la casa de sus ancestros. Las condiciones de la sensibilidad habían sido satisfechas, imaginaba él, por el método de colocación de estas piedras, en el orden en que estaban dispuestas, al igual que por los hongos que las cubrían y los marchitos árboles circundantes, pero, sobre todo, por la prolongación invariable de este orden y su duplicación en las quietas aguas del estanque. Su evidencia, la evidencia de la sensibilidad, podía verse, dijo (y me estremecí al oírlo), en la gradual pero segura condensación de una atmósfera propia en torno a las aguas y a los muros. El resultado era discernible, agregó, en esa silenciosa a la vez que inoportuna y terrible influencia que por siglos había moldeado los destinos de su familia y que había hecho de él lo que yo veía, lo que era. Tales opiniones no merecen comentario y no haré ninguno.

Nuestros libros (los libros que durante años constituyeron una parte importante de la existencia intelectual del enfermo) estaban, como puede suponerse, en estricto acuerdo con este carácter espectral. Leíamos juntos obras como *Ververt et Chartreuse,* de Gresset; el *Belfegor,* de Maquiavelo; *Cielo e Infierno,* de Swedenborg; *Viaje subterráneo de Nicolás Klim,* de Holberg; *Quiromancia,* de Robert Flud, Jean d'Indaginé y De la Chambre; *Viaje a la distancia azul,* de Tieck, y *Ciudad del Sol,* de Campanella. Nuestro libro favorito era un pequeño volumen en octava edición del *Directorium Inquisitorium,* del dominico Eymeric de Gerona, y había pasajes de Pomponio Mela sobre los viejos sátiros africanos y egipanos, con los cuales Usher soñaba durante horas. Sin embargo, su mayor placer se hallaba en el estudio de un rarísimo y curiosísimo libro gótico en cuartos (el manual de una iglesia olvidada), *Vigiliae Mortuorum secundum Chorum Eclesiae Maguntiae.*

No podía dejar de pensar en el extraño ritual de esta obra y de su probable influencia en el hipocondríaco. Una noche, después de informarme de forma súbita de la muerte de *lady* Madeline, manifestó su intención de conservar su cadáver durante unos quince días (antes de su inhumación definitiva) en una de las numerosas criptas del edificio. Sin embargo, el motivo humano alegado para justificar un procedimiento tan singular no me permitió iniciar una disputa. El hermano había llegado a esta decisión (así me dijo) considerando el carácter insólito de la enfermedad de la difunta, de ciertas inoportunas y ansiosas averiguaciones por parte de sus médicos y la remota y expuesta situación del cementerio familiar. No puedo negar que cuando evoqué el siniestro aspecto de la persona con quien me crucé en la escalera el día de mi llegada a la casa, no quise oponerme a lo que consideré una precaución inofensiva y nada extraña.

A petición de Usher, lo ayudé personalmente en la organización de la sepultura temporal. Ya en el ataúd, los dos llevamos el cuerpo a su lugar de descanso. La cripta donde lo colocamos (que había estado cerrada durante tanto tiempo que nuestras antorchas casi se apagaron en su opresiva atmósfera, dándonos así poca posibilidad de investigar el sitio) era pequeña, húmeda y desprovista de toda fuente de luz. Se hallaba a gran profundidad, exactamente debajo de la zona del edificio donde estaban mis aposentos. Aparentemente, había sido utilizada en los remotos tiempos feudales como mazmorra y, más recientemente, como depósito de pólvora o alguna otra sustancia combustible, ya que alguna parte de su suelo y todo el interior del amplio corredor a través del cual llegamos allí estaban cuidadosamente revestidos de cobre. La puerta, de hierro macizo, también había sido protegida con este material. Su inmenso peso, al moverse, producía un chirrido agudo e insólito.

Una vez depositada la fúnebre carga sobre los caballetes en aquella región de horror, retiramos parcialmente hacia un lado la tapa del ataúd y miramos la cara de su ocupante. Me llamó la atención por primera vez una notable similitud entre los rostros de ambos hermanos. Usher, adivinando tal vez mi pensamiento, murmuró algunas palabras por las que supe que la difunta y él eran mellizos y que entre ambos habían existido siempre coincidencias casi inexplicables. Nuestras miradas, sin embargo, no se fijaron mucho tiempo en la difunta, ya que no podíamos mirarla sin sentir espanto. La enfermedad que había llevado a la mujer a la muerte en la madurez de su juventud, había dejado, como ocurría con las enfermedades de carácter estrictamente cataléptico, la ironía de un débil rubor en el pecho y en la cara y esa sonrisa suspicaz y lánguida, que es tan terrible en la muerte. Volvimos a colocar la tapa en su sitio y la atornillamos. Una vez asegurada la puerta de hierro, regresamos, fatigados, a los aposentos, apenas menos lúgubres, de la parte superior de la casa.

Y entonces, pasados algunos días de amarga pena, se produjo un cambio notable en las características del desorden mental de mi amigo. Sus modales habituales habían desaparecido. Sus ocupaciones habituales habían sido descuidadas u olvidadas. Erraba de aposento en aposento con pasos apresurados, irregulares y desconcertados. La palidez de su semblante había adquirido un tinte aún más espectral, pero la luminosidad de sus ojos había desaparecido por completo. El tono a veces ronco de su voz ya no se oía y una vacilación trémula, como de sumo terror, caracterizaba su pronunciación. De hecho, había momentos en los que pensé que su mente siempre agitada luchaba con algún secreto opresivo y que intentaba lograr el valor suficiente para divulgarlo. También por momentos, me veía obligado a reducir todo a las meras e inexplicables divagaciones de la locura, pues lo veía contemplar el vacío durante horas, en una actitud de profunda atención, como si escuchara algún sonido imaginario. No es de extrañarse que su condición me aterrorizara. Sentía que a mi alrededor, a pasos lentos pero seguros, crecían las salvajes influencias de sus propias supersticiones fantásticas y contagiosas.

En especial, una noche en que me retiraba bastante tarde a mi dormitorio, a los siete u ocho días desde que colocamos a *lady* Madeline en su cripta, experimenté con toda su fuerza esos sentimientos. No conseguía dormirme a medida que pasaban las horas. Luché por racionalizar el nerviosismo que me dominaba. Intenté convencerme de que mucho, si no todo lo que sentía, se debía a la influencia desconcertante del lúgubre moblaje de la habitación, de los tapices oscuros y raídos que, atormentados por el soplo de una tempestad incipiente, se movían espasmódicos de acá para allá sobre los muros y crujían desagradablemente alrededor de los adornos de la cama. Pero mis esfuerzos eran vanos. Un temblor incontrolable se apoderaba gradualmente de mi cuerpo y, finalmente, se instaló sobre mi propio corazón un dolor, el peso de una alarma inexplicable. Lo sacudí, jadeando, luchando, y me incorporé sobre las almohadas. Mirando ansiosamente en la intensa oscuridad del aposento, presté atención (no sé por qué, excepto que me impulsó alguna fuerza instintiva) a unos sonidos indefinidos y remotos que provenían no sé de dónde, en las pausas de la tormenta, con largos intervalos. Dominado por un intenso sentimiento de horror, inexplicable pero insoportable, me vestí a toda prisa (ya que creía que no podría dormir esa noche) y traté de reponerme de la lamentable situación en la que había caído, recorriendo rápidamente la habitación de un lugar a otro.

Había dado unas pocas vueltas, cuando me llamó la atención un paso suave en la escalera contigua. Reconocí entonces el paso de Usher. Un instante después, llamaba con un toque suave a mi puerta y entraba con una lámpara en la mano. Su semblante, como siempre, era de una palidez cadavérica, pero además tenía en los ojos una especie de hilaridad loca, una histeria evidentemente reprimida en toda su actitud. Su apariencia me espantó, pero cualquier cosa era preferible a la soledad que había soportado durante tanto tiempo y, de algún modo, agradecí su presencia como un alivio.

—¿No lo ha visto? —preguntó súbitamente, después de echar una mirada a su alrededor en silencio—. ¿No lo ha visto? Pues aguarde y lo verá —y diciendo esto protegió cuidadosamente la lámpara, se acercó a una de las ventanas y la abrió de par en par a la tormenta.

La impetuosa furia de la ráfaga que entró casi nos elevó del suelo. En realidad, era una noche tempestuosa y a la vez singularmente hermosa y terrorífica. Al parecer, un torbellino desplegaba su fuerza en nuestra vecindad, pues había frecuentes y violentos cambios de dirección del viento. La gran densidad de las nubes (que colgaban tan bajas que parecía que oprimían las torrecillas de la casa) no nos impedía ver la velocidad viviente con que acudían desde todos los puntos, mezclándose unas con otras sin alejarse. He dicho que ni siquiera su gran densidad nos impedía ver este espectáculo y, sin embargo, no veíamos la luna ni las estrellas, ni tampoco se divisaba ningún relámpago. Pero las superficies bajas de las grandes masas de agitado vapor, al igual que los objetos terrenales que nos rodeaban, brillaban con una luz sobrenatural, de una exhalación gaseosa, apenas luminosa y claramente visible, que se cernía sobre la casa y la envolvía.

—¡No debe usted mirar esto! —dije, estremeciéndome, mientras con suave violencia apartaba a Usher de la ventana para llevarlo hasta un asiento—. Estos espectáculos, que lo trastornan, son simples y normales fenómenos eléctricos o puede ser que su horrible origen sea el corrupto efluvio del estanque. Cerremos esta ventana; el aire está frío y podría ser peligroso para su salud. Aquí tiene usted una de sus novelas preferidas. Yo leeré, usted me escuchará y así pasaremos juntos esta horrible noche.

El antiguo volumen que había elegido era *Mad Trist,* de sir Launcelot Canning; pero lo había calificado de preferido de Usher más en broma que en serio, ya que poco había en su tosca prolijidad, sin imaginación, que pudiera interesar a la elevada e ideal espiritualidad de mi amigo. Sin embargo, era el único libro que estaba a mano y alimenté la vaga esperanza de que la excitación que agitaba al hipocondríaco podría aliviarse (puesto que la historia de desórdenes mentales está llena de anomalías similares), aun a pesar de la extremada locura con que yo leería. De haber juzgado, en verdad, por la extraña y tensa vivacidad con que escuchaba o parecía escuchar las palabras de la historia, me hubiera felicitado por el éxito de mi idea.

Había llegado a la conocida parte de la historia donde Ethelred, el héroe de Trist, habiendo buscado en vano su admisión pacífica en la morada del ermitaño, procede a entrar por la fuerza. Aquí, se recordará, las palabras del relato son las siguientes:

«Y Ethelred, que era por naturaleza un corazón valeroso, y fortalecido, además, gracias al poder del vino que había bebido, no esperó para hablar con el ermitaño, quien, en realidad, era obstinado y maligno; pero sintiendo la lluvia sobre sus hombros y temiendo el estallido de la tempestad, alzó su maza y a golpes se abrió camino entre las tablas de la puerta, y tirando con fuerza hacia sí, rajó, rompió, lo destrozó todo, de tal forma que el ruido de la madera seca y hueca resonó en todo el bosque y lo llenó de alarma».

Al terminar este pasaje, me sobresalté e hice una pausa, ya que me pareció (aunque de pronto comprendí que mi excitada imaginación me había engañado) que, desde alguna parte remota de la mansión, provenía lo que podría haber sido, por la similitud de carácter, el eco (si bien sofocado y sordo) del mismo ruido de rotura, de destrozo, que sir Launcelot había descrito con tanto detalle. Fue, sin duda, la mera coincidencia lo que me llamó la atención, puesto que, entre el crujir de los bastidores de las ventanas y los ruidos mezclados de la creciente tormenta, el sonido en sí mismo nada tenía, seguramente, que pudiera interesarme o distraerme. Continué el relato:

«Pero el buen campeón Ethelred, entrando por la puerta, se enfureció y se sorprendió al no encontrar señales del maligno ermitaño, sino, en su lugar, un dragón prodigioso, cubierto de escamas, con lengua de fuego, sentado en guardia delante de un palacio de oro, con el suelo de plata, y sobre el muro colgaba un escudo de bronce brillante con la leyenda que decía:

"Quien entre aquí, conquistador será;
quien mate al dragón, el escudo ganará".

Y Ethelred levantó su maza y golpeó la cabeza del dragón, que cayó a sus pies y lanzó su apestoso aliento con un rugido tan horrible, ronco, y además tan penetrante, que Ethelred se tapó los oídos con las manos para no escuchar el espantoso ruido, tal como jamás se había oído hasta entonces».

Entonces hice una súbita pausa y con una sensación de violento asombro, puesto que no cabía duda de que, en este caso, realmente había oído (aunque no podía decir de dónde provenía) un grito insólito, un sonido chirriante, sofocado y aparentemente lejano, pero áspero, prolongado, réplica exacta de lo que mi imaginación podía atribuir al sobrenatural alarido del dragón, según lo describía el novelista.

Oprimido, como por cierto me sentía desde esta segunda y más extraordinaria coincidencia, por un millar de sensaciones conflictivas, entre las que predominaban la sorpresa y un extremo terror, tuve, sin embargo, suficiente lucidez mental como para evitar excitar, con alguna observación, la sensibilidad nerviosa de mi compañero. No estaba para nada seguro de haber oído ese sonido; sin embargo, se había producido, incuestionablemente, una alteración en su conducta en los últimos minutos. Desde su lugar frente a mí había hecho girar gradualmente su silla, de modo que estaba sentado mirando hacia la puerta de la habitación. Así yo podía ver sólo parcialmente sus facciones, aunque veía que sus labios temblaban al murmurar imperceptiblemente. Tenía la cabeza caída sobre el pecho, pero supe que no estaba dormido, ya que tenía los ojos muy abiertos y fijos, según pude ver al mirarlo de perfil. El movimiento del cuerpo también contradecía esta idea, ya que se mecía de lado a lado de forma suave pero constante y uniforme. Después de advertir rápidamente todo esto, continué con la narración de sir Launcelot, que seguía así:

«Y entonces, el campeón, después de escapar de la terrible furia del dragón, recordó el escudo de bronce y el encantamiento roto, apartó el cuerpo muerto de su camino y avanzó con valor sobre el pavimento de plata del castillo hasta donde colgaba el escudo, que, sin esperar su llegada, cayó a sus pies sobre el suelo de plata con enorme y terrible fragor».

Apenas hube pronunciado estas palabras, como si realmente un escudo de bronce hubiera en ese momento caído sobre un suelo de plata, escuché un eco claro, profundo, metálico y resonante, aunque en apariencia sofocado. No pude controlar mis nervios y me puse de pie de un salto. Pero el movimiento acompasado de Usher no se interrumpió. Corrí hacia la silla donde estaba sentado. Sus ojos miraban fijos hacia adelante y dominaba su persona una pétrea rigidez. Pero al poner mi mano sobre su hombro, un fuerte estremecimiento recorrió su cuerpo; en sus labios se dibujó una sonrisa enferma y vi que hablaba con un murmullo bajo, apresurado, ininteligible, como si no advirtiera mi presencia. Me incliné hacia él y al acercarme entendí el significado de sus palabras.

—¿No lo oye? Sí, lo oigo y lo he oído. Mucho, mucho, mucho tiempo... muchas horas... muchos días lo he oído y no me he atrevido... ¡Oh, mísero de mí, desdichado de mí!... No me atrevía... no me atrevía a hablar. ¡La enterramos viva en su tumba! ¿No le he dicho que mis sentidos eran agudos? *Ahora* le digo que oí sus primeros movimientos, débiles, en el fondo del ataúd. Lo oí hace muchos, muchos días... y no me atreví... *no me atreví a hablar.* ¡Y ahora, esta noche, Ethelred, ja, ja! ¡La puerta rota del ermitaño, el grito de muerte del dragón y el estruendo del escudo! ¡Digamos, mejor, el ruido del ataúd al rajarse, el chirriar de los férreos goznes de su prisión y sus luchas dentro de la cripta, por el pasillo abovedado, revestido de cobre! ¡Oh! ¿Adónde huiré? ¿No estará ella aquí pronto? ¿No escuché sus pasos en la escalera? ¿No puedo distinguir el pesado y horrible latir de su corazón! ¡Insensato! —y aquí, furioso, se puso de pie de un salto y gritó estas palabras, como si entregara su alma en este esfuerzo—. ¡Insensato! ¡Digo que está al otro lado de la puerta!

Como si la sobrenatural energía de sus palabras tuviera la fuerza de un embrujo, los enormes y antiguos batientes que Usher señalaba abrieron lentamente, en ese momento, sus pesadas mandíbulas de ébano. Era la obra de la violenta ráfaga, pero al abrirse las puertas apareció la figura alta y amortajada de *lady* Madeline Usher. Tenía sangre en la blanca ropa y evidencias de una amarga lucha en cada parte de su descarnado cuerpo. Durante un momento, permaneció temblando y tambaleándose en el umbral; luego, con un lamento sofocado, cayó pesadamente hacia adentro sobre su hermano y, en su violenta agonía final, lo arrastró hasta el suelo, muerto, víctima de los terrores que había anticipado.

Hui aterrado de ese aposento y de esa mansión. La tormenta seguía afuera con toda su ira mientras cruzaba la vieja avenida. De pronto, surgió en el sendero una luz extraña y me volví para ver de dónde podía surgir un brillo tan insólito, pues la gran casa y sus sombras estaban a mis espaldas. El resplandor venía de la luna llena, roja como la sangre, que brillaba ahora a través de esa fisura casi imperceptible, de la que antes dije que se dibujaba en zigzag desde el tejado del edificio hasta su base. Mientras la contemplaba, la fisura se ensanchó rápidamente, pasó un furioso torbellino, toda la órbita del satélite irrumpió de pronto ante mis ojos y mi espíritu vaciló al ver que los poderosos muros se desmoronaban, y hubo un largo y tumultuoso clamor como la voz de mil torrentes; a mis pies, el profundo y corrompido estanque se cerró sombría y silenciosamente sobre los fragmentos de la casa de Usher.

LOS ASESINATOS DE LA CALLE MORGUE

Qué canciones cantan la sirenas o qué nombre adoptó
Aquiles al esconderse entre mujeres, aunque son pregun-
tas enigmáticas, no se hallan más allá de toda conjetura.

Sir Thomas Browne.

Las características de la inteligencia denominadas analíticas son en sí mismas poco susceptibles de análisis. Las apreciamos sólo en sus efectos. Sabemos de ellas, entre otras cosas, que son, para los que las poseen en alto grado, fuente del mayor goce. Así como el hombre fuerte se complace en su destreza física, deleitándose con ejercicios que pongan en acción sus músculos, así goza el analista en la actividad espiritual que significa desenredar. Se complace aun en las ocupaciones más triviales que ponen en juego su talento. Le gustan los enigmas, los acertijos, los jeroglíficos y al solucionarlos demuestra un grado de perspicacia que, para el resto de las mentes, parece sobrenatural. En realidad, sus resultados, obtenidos a través del alma y la esencia del método, tienen todo el aire de la intuición.

Posiblemente, la facultad de resolver se refuerza en gran medida con el estudio de las matemáticas y, en especial, por su rama más alta que, injustamente o sólo por las retrógradas operaciones, se denomina análisis, como si se tratara del análisis *par excellence*. Sin embargo, calcular no es en sí mismo analizar. Por ejemplo, un jugador de ajedrez hace lo primero, sin esforzarse en lo segundo. Por tanto, el juego de ajedrez es considerado erróneamente en cuanto a sus efectos en la naturaleza de la inteligencia. No estoy escribiendo un tratado, sino simplemente me limito a dar un prólogo a una narración algo especial, mediante observaciones azarosas. Por tanto, aprovecharé la oportunidad para asegurar que los poderes más altos de la inteligencia reflexiva se aplican más claramente y con más utilidad en el poco ostentoso juego de damas más que en la elaborada frivolidad del ajedrez. En este último, en que las piezas tienen movimientos diferentes y extraños, con valores diversos y variables, lo cual lo hace sólo más complejo, se malinterpreta como algo profundo (lo que es un error bastante común). Aquí juega un papel importantísimo la atención. Si se pierde por un momento, se comete un descuido que resulta perjuicio o derrota. Como los movimientos posibles no sólo son múltiples, sino además complicados, las probabilidades de descuido se multiplican, y en nueve de cada diez casos, gana el que más se concentra y no el más agudo. Por el contrario, en las damas, donde los movimientos son únicos y existen pocas variaciones, las probabilidades de inadvertencia disminuyen, lo cual deja a un lado la simple atención, y las ventajas obtenidas por cada uno provienen de una perspicacia superior. Para ser menos abstracto, supongamos un juego de damas donde las únicas piezas son cuatro reyes y donde, por supuesto, no se espera que se produzcan distracciones. Resulta obvio que la victoria puede decidirse (entre jugadores de fortaleza similar) sólo por algún movimiento sutil como resultado de un gran esfuerzo de la inteligencia. Privado de recursos comunes, el analista penetra en el espíritu de su oponente, se identifica con él y a menudo descubre, con una simple mirada, los métodos (a veces realmente sencillos) por los que puede inducirle a error o precipitarle a un mal cálculo.

El *whist* ha sido considerado durante mucho tiempo por su influencia en lo que se denomina poder de cálculo, y se ha reconocido que los hombres de inteligencia superior encuentran un inexplicable placer en él, mientras que dejan de lado al ajedrez por considerarlo frívolo. Sin duda, no hay nada de naturaleza similar que ponga a prueba la facultad de análisis. El mejor jugador de ajedrez del mundo no puede ser mucho más que el mejor jugador de ajedrez; sin embargo, el dominio del *whist* implica una capacidad para el éxito en todos estos desafíos más importantes en que la mente lucha con la mente. Cuando digo dominio, me refiero a esa perfección en el juego que incluye la comprensión de todas las fuentes de donde pueden derivarse ventajas legítimas. No son múltiples, sino multiformes, y con frecuencia se encuentran en capas tan profundas del pensamiento que resultan inaccesibles para el entendimiento común. La observación atenta conlleva el recuerdo claro, y, hasta ahora, el jugador de ajedrez concentrado podría jugar bien al *whist,* mientras las reglas de Hoyle (basadas en el mero mecanismo del juego) resultan suficientemente comprensibles en general. Por tanto, tener una memoria retentiva y guiarse «por el libro» son puntos normalmente considerados como la suma total del buen juego. Pero la habilidad del analista se ve en asuntos que trascienden los límites de las simples reglas. En silencio, realiza una serie de observaciones y conclusiones, al igual, quizá, que sus compañeros, y la diferencia en cuanto a la cantidad de información obtenida reside no tanto en la validez de la conclusión, sino en la calidad de la observación. Lo que se debe saber es qué observar. Nuestro jugador no se encierra en sí mismo; ni tampoco, dado que el objetivo es el juego, rechaza deducciones a partir de elementos externos al mismo. Examina el semblante de su compañero y lo compara con el de cada uno de sus oponentes. Considera el modo en que cada uno ordena las cartas; a menudo cuenta las cartas ganadoras y perdedoras de sus oponentes según cómo miren las cartas que sostienen. Detecta cada cambio en sus rostros a medida que transcurre el juego, recogiendo elementos para pensar a partir de las diferencias en las expresiones de seguridad, sorpresa, triunfo o contrariedad. Por la manera en que recoge una baza, juzga si la persona que la recoge puede tener otra del mismo palo. Reconoce una jugada fingida por la forma en que se arrojan las cartas sobre el tapete. Una palabra casual o descuidada, la caída o vuelta accidental de una carta, con la consiguiente ansiedad o descuido con respecto a su ocultamiento, la cuenta de las bazas, con el orden de su disposición; la incomodidad, la duda, la ansiedad o el temor... todo ello aporta a la percepción aparentemente intuitiva signos del estado real de las cosas. Cuando se han jugado las primeras dos o tres manos, conoce perfectamente las cartas de cada uno y desde ese momento utiliza las propias con una precisión tan absoluta como si los otros jugadores le hubieran enseñado las suyas.

El poder analítico no debe confundirse con el mero ingenio, ya que el analista debe ser necesariamente ingenioso, pero el hombre ingenioso a menudo es notablemente incapaz de analizar. La facultad constructiva o combinatoria por la que en general se manifiesta el ingenio y a la que los frenólogos (erróneamente, a mi entender) han asignado un órgano diferente, considerándola una facultad primordial, ha sido con frecuencia observada en personas cuyo intelecto lindaba con la idiotez, lo que ha provocado observaciones por parte de los estudiosos del carácter. Entre el ingenio y la capacidad de análisis existe una diferencia mucho mayor que la que existe entre la fantasía y la imaginación, pero de naturaleza estrictamente análoga. En realidad, puede observarse que los ingeniosos son siempre imaginativos y los verdaderamente imaginativos son siempre analistas.

El relato que sigue resultará para el lector algo así como un comentario de las afirmaciones antes enunciadas.

Mientras vivía en París durante la primavera y parte del verano de 18..., conocí a un tal Auguste Dupin. Este joven caballero pertenecía a una excelente e ilustre familia, pero, por una serie de desdichadas circunstancias, había caído en un estado de pobreza tal que la energía de su carácter sucumbió y dejó de relacionarse en su ambiente y de intentar recuperar su fortuna. Por cortesía de sus acreedores, aún mantenía una pequeña parte de su patrimonio y la renta que obtenía de él le permitió, por su rigurosa economía, procurarse las cosas básicas para vivir, sin preocuparse de frivolidades. De hecho, los libros eran su único lujo y en París es fácil conseguirlos.

Nuestro primer encuentro tuvo lugar en una oscura biblioteca de la calle Montmartre, donde la circunstancia de que ambos estuviéramos buscando el mismo extraño y notable libro sirvió para acercarnos. Nos encontramos varias veces. Yo estaba profundamente interesado en la pequeña historia familiar que me contó con todo el candor de un francés cuando se trata de sí mismo. También me sorprendió mucho por la extraordinaria cultura que tenía y, sobre todo, sentí encenderse mi alma con el salvaje fervor y la viva frescura de su imaginación. Al buscar en París cosas que me interesaban en ese momento, sentí que asociarme con un hombre así tendría para mí un valor incalculable, así que le confié este sentimiento. Finalmente, acordamos vivir juntos durante mi estancia en la ciudad y, como mis circunstancias eran menos complicadas que las de él, decidí hacerme cargo de alquilar y amueblar, en un estilo que armonizara con la fantástica melancolía de nuestro carácter, una mansión decrépita y grotesca, abandonada hacía mucho tiempo por supersticiones sobre las que preferimos no preguntar, y que se precipitaba a la ruina en una retirada y desolada zona del Faubourg Saint-Germain.

Si hubiera llegado a ser público el modo en que vivíamos en este lugar, habríamos sido considerados como locos; si bien, tal vez, como locos inofensivos. Nuestro aislamiento era perfecto. No recibíamos visitas. En realidad, nuestro lugar de retiro había sido ocultado cuidadosamente a nuestros compañeros anteriores, y hacía muchos años desde que Dupin había dejado de conocer gente o ser conocido en París. Vivíamos sólo para nosotros mismos.

Una rareza de mi amigo (¿cómo podría llamarlo si no?) era que adoraba la noche por la noche misma, y me entregué a esta rareza suya, como a casi todas las otras que demostró, abandonándome a sus caprichos con perfecta disposición. La negra divinidad no podía quedarse con nosotros para siempre, pero podíamos imitar su presencia. Con las primeras luces del alba, cerrábamos todas las pesadas persianas del antiguo edificio y encendíamos un par de velas que, muy perfumadas, sólo lanzaban débiles y mortecinos rayos. Con la ayuda de estas velas, nos dedicábamos a soñar, leer, escribir o conversar hasta que el reloj nos anunciaba la llegada de la verdadera Oscuridad. Entonces salíamos a la calle, del brazo, siguiendo con los temas del día o vagando por ahí hasta muy tarde, buscando entre las salvajes luces y sombras de la populosa ciudad esa infinidad de excitantes del espíritu que puede proporcionar la observación tranquila.

En esos momentos, no podía dejar de comentar y admirar la peculiar capacidad analítica de Dupin, si bien estaba preparado para ella teniendo en cuenta su rica idealidad. Parecía disfrutar mucho ejerciéndola, aunque no tanto en demostrarla, y no dudaba en confesar el placer que derivaba de ella. Se jactaba, con una discreta risa, de que muchos hombres tenían frente a él una especie de ventana por la cual podían ver su corazón y estaba dispuesto a demostrar esas afirmaciones con pruebas tan claras como sorprendentes del íntimo conocimiento que tenía de mí. Su actitud en estos momentos era fría y lejaña, sus ojos se vaciaban de expresión, mientras su voz, en general de tenor, se elevaba hasta un falsete que habría sonado petulante de no ser por lo deliberado y la claridad de sus palabras. Al observarle en esos momentos, a menudo pensaba en la antigua filosofía de la doble alma y me divertía con la idea de un Dupin doble: el creador y el analista.

Por lo que estoy contando, el lector no deberá suponer que esté hablando de un misterio o escribiendo una novela. Lo que he dicho sobre el francés es el mero resultado de una inteligencia excitada o tal vez enferma. Pero un ejemplo dará una idea más clara del carácter de sus comentarios en esos períodos.

Una noche estábamos caminando por una larga y sucia calle cercana al Palais Royal. Como, aparentemente, ambos estábamos ocupados en nuestros pensamientos, ninguno de los dos había dicho una palabra durante al menos quince minutos. De repente. Dupin dijo lo siguiente:

—Es un hombre muy pequeño, es verdad, y le iría mejor en el Théâtre des Variétés.

—No hay duda —respondí inconscientemente, sin darme cuenta (tan absorto había estado en mis reflexiones) de la extraordinaria forma en que Dupin había coincidido con mis pensamientos. Un momento después, me di cuenta y me sentí profundamente sorprendido.

—Dupin —dije seriamente—, esto supera mi entendimiento. No dudo en decir que estoy sorprendido y casi no doy crédito a mis sentidos. ¿Cómo es posible que usted supiera que yo estaba pensando en...? —aquí me detuve para asegurarme sin lugar a dudas de que él realmente supiera en quién estaba pensando.

—En Chantilly —dijo Dupin—. ¿Por qué no sigue? Usted estaba pensando que su diminuta estatura no le hacía apropiado para la tragedia.

Este era precisamente el tema sobre el que estaba reflexionando. Chantilly era un exremendón de la calle Saint Denis, que, apasionado por el teatro, había intentado representar el papel de Jerjes en la tragedia de Crébillon que llevaba ese nombre y sólo logró que la gente se burlara de él.

—Dígame, por Dios —exclamé—, el método (si hay un método) por el cual usted pudo haber leído mi mente.

En realidad, yo estaba aún más sorprendido de lo que quería demostrar.

—El frutero —replicó mi amigo— fue quien me llevó a la conclusión de que el remendón de suelas no tenía la suficiente estatura como para representar a *Jerjes et id genus omne.*

—¡El frutero! Usted me sorprende. No conozco a ningún frutero.

—El hombre que tropezó con usted cuando entrábamos en esta calle, hace unos quince minutos.

En ese momento, un frutero, que llevaba sobre la cabeza una gran cesta de manzanas, casi me había atropellado, por accidente, cuando pasábamos desde la calle C... hacia la que ahora recorríamos. Pero me era imposible entender qué tenía que ver esto con Chantilly.

No había en Dupin la menor partícula de charlatanería.

—Le explico —dijo— y usted podrá comprender todo con absoluta claridad. Primero trazaremos el curso de sus meditaciones, desde el momento en que le hablé hasta el momento en que nos encontramos con el frutero en cuestión. Los principales eslabones de la cadena van en este orden: Chantilly, Orion, el doctor Nichols, Epicuro, la estereotomía, el pavimento y el frutero.

Existen pocas personas que, en algún momento de su vida, no se hayan entretenido recordando los pasos que llevaron a su mente a una determinada conclusión. Esta tarea resulta a menudo muy interesante, y quien lo intenta por primera vez se sorprende por la aparentemente ilimitada distancia e incoherencia entre el punto de partida y el resultado. ¿Cuál sería entonces mi sorpresa al escuchar al francés decir lo que había dicho y tener que reconocer que decía la verdad? Continuó:

—Habíamos estado hablando sobre caballos, si mal no recuerdo, justo antes de entrar en la calle C... Este fue el último tema del que hablamos. Mientras cruzábamos hacia esta calle, un frutero con una gran cesta sobre la cabeza pasó muy cerca de nosotros y le empujó a usted hacia un montón de piedras correspondiente a un trozo de calle en reparación. Usted tropezó con una de las piedras sueltas, resbaló, se torció levemente el tobillo, mostró enfado o mal humor, murmuró unas palabras, se volvió a mirar el montículo y después siguió en silencio. Yo no estaba especialmente atento a lo que usted hacía, pero la observación se ha convertido para mí últimamente en una especie de necesidad. Mantuvo usted los ojos clavados en el suelo, mirando con expresión petulante los agujeros y los surcos de la calle (por lo que entendí que aún estaba pensando en las piedras), hasta que llegamos al pequeño pasaje llamado Lamartine, que con fines experimentales ha sido pavimentado con bloques ensamblados y remachados. En ese momento, su expresión se iluminó y, por la percepción del movimiento de sus labios, no dudé que usted había murmurado la palabra «estereotomía», un término que un poco pretenciosamente se ha aplicado a este tipo de pavimento. Sabía que usted no podía estar diciéndose a usted mismo «estereotomía» sin pensar en «átomos» y, por tanto, en las teorías de Epicuro. Cuando hablamos sobre este tema, no hace mucho tiempo, le mencioné con qué singularidad, y a la vez con qué poca atención, las vagas conjeturas de aquel noble griego habían hallado confirmación en la reciente cosmogonía de las nebulosas; sentí que usted no podía evitar elevar sus ojos hacia la gran nebulosa de Orión y ciertamente esperé que lo hiciera. Usted miró hacia arriba y, en ese momento, comprendí que había seguido correctamente sus pasos. Pero en la amarga crítica sobre Chantilly que apareció en el *musée* de ayer, el escritor satírico, haciendo penosas alusiones al cambio de nombre del remendón, citó una frase en latín sobre la que hemos hablado a menudo. Me refiero a la frase:

Perdidit antiquum litera prima sonum.

Le había dicho que esta frase se refería a Orión, que antes se escribía Urion, y, debido a cierta actitud que se relacionó con esta explicación, me di cuenta de que usted no la había olvidado. Por tanto, estaba claro que usted no dejaría de combinar las dos ideas de Orión y Chantilly. Comprendí que las había combinado por la sonrisa que se dibujó en sus labios. Usted pensaba en la inmolación del pobre zapatero. Hasta ese momento, usted había caminado un poco encorvado, pero de repente le vi erguirse en toda su estatura. Entonces, me di cuenta de que usted estaba reflexionando sobre la diminuta figura de Chantilly. En ese momento interrumpí sus meditaciones para señalar que, en realidad, sí era un hombre pequeño, el tan Chantilly, y que estaría mejor en el Théâtre des Variétés.

Poco después nos encontrábamos ojeando una edición nocturna de la *Gazette des Tribunaux* cuando nos llamó la atención el siguiente párrafo:

«Extraños asesinatos: Esta mañana, alrededor de las tres, los habitantes del barrio St. Roch se despertaron por una sucesión de terribles alaridos, provenientes, según parece, del cuarto piso de una casa en la calle Morgue, donde, se sabe, vive una persona, una tal señora L'Espanaye, y su hija, Camille L'Espanaye. Después de cierta demora, a causa del inútil intento de ingresar en la casa por los métodos habituales, se forzó la puerta con una ganzúa y ocho o diez vecinos entraron, acompañados por dos gendarmes. Para entonces los gritos habían cesado, pero cuando el grupo remontaba el primer tramo de la escalera se oyeron dos o más voces que discutían violentamente y que provenían de la parte superior de la casa. Al llegar al segundo piso, estos sonidos también habían cesado y todo permanecía en perfecta tranquilidad. El grupo se dividió y recorrió habitación por habitación. Al llegar a una enorme habitación en el cuarto piso (la puerta estaba cerrada con la llave por dentro y hubo que forzarla), se hallaron frente a un espectáculo que sorprendió a todos los presentes, no sólo con horror, sino también con estupefacción.

El apartamento se encontraba en completo desorden, los muebles estaban rotos y habían sido lanzados en todas las direcciones. El único colchón había sido quitado de la cama y lanzado al centro de la habitación. Sobre una silla, se encontró una navaja manchada de sangre. Sobre la chimenea había dos o tres largos y espesos mechones de pelo humano, también manchados de sangre y que parecían haber sido arrancados de raíz. Sobre el suelo se hallaron cuatro napoleones, un pendiente de topacio, tres grandes cucharas de plata, tres más pequeñas de *métal d'Alger* y dos bolsas con casi cuatro mil francos en oro. Los cajones de un escritorio que se hallaba en un rincón estaban abiertos y aparentemente habían sido saqueados, si bien quedaban muchos objetos. Debajo de la cama (no debajo del colchón), se descubrió una pequeña caja fuerte. Había sido abierta con una llave que aún se encontraba en la cerradura. Sólo contenía unas viejas cartas y otros papeles de poca importancia.

No había rastros de la señora L'Espanaye, pero, al hallarse una insólita cantidad de hollín en el hogar, se procedió a registrar la chimenea y (¡circunstancia horrible de describir!) se encontró el cadáver de su hija, cabeza abajo, que había sido forzado en la estrecha abertura y empujado hacia arriba. El cuerpo aún estaba caliente. Al examinarlo, se descubrieron en él varias excoriaciones, producidas, sin duda, por la violencia con que había sido introducido y luego arrancado de allí. Sobre la cara tenía muchos arañazos y en el cuello, oscuras contusiones y marcas de uñas, como si la víctima hubiera sido estrangulada.

Después de una profunda investigación de cada parte de la casa sin descubrir nada más, el grupo prosiguió hacia un pequeño patio que había en la parte posterior de la casa, donde yacía el cuerpo de la anciana, con el cuello completamente cortado, de forma tal que, al intentar levantar a la mujer, su cabeza cayó. Tanto el cuerpo como la cabeza presentaban terribles mutilaciones, tales que aquel apenas presentaba forma humana.

Todavía no se han encontrado claves para esclarecer este horrible misterio».

Al día siguiente, el periódico incluía estos detalles adicionales:

«La tragedia de la calle Morgue: Diversas personas han sido interrogadas en relación con este terrible y extraordinario suceso, pero aún no se han encontrado pistas que puedan esclarecerlo. A continuación, incluimos las declaraciones obtenidas:

Pauline Dubourg, lavandera, declara que conocía a ambas víctimas desde hacía tres años y había lavado para ellas durante ese período. La anciana y su hija parecían mantener una buena relación de mutuo afecto. Pagaban muy bien. No podía asegurar cuál era su modo o su medio de vida. Pensaba que la señora L. decía la suerte. Se creía que tenía dinero guardado. Nunca encontró a nadie en la casa cuando la llamaba para recoger la ropa o cuando iba a entregarla. Estaba segura de que no tenían sirvientes. Parecía no haber muebles en todo el edificio, excepto en el cuarto piso.

Pierre Moreau, estanquero, declara que solía vender a la señora L'Espanaye pequeñas cantidades de tabaco y de rapé en los últimos cuatro años. Nació en el vecindario y siempre vivió allí. La difunta y su hija habían ocupado la casa donde se encontraron los cadáveres durante más de seis años. Antes estaba ocupada por un joyero, que subalquilaba las habitaciones superiores a varias personas. La casa era de propiedad de la señora L., quien se sintió disgustada con los abusos que cometía el inquilino y ocupó personalmente la casa, negándose a alquilar ninguna parte. La anciana daba señales de senilidad. El testigo había visto a la hija unas cinco o seis veces en seis años. Las dos vivían una vida excesivamente retirada. Se creía que tenían dinero. Había oído decir entre los vecinos que la señora L. decía la suerte, pero no lo creía. Nunca había visto a ninguna persona entrar por la puerta, excepto a la anciana y a su hija, un portero una o dos veces y un médico unas ocho o diez.

Muchas personas, vecinos, declararon en los mismos términos. No se ha hablado de nadie que frecuentara la casa. No se sabía si había algún pariente vivo de la señora L. y de su hija. Pocas veces se abrían persianas de las ventanas del frente de la casa. Las de la parte posterior estaban siempre cerradas, excepto las de la gran habitación trasera en el cuarto piso. La casa era un buen edificio, no muy antiguo.

Isidore Mustè, gendarme, declara que le llamaron hacia las tres de la mañana y que, al llegar a la casa, encontró entre veinte y treinta personas en el portal, intentando entrar. Finalmente, forzó la puerta con una bayoneta, no con una ganzúa. No le resultó muy difícil abrirla, dado que se trataba de una puerta de dos hojas que no tenían pasadores arriba ni abajo. Los alaridos continuaron hasta que se logró abrir la puerta y después, de repente, cesaron. Parecían ser gritos de una o varias personas que estuvieran sufriendo una agonía, eran fuertes y prolongados, no breves y precipitados. El testigo se dirigió hacia arriba. Al llegar al primer descanso, oyó dos voces que discutían con fuerza y agriamente. Una de las voces era ruda y la otra mucho más aguda y muy extraña. Pudo distinguir algunas palabras de la primera, que era la voz de un hombre francés. Estaba seguro de que no se trataba de una voz femenina. Pudo distinguir las palabras *sacré* y *diable*. La voz aguda era de un extranjero. No estaba seguro de si correspondía a un hombre o a una mujer. No pudo distinguir lo que decía, pero creía que hablaba en español. La descripción que este testigo hizo acerca del estado de la habitación y de los cuerpos coincide con lo que dijimos ayer.

Henri Duval, un vecino, platero de profesión, declara que estaba en el grupo que entró primero en la casa. Corrobora el testimonio de Mustè en términos generales. En cuanto forzaron la entrada, cerraron la puerta para mantener alejada a la multitud, que se congregó muy rápido, a pesar de la hora. La voz aguda, según este testigo, era de un italiano. Estaba seguro de que no se trataba de un francés. No podría asegurar que fuera la voz de un hombre. Podría ser la voz de una mujer. No conocía el idioma italiano. No pudo distinguir las palabras, pero estaba convencido, por la entonación, de que se trataba de un italiano. Conocía a la señora L. y a su hija. Había conversado con ellas con frecuencia. Estaba seguro de que la voz aguda no correspondía a ninguna de las víctimas.

... Odenheimer, restaurador. Este testigo se ofreció voluntariamente a declarar. No hablaba francés y declaró con la ayuda de un intérprete. Nacido en Amsterdam, pasaba por la casa cuando se oyeron los gritos, que duraron varios minutos, tal vez diez. Fueron prolongados y fuertes, horribles y penosos. Corroboró el testimonio previo excepto en un detalle. Estaba seguro de que la voz aguda era de un hombre francés. No pudo distinguir las palabras que pronunciaba. Eran fuertes y precipitadas, desiguales, y pronunciadas con miedo y con cólera. La voz era áspera, no tanto aguda como áspera. No podría decir que se tratara de una voz aguda. La voz más gruesa pronunció varias veces las palabras *sacré, diable* y una vez *mon Dieu.*

Jules Mignaud, banquero, de la firma Mignaud e Hijos, en la calle Deloraine. Es el mayor de los Mignaud. La señora L'Espanaye tenía algunas propiedades. Había abierto una cuenta en su banco durante la primavera del año... (ocho años atrás). Efectuaba frecuentes depósitos de pequeñas sumas. No había retirado nada hasta tres días antes de su muerte, cuando, en persona, retiró la suma de 4000 francos. Esta suma fue pagada en oro y un empleado fue enviado a la casa con el dinero.

Adolphe Le Bon, empleado de Mignaud e Hijos, declara que el día de los hechos, por la mañana, acompañó a la señora L'Espanaye a su residencia con los 4000 francos en dos sacos. Al abrirse la puerta, apareció la señorita L. y tomó uno de los sacos, mientras la anciana se ocupaba del otro. El testigo saludó y se retiró. No vio a nadie en la calle a esa hora. Era una calle poco importante, muy solitaria.

William Bird, sastre, declara que estaba en el grupo que entró en la casa. Era inglés. Vivía en París desde hacía dos años. Fue uno de los primeros en subir por las escaleras. Oyó voces que peleaban. La voz grave correspondía a un francés. Pudo entender algunas palabras, pero no las recuerda. Escuchó claramente las palabras *sacré* y *mon Dieu.* En ese momento se oía ruido como si varias personas estuvieran peleando, un ruido de forcejeo, como si estuvieran arrastrando algo. La voz aguda era muy fuerte, más fuerte que la grave. Estaba seguro de que no era la voz de un inglés. Parecía la de un alemán. Podría ser la voz de una mujer. No entiende el alemán.

Cuatro de los testigos antes mencionados fueron interrogados nuevamente y declararon que la puerta de la habitación donde se encontró el cuerpo de la señorita L. estaba cerrada con llave por dentro cuando el grupo llegó hasta allí. Todo estaba en perfecto silencio; no se escuchaban quejidos o ruidos de ningún tipo. Al forzar la puerta, no vieron a nadie. Las ventanas, tanto la de la habitación del frente como la del cuarto de atrás, estaban cerradas y trabadas desde el interior. La puerta que unía ambos cuartos estaba cerrada sin llave. La puerta que llevaba desde la habitación del frente hacia el corredor estaba cerrada con llave por dentro. Un cuarto pequeño ubicado en el frente de la casa, en el cuarto piso, al principio del corredor, tenía la puerta entreabierta. Este cuarto estaba lleno de viejas camas, cajas y otras cosas. Todo fue cuidadosamente trasladado e investigado. Ni un milímetro de la casa quedó sin investigar con cuidado. Se enviaron deshollinadores para que revisaran las chimeneas. La casa tiene cuatro plantas con buhardillas. Una trampa que da al techo estaba firmemente asegurada con clavos y no parecía haber sido abierta durante años. Los testigos no coincidieron en cuanto al tiempo transcurrido entre el momento en que oyeron las voces que peleaban y la apertura de la puerta de la habitación. Algunos dijeron que habían pasado sólo tres minutos y otros que habían sido cinco. La puerta fue abierta con dificultad.

Alfonso García, empresario de funeraria, declara que vive en la calle Morgue. Natural de España. Formó parte del grupo que entró en la casa. No subió. Es nervioso y sentía aprehensión a causa de la agitación. Oyó las voces que peleaban. La voz grave era de un francés. No pudo distinguir qué decía. La voz aguda era de un inglés; está seguro. No entiende inglés, pero lo cree por la entonación.

Alberto Montani, confitero, declara que estaba entre los primeros que subieron las escaleras. Oyó las voces en cuestión. La voz grave era la voz de un francés. Pudo distinguir algunas palabras. El que hablaba parecía estar reprochando algo. No pudo distinguir las palabras pronunciadas por la voz aguda. Hablaba precipitada y desigualmente. Cree que se trataba de la voz de un ruso. Corrobora el testimonio general. Es italiano. Nunca habló con un ruso.

Varios testigos, llamados nuevamente a testificar, declararon que las chimeneas de todas las habitaciones del cuarto piso eran demasiado estrechas como para permitir el paso de un ser humano. Se pasaron "deshollinadores" (cepillos cilíndricos como los que utilizan las personas que limpian chimeneas) por todos los tubos de la casa. No hay ningún pasadizo en los bajos por el que alguien podría haber bajado mientras el grupo subía las escaleras. El cuerpo de la señorita L'Espanaye estaba tan firmemente encajado en la chimenea que no pudo extraerse hasta que cuatro o cinco miembros del grupo unieron sus fuerzas.

Paul Dumas, médico, declara que fue llamado a examinar los cadáveres al amanecer. Ambos estaban entonces tendidos sobre el colchón de la cama de la habitación donde había sido hallada la señorita L. El cuerpo de la joven dama estaba lleno de contusiones y excoriaciones. El hecho de que hubiera sido encajado en la chimenea explicaría suficientemente esas marcas. El cuello estaba muy excoriado. Había varios arañazos profundos justo debajo del mentón, junto con varias manchas lívidas ocasionadas sin duda por la presión de los dedos. La cara presentaba un aspecto horriblemente pálido y los ojos se salían de las órbitas. La lengua había sido cortada a medias. Se descubrió una gran contusión en la zona del estómago, producida, aparentemente, por la presión de una rodilla. En opinión del señor Dumas, la señorita L'Espanaye había sido estrangulada por una o más personas desconocidas. El cuerpo de la madre estaba horriblemente mutilado. La tibia izquierda y todas las costillas del mismo lado estaban fracturadas. Todo el cuerpo aparecía cubierto de contusiones y descolorido. Resultaba imposible decir cómo se habían producido todas las heridas. Un pesado garrote de madera o una barra de hierro, una silla, cualquier arma grande, pesada y contundente podría haber producido dichos resultados, en manos de un hombre fuerte. Ninguna mujer podría haber infligido tales heridas, cualquiera que fuera el arma utilizada. La cabeza de la víctima, observada por el testigo, estaba completamente separada del cuerpo, que también había sido muy maltratado. Era evidente que la garganta había sido cortada con algún instrumento muy afilado, probablemente con una navaja.

Alexandre Etienne, cirujano, fue llamado junto con el señor Dumas, para examinar los cuerpos. Corroboró el testimonio y la opinión de este último.

No se ha obtenido ningún otro dato importante, aunque se interrogó a varias personas más. Nunca se había cometido en París un asesinato tan misterioso y enigmático, si es que se había cometido alguno. La policía estaba perpleja, algo inusual en temas de esta naturaleza. Sin embargo, no había la menor sombra de una clave».

La edición nocturna del periódico aseguró que continuaba la gran excitación en el barrio de St. Roch, que el edificio en cuestión había sido revisado nuevamente con mucho cuidado y que se había interrogado nuevamente a los testigos, pero sin obtener resultados. Sin embargo, un párrafo mencionaba que Adolphe Le Bon había sido arrestado y puesto en prisión, aunque nada parecía inculparle a juzgar por los hechos detallados.

Dupin parecía especialmente interesado por el desarrollo del asunto; por lo menos eso creí por su comportamiento, ya que no hizo ningún comentario. Sólo después del anuncio de que Le Bon había sido arrestado, me preguntó mi opinión acerca de los asesinatos.

Sólo podía coincidir con el resto de París en que constituían un misterio insoluble. No veía forma de seguir el rastro del asesino.

—No podemos juzgar los modos posibles por una investigación tan rudimentaria —dijo Dupin—. La policía de París, tan alabada por su perspicacia, es astuta, pero nada más. No existe un método en sus procedimientos, aparte del método del momento. Toman una serie de medidas, pero con frecuencia estas se adaptan tan mal a los objetivos propuestos que recuerdan al señor Jourdain, que pedía su bata de casa... para mejor escuchar la música. Los resultados obtenidos por ellos son con frecuencia sorprendentes, pero en su mayoría se logran por mera diligencia y actividad. Cuando estas son insuficientes, sus esquemas fallan. Por ejemplo, Vidocq era un hombre muy perseverante y lograba excelentes conjeturas. Pero al no tener un pensamiento educado, continuamente se equivocaba por la intensidad misma de sus investigaciones. Alteraba su visión por mirar el objeto desde demasiado cerca. Tal vez, podría ver uno o dos puntos con una claridad inusual, pero, al hacerlo, necesariamente perdía la visión del asunto en su totalidad. En el fondo, se trataba de un exceso de profundidad y la verdad no siempre está dentro de un pozo. En realidad, creo que, en lo que se refiere al conocimiento más importante, es invariablemente superficial. La profundidad yace en los valles donde la buscamos y no sobre la cumbre donde se encuentran. Los modos y las fuentes de este tipo de error están bien tipificados en la contemplación de los cuerpos celestiales. Si observamos una estrella de una ojeada, oblicuamente, volviendo hacia ella la parte exterior de la retina (más susceptible a las impresiones luminosas leves que la parte interior), veremos la estrella con claridad, tendremos la mejor apreciación de su brillo, un brillo que se apaga según vayamos intentando observarla de lleno. En realidad, en este caso llegan a nuestros ojos una mayor cantidad de rayos, pero en el otro caso hay mayor capacidad de comprensión. Por una indebida profundidad, confundimos y debilitamos el pensamiento, y es posible hacer desaparecer a Venus del firmamento si la escrutamos de forma demasiado sostenida, demasiado concentrada o directa. En cuanto a estos asesinatos, intentamos alguna investigación por nosotros mismos, antes de opinar sobre ellos. Una investigación nos divertirá. (Pense que esta era una palabra extraña así aplicada, pero no dije nada.) Y, además, Le Bon una vez me prestó un servicio por el cual le estoy agradecido. Iremos a ver el edificio con nuestros propios ojos. Conozco a G..., el prefecto de Policía, y no tendré dificultad para obtener el permiso necesario.

Obtuvimos el permiso y nos dirigimos a la calle Morgue. Se trataba de uno de esos míseros pasajes que corren entre la calle Richelieu y la calle St. Roch. Llegamos al atardecer, ya que este barrio estaba lejos de donde vivíamos. Encontramos la casa con facilidad, puesto que todavía había muchas personas mirando las persianas cerradas desde la acera de enfrente, con una oscuridad ridícula. Era una casa parisiense típica, con una puerta de entrada y una casilla de cristales con ventana corrediza, correspondiente a la portería. Antes de entrar, caminamos por la calle, giramos por un pasaje y, torciendo nuevamente, pasamos por la parte trasera del edificio. Dupin, mientras tanto, examinaba todo el barrio y la casa, con una atención minuciosa cuyo objetivo no podría adivinar.

Volviendo sobre nuestros pasos, regresamos al frente del edificio y llamamos. Al enseñar nuestras credenciales, los agentes de guardia nos permitieron entrar. Subimos hasta la habitación donde había sido hallado el cuerpo de la señorita L'Espanaye y donde yacían las dos víctimas. Como es habitual, el desorden de la habitación había sido mantenido. No vi nada más que lo que había informado la *Gazette des Tribunaux.* Dupin inspeccionaba todo, incluso los cuerpos de las víctimas. Después fuimos a los cuartos y al patio, siempre acompañados por un gendarme. La investigación nos mantuvo ocupados hasta la noche, cuando nos fuimos. En el camino hacia casa, mi compañero se detuvo un momento en las oficinas de uno de los periódicos.

Ya he dicho que los caprichos de mi compañero eran muchos y que *Je les ménagais* [no hay traducción posible para esta frase]. En este momento, Dupin había decidido evitar toda conversación sobre el tema de los asesinatos, hasta el mediodía del día siguiente. Entonces, de repente, me preguntó si yo había observado algo peculiar en el escenario de aquellas atrocidades.

Hubo algo en su forma de enfatizar la palabra «peculiar» que me hizo temblar, no sé por qué.

—No, nada peculiar —dije—, nada más, nada que ambos no hayamos leído en los periódicos.

—Me temo que la *Gazette* —contestó él— no profundizó en el inusual horror del asunto. Pero dejemos de lado las vagas opiniones de esta publicación. Me parece que este misterio se considera insoluble por las mismas razones que deberían hacerlo ver como fácil de solucionar, es decir, por lo exagerado de sus características. La policía se confunde por la aparente ausencia de móvil, no para el asesinato en sí, sino para la atrocidad del asesinato. También están perplejos por la aparente imposibilidad de conciliar las voces que se oyeron, con el hecho de que no se descubrió a nadie arriba además de la asesinada señorita L'Espanaye y que no había forma de salir sin ser visto por el grupo que subía por las escaleras. El salvaje desorden del cuerpo, el cadáver encajado cabeza abajo en la chimenea, la terrible mutilación del cuerpo de la anciana, todas estas consideraciones junto con las que acabo de mencionar, y otras que no es necesario que enumere, han sido suficientes para paralizar la acción de los agentes del Gobierno, tan alabados por su perspicacia. Han caído en el grueso, pero común, error de confundir lo inusual con lo incompresible. Pero es justamente a través de estas desviaciones del plano de lo ordinario como la razón encuentra su camino en su búsqueda de la verdad. En investigaciones como la que estamos llevando a cabo no deberíamos preguntarnos tanto «qué ocurrió» sino «qué ha ocurrido que no haya ocurrido antes». En realidad, la facilidad con la que llegaré o he llegado a la solución del misterio está en relación directa a su aparente insolubilidad a los ojos de la policía.

Me quedé mirando a Dupin con silenciosa estupefacción.

—Estoy esperando —continuó, mirando hacia la puerta de nuestra habitación—, estoy esperando a una persona que, aunque tal vez no haya sido el perpetrador de estas carnicerías, ha de haber estado en alguna medida implicado en la ejecución. Probablemente sea inocente de la parte más horrible de los crímenes cometidos. Espero estar en lo correcto en mi suposición, ya que sobre esta se basa mi esperanza de solucionar todo el enigma. Espero la llegada de este hombre, a esta habitación, en cualquier momento. Es verdad que puede no llegar, pero es probable que venga. Si aparece, será necesario detenerlo. Aquí hay pistolas y ambos sabemos cómo utilizarlas si se presenta la ocasión.

Tomé las pistolas, sin saber muy bien qué hacer y sin poder creer lo que estaba oyendo, mientras Dupin continuó como en un monólogo. Ya he hablado de su actitud abstraída en esos momentos. Sus palabras se dirigían a mí, pero su voz, si bien no era fuerte, tenía la entonación que se usa al hablar con alguien situado a gran distancia. Sus ojos, inexpresivos, miraban sólo hacia la pared.

—Las voces que discutían y fueron oídas por el grupo que subía por las escaleras —dijo— no eran las voces de las víctimas, como fue probado por los testigos. Esto nos libera de la duda ante la posibilidad de que la anciana hubiera podido matar a su hija para suicidarse después. Hablo de esta alternativa solo por una cuestión de método, ya que la fuerza de la señora L'Espanaye habría sido insuficiente para encajar el cadáver de su hija en la chimenea tal como ha sido encontrado. Por otra parte, la naturaleza de las heridas en su propio cuerpo excluye por completo la idea de suicidio. El asesinato, pues, fue cometido por terceros, a quienes pertenecían las voces que se oyeron mientras discutían. Permítame ahora atraer su atención no al testimonio completo respecto de estas voces, sino a lo que hubo de peculiar en esas declaraciones. ¿Ha observado usted algo de peculiar en ellas?

—Observé que, mientras todos los testigos coincidían en que la voz grave pertenecía a un francés, existían grandes desacuerdos en cuanto a la voz aguda o —como la llamó uno de ellos— la voz áspera.

—Ese fue el testimonio en sí —dijo Dupin—, pero no la peculiaridad. No ha notado usted nada característico. Y, sin embargo, había algo que notar. Tal como usted observó, los testigos coincidieron en cuanto a la voz grave; aquí fueron unánimes. Pero, con respecto a la voz aguda, la peculiaridad no es que hayan estado en desacuerdo, sino que, cuando un italiano, un inglés, un español, un holandés y un francés intentaron describirla, todos dijeron que se trataba de la voz de un *extranjero*. Todos están seguros de que no era la voz de un compatriota. Cada uno la vincula no a la voz de una persona que pertenece a una nación cuyo idioma conoce, sino a la inversa. El francés supone que se trata de la voz de un español y agrega que «si hubiera sabido español podría haber distinguido algunas palabras». El holandés sostiene que se trataba de un francés, pero también se ha dicho que «al no entender francés, este testigo fue examinado mediante un intérprete». El inglés piensa que es la voz de un alemán y «no entiende alemán». El español está seguro de que era la voz de un inglés, pero «juzga en base a la entonación», ya que «no sabe inglés». El italiano cree que es la voz de un ruso, pero «nunca habló con un ruso». Un segundo francés, por otra parte, difiere del primero y está seguro de que la voz correspondía a un italiano; pero al no conocer esa lengua, al igual que el español, «está convencido en base a la entonación». ¿Cuán inusual sería esa voz como para haber provocado todas estas declaraciones, para que estos ciudadanos de las cinco grandes naciones de Europa no pudieran reconocer nada familiar? Podría usted decir que era la voz de un asiático, de un africano. No abundan los asiáticos o los africanos en París, pero, sin negar la posibilidad, quiero llamar su atención sobre estos tres puntos. La voz fue descrita por uno de los testigos como «áspera más que aguda». Otros dos dicen que era «precipitada y desigual». Ninguno de los testigos mencionó palabras reconocibles o sonidos que parecieran palabras. Yo no sé —continuó Dupin— qué impresiones pudo haber causado en su entendimiento, pero no dudo en decir que las deducciones legítimas a partir de esta parte del testimonio (la parte que se refiere a la voz grave y la aguda) son suficientes para generar una sospecha que debería guiar todos los pasos futuros sobre la investigación del misterio. Digo «deducciones legítimas», pero estas palabras no expresan todo lo que deseo decir. Me refiero a que las deducciones son las únicas adecuadas y que la sospecha surge *inevitablemente* de ellas como único resultado posible. Sin embargo, todavía no le diré cuál es la suposición. Sólo quiero que usted tenga en mente que, en lo que a mí respecta, bastó para dar forma definida y tendencia determinada a mis investigaciones en la habitación. Trasladémonos ahora, en nuestra fantasía, hasta esta habitación —continuó—. ¿Qué buscaremos primero? Los medios de escape que utilizaron los asesinos. No hace falta decir que ninguno de nosotros cree en los hechos sobrenaturales. La señora y señorita L'Espanaye no fueron asesinadas por espíritus. Los ejecutores de los hechos fueron materiales y se escaparon por medios materiales. Pero, ¿cómo? Afortunadamente, sólo existe una forma de razonar sobre este punto y debe conducirnos a una decisión definitiva. Examinemos, uno por uno, los posibles medios de escape. Está claro que los asesinos estaban en la habitación donde fue encontrada la señorita L'Espanaye o, por lo menos, en el cuarto adyacente, mientras el grupo subía las escaleras. Por tanto, sólo debemos buscar en estas dos habitaciones. La policía ha levantado los suelos, los techos y los ladrillos de las paredes, por completo. Ninguna salida secreta pudo haber escapado a su investigación. Pero no me fío de sus ojos y decido investigar con los míos.

Efectivamente, no había salidas secretas. Las puertas que conectaban las dos habitaciones con el pasillo estaban cerradas con llave por dentro. Miremos ahora las chimeneas. Si bien el ancho es normal en los primeros ocho o diez pies desde el hogar, no es posible que pase más arriba el cuerpo de un gato grande. Considerando la imposibilidad de escape por los medios antes detallados, nos ocuparemos ahora de las ventanas. Nadie podría haber escapado por las del cuarto delantero sin ser visto por la multitud reunida en la calle. Los asesinos deben de haber pasado, entonces, a través de las del cuarto trastero. Llevados a esta conclusión de manera tan inequívoca, no nos corresponde, en calidad de razonadores, rechazarla por la aparente imposibilidad. Sólo nos queda probar que estas aparentes «imposibilidades» no lo son en realidad. Hay dos ventanas en la habitación. Contra una de ellas no hay muebles que la obstruyan y se ve claramente. La parte inferior de la otra está oculta a la vista por el cabecero del pesado lecho, que ha sido arrimado a ella. La primera ventana fue hallada fuertemente asegurada desde dentro. Se resistió a los más violentos esfuerzos de los que intentaron abrirla. En el marco, a la izquierda, se había practicado una perforación de barreno y se había colocado un clavo, así hasta la cabeza. Al examinar la otra ventana, se vio un clavo similar colocado de manera parecida y también fallaron los vigorosos intentos por abrirla. La policía estaba segura de que la huida no se había producido a través de las ventanas. Por tanto, consideró superfluo extraer los clavos y abrir las ventanas. Mi propia investigación fue algo más detallada por la razón que ya le he explicado: porque sabía que debía demostrar que todas las imposibilidades aparentes no lo eran en realidad. Seguí pensando así, *a posteriori*. Los asesinos escaparon por una de esas ventanas. Siendo así, no pudieron haber asegurado nuevamente los marcos desde dentro, tal como fueron hallados. Esta fue la consideración que puso fin, por obvia, a la investigación de la policía en este cuarto. Sin embargo, los marcos estaban asegurados. Entonces, deben tener la posibilidad de asegurarse a sí mismos. No había forma de escapar a esta conclusión. Me acerqué a la ventana que tenía libre acceso, quité el clavo con cierta dificultad e intenté levantar el marco. Tal como había anticipado, resistió todo mi esfuerzo. Comprendí, entonces, que debía haber un resorte oculto. La comprobación de mi idea me convenció de que mi hipótesis era correcta, a pesar del misterio que aún rodeaba a los clavos.

Al investigar con más cuidado, apareció el resorte oculto. Lo presioné y, satisfecho con el descubrimiento, me abstuve de levantar el marco. Volví a colocar el clavo y lo miré atentamente. Una persona que escapara por esta ventana podría haberla cerrado de nuevo y el resorte habría asegurado el marco, pero el clavo no podía ser repuesto. La conclusión era evidente y estrechaba otra vez el campo de mis investigaciones. Los asesinos tenían que haber escapado por la otra ventana. Considerando, entonces, que los resortes de ambos marcos fueran los mismos, cosa que era probable, debía haber una diferencia entre los clavos o, al menos, en la forma de fijarlos. Trepando al armazón de la cama, miré con cuidado el marco de sostén de la segunda ventana. Pasé la mano por la parte de atrás y descubrí el resorte que, como suponía, era igual a su vecino. Observé el clavo. Era tan sólido como el primero, aparentemente se ajustaba del mismo modo y se hundía casi hasta la cabeza. Pensará usted que yo estaba perplejo, pero, si lo cree, debe haber usted malinterpretado la naturaleza de mis deducciones. Para usar una frase deportiva, no había «cometido falta» hasta entonces. No había perdido la pista ni un sólo instante. No había error en ningún eslabón de la cadena. Había seguido el secreto hasta el último resultado y este resultado era el *clavo*. Como dije, tenía, en todos los detalles, la apariencia de su compañero de la otra ventana. Pero este hecho carecía de valor (por concluyente que pareciera) al compararlo con la idea que, en este punto, concluía la clave. «Debe haber algo defectuoso en el clavo», pensé. Lo toqué y su cabeza quedó entre mis dedos junto con un cuarto de pulgada de la espiga. El resto de la espiga quedó en el agujero, donde se había roto. Su fractura era muy antigua (ya que sus bordes estaban oxidados) y aparentemente se había producido por el golpe de un martillo que había incrustado en la parte inferior del marco la cabeza del clavo. Luego volví a colocar la cabeza en el lugar de donde la había quitado y vi que el clavo parecía perfecto, ya que su fisura era invisible. Al presionar el resorte, pude levantar suavemente el marco unas pulgadas. La cabeza se elevó con el marco, sin moverse de su lecho. Cerré la ventana y el clavo dio otra vez la impresión de estar dentro. Hasta ahora, el enigma quedaba explicado. El asesino había escapado a través de la ventana que daba a la cabecera de la cama. Cerrándose por sí misma (o tal vez a propósito) la ventana había quedado asegurada por el resorte. Y la resistencia de este resorte hizo creer a la policía que se trataba del clavo, dejando de lado toda investigación suplementaria. La siguiente cuestión era el modo de descenso. En este punto, me había quedado satisfecho después de nuestro paseo alrededor del edificio. A unos cinco pies y medio de la ventana en cuestión, hay una varilla de pararrayos. Desde esta varilla, sería imposible alcanzar la ventana y, por supuesto, entrar a través de ella. Sin embargo, observé que las persianas del cuarto piso eran de una clase peculiar que los carpinteros parisienses llaman *ferrades,* muy poco utilizadas actualmente, pero que se ven en las antiguas mansiones de Lyón y Burdeos. Se las fabrica con forma de puerta común (simple, no de doble hoja), excepto que la mitad inferior tiene celosías o tablillas que permiten sujetarlas con las manos. En este caso, estas persianas eran de tres pies y medio de ancho. Cuando las vimos desde la parte de atrás de la casa, ambas estaban medio abiertas, es decir que se hallaban en ángulo recto respecto de la pared. Es probable que la policía, al igual que yo, examinara los bajos del edificio; pero, de ser así, miraron las *ferrades* en el ángulo indicado, sin notar su gran ancho; por lo menos, no lo tomaron en cuenta. En realidad, una vez que se convencieron de que no era posible escapar de este cuarto, se limitaron a hacer un examen muy breve. Sin embargo, para mí estaba claro que si se abría del todo la persiana de la ventana que estaba sobre el lecho, su borde quedaría a unos dos pies de la varilla del pararrayos. También era evidente que, ejerciendo una extraordinaria cantidad de actividad y coraje, se podría haber entrado a través de la ventana, a partir de la varilla. Llegando a una distancia de dos pies y medio (ahora pensamos que la persiana estaba abierta del todo), un ladrón podría haberse sujetado con firmeza de las tablillas de la celosía. Abandonando, entonces, la varilla y apoyando los pies contra la pared y lanzándose vigorosamente hacia adelante, habría podido hacer girar la persiana hasta que se cerrara; si suponemos que la ventana estaba entonces abierta, habría logrado entrar así en la habitación. Le pido que tenga especialmente en cuenta que hablo de un nivel inusual de actividad como requisito para poder lograr una hazaña tan difícil y azarosa. Mi intención es demostrarle, en primer lugar, que podía lograrse; pero, en segundo lugar y principalmente, quiero que entienda usted lo extraordinario, casi sobrenatural, de ese vigor capaz de algo así. Dirá usted, sin duda, usando el lenguaje jurídico, que «para redondear mi caso» debería subestimar más que insistir en el cálculo del esfuerzo realizado para conseguir esa hazaña. Tal vez, esto sea lo normal en la práctica del derecho, pero no en el uso de la razón. Mi objetivo final consiste sólo en la verdad. Mi objetivo inmediato consiste en guiarlo a colocar en yuxtaposición la inusual actividad de la que he hablado, con la muy peculiar voz aguda (o áspera) y desigual, acerca de cuya nacionalidad no pudieron coincidir los testigos, como tampoco pudieron distinguir ningún vocablo articulado.

Al oír estas palabras, pasó por mi mente una idea vaga de lo que quería decir Dupin. Me sentía en el límite de la comprensión, sin llegar a entender, tal como ocurre cuando una persona está a punto de recordar algo, sin poder hacerlo. Mi amigo seguía hablando.

—Verá usted —dijo— que he cambiado de la cuestión del modo de escape al del modo de ingreso en la casa. Era mi intención demostrar que ambos se realizaron de la misma forma y por el mismo lugar. Volvamos al interior de la habitación. Observemos lo que aparece allí. Se ha dicho que los cajones de la cómoda han sido saqueados, aunque todavía quedan adentro muchas prendas. La conclusión es absurda. Es sólo una suposición, bastante tonta, y nada más que eso. ¿Cómo podemos asegurar que los artículos encontrados en los cajones no eran todos los que había originalmente? La señora L'Espanaye y su hija vivían una vida muy solitaria, no veían a otra gente, pocas veces salían, no tenían muchas ocasiones de cambiarse de tocado. Los que encontramos son por lo menos de tan buena calidad como los que estas mujeres podían tener. Si el ladrón hubiera robado algunos, ¿por qué no robar los mejores, por qué no robó todos? En una palabra, ¿por qué dejó cuatro mil francos en oro para llevarse un montón de ropa? El oro fue abandonado. Casi toda la cantidad mencionada por el señor Mignaud, el banquero, fue descubierta en sacos, sobre el suelo. Por tanto, espero que usted descarte de su pensamiento la desatinada idea de un móvil, que apareció en la mente de los policías por esa pequeña parte del testimonio que menciona el dinero entregado en la puerta de la casa. Coincidencias diez veces más notables que esta (la entrega del dinero y el asesinato cometido a los tres días después) nos ocurren todo el tiempo sin que atraigan nuestra atención ni por un momento. En general, las coincidencias son grandes obstáculos en el camino de los pensadores bien educados que no saben nada de la teoría de las probabilidades, la teoría a la cual los objetivos más gloriosos de la investigación humana deben los más gloriosos ejemplos. En el caso que nos ocupa, si el oro hubiera desaparecido, el hecho de que hubiera sido entregado tres días antes habría sido algo más que una mera coincidencia. Habría sido la comprobación de la idea de un móvil. Pero, en las circunstancias reales del caso, si suponemos que el oro era el móvil del crimen, también deberemos entender que su perpetrador era lo bastante indeciso y estúpido como para olvidar el oro y el móvil a la vez. Teniendo en mente, entonces, los puntos sobre los cuales he llamado su atención (la voz peculiar, esa inusual agilidad y la sorprendente falta de móvil para un asesinato tan atroz como este), observemos la carnicería. Aquí hay una mujer estrangulada por la presión de unas manos e introducida en la chimenea cabeza abajo. Los asesinos comunes no utilizan esta clase de métodos para matar. En el modo de encajar el cadáver en la chimenea admitirá usted que hay algo excesivamente descontrolado, algo irreconciliable con nuestras nociones habituales sobre los actos humanos, aun considerando que los perpetradores fueran los hombres más depravados. Pensemos, además, en la fuerza que debe haberse empleado para poder encajar el cuerpo hacia arriba, si para hacerlo descender fue necesario unir la fuerza de varias personas. Observemos ahora otros signos del empleo de un vigor extraordinario. En el hogar de la chimenea había espesos, muy espesos, mechones de cabello humano canoso. Habían sido arrancados de raíz. Tendrá usted idea de la fuerza necesaria para arrancar de la cabeza veinte o treinta cabellos juntos. Y, además, vio usted los mechones tan bien como yo. Las raíces (algo espantoso) mostraban pedazos de cuero cabelludo, prueba evidente de la prodigiosa fuerza utilizada para arrancar medio millón de cabellos de un tirón. El cuello de la anciana no sólo estaba cortado, sino que la cabeza se encontraba absolutamente separada del cuerpo y el instrumento utilizado era sólo una navaja. También quiero que usted repare en la ferocidad brutal de todos estos hechos. No diré nada de las contusiones que presentaba el cuerpo de la señora L'Espanaye. El señor Dumas y su valioso ayudante, el señor Etienne, han decidido que dichas contusiones se habían efectuado con algún instrumento contundente y, hasta ahí, están en lo cierto. El instrumento contundente fue claramente el pavimento de piedra del patio, sobre el que la víctima cayó desde la ventana que se encontraba del lado de la cama. Esta idea, por más simple que pueda parecer, no se le ocurrió a la policía por la misma razón que no se percataron del ancho de las persianas: como vieron los clavos, se cerraron a la posibilidad de que las ventanas hubieran sido abiertas alguna vez. Si ahora, además de todo esto, ha reflexionado usted sobre el extraño desorden hallado en el cuarto, hemos llegado al momento de combinar las ideas de una agilidad sorprendente, una fuerza sobrehumana, una ferocidad bruta, una carnicería sin móvil, una extravagancia de horror absolutamente incompatible para un humano y una voz en idioma extranjero, según testigos de diferentes nacionalidades que no podían distinguir una sola palabra. ¿Qué resultado obtenemos? ¿Qué impresión ha producido en su imaginación?

Sentí un estremecimiento en todo el cuerpo al escuchar las preguntas de Dupin. Dije:

—Un loco es el autor del crimen, un maníaco furioso escapado de alguna casa de salud vecina.

—En cierto sentido —respondió—, su idea no es tan descabellada. Pero las voces de los locos, aun en sus más salvajes paroxismos, nunca se asemejan a la voz peculiar oída arriba. Los hombres locos tienen alguna nacionalidad y su lenguaje, por incoherentes que sean sus palabras, siempre tiene la coherencia del silabeo. Además, el cabello de un loco no es como el que tengo en la mano. Pude desenredar este pequeño mechón de los apretados dedos de la señora L'Espanaye. ¿Puede usted decirme qué piensa de ellos?

—Dupin —dije, completamente trastornado—, este cabello es absolutamente extraordinario. ¡No es cabello humano!

—Nunca dije que lo fuera —contestó él—, pero, antes de decidir sobre este punto, deseo que usted mire el pequeño dibujo que he trazado sobre este papel. Es un facsímil de lo que en una parte de las declaraciones se describió como «oscuras contusiones y profundas huellas de uñas» sobre el cuello de la señorita L'Espanaye y en otra aparte (por los señores Dumas y Etienne) como una «serie de manchas leves, evidentemente causadas por la presión de los dedos». Verá usted —continuó mi amigo, extendiendo el papel sobre la mesa que teníamos delante de nosotros— que este dibujo indica una presión firme y fija. No hay señales de deslizamiento. Cada dedo mantuvo —hasta la muerte de la víctima— su horrible presión en el sitio donde se hundió primero. Intente ahora colocar sus dedos a la vez sobre las respectivas impresiones, tal como aparecen en el dibujo.

Lo intenté en vano.

—Tal vez no estemos procediendo de la forma adecuada —dijo—. El papel está extendido sobre una superficie plana, pero el cuello humano es cilíndrico. Aquí hay un trozo de madera, cuya circunferencia es similar a la de un cuello. Envuelva la madera con el papel e inténtelo nuevamente.

Lo hice, pero la dificultad era aún mayor que antes.

—Esta marca —dije— no es de una mano humana.

—Lea usted ahora —respondió Dupin— este pasaje de Cuvier.

Se trataba de una descripción anatómica y general de un enorme orangután leonado de las islas de la India oriental. Todos conocemos la inmensa estatura, la prodigiosa fuerza y agilidad, la salvaje ferocidad y la tendencia imitativa de estos mamíferos. Comprendí de repente todos los horrores de este asesinato.

—La descripción de los dedos —comenté al terminar la lectura— concuerda perfectamente con este dibujo. Ningún animal, salvo el orangután de la especie aquí descrita, es capaz de producir las marcas que aparecen en su dibujo. Este mechón de pelo coincide con el de la bestia descrita por Cuvier. Pero de ningún modo puedo comprender los detalles de este espantoso misterio. Además, se escucharon dos voces que discutían y una era, sin duda, la voz de un francés.

—Es verdad. Y recordará usted que, casi unánimemente, los testigos declararon haber oído decir a esta voz la expresión ¡*Mon Dieu!* Dadas las circunstancias, uno de los testigos (Montani, el confitero) acertó al decir que la expresión tenía tono de reproche. Por tanto, sobre esas dos palabras, he construido mis esperanzas de una solución total de este enigma. Un francés estuvo al tanto del asesinato. Es posible —en realidad, es más que probable— que el hombre fuera inocente de toda participación en el sanguinario suceso que tuvo lugar. El orangután pudo habérsele escapado. Tal vez, lo siguió hasta la habitación; pero, dadas las agitadas circunstancias, no pudo capturarlo. Todavía anda suelto. No seguiré con estas conjeturas —no puedo llamarlas de otra forma—, ya que las sombras de reflexión sobre las que se fundamentan son de una profundidad insuficiente para ser apreciadas por mi intelecto y, por tanto, no puedo pretender que otros las comprendan. Las llamaremos conjeturas y hablaremos de ellas como tales. Si el francés en cuestión es, en realidad, tal como creo, inocente de esta atrocidad, este anuncio que dejé anoche al volver a casa en la redacción de *Le Monde* (un periódico dedicado a temas de navegación y muy buscado por los marinos) le traerá a nuestra residencia.

Me entregó un papel, que decía lo siguiente:

«Capturado. En el Bois de Boulogne, temprano en la mañana del día... (la mañana del asesinato), se ha encontrado un gran orangután leonado, de la especie de Borneo. Su dueño (de quien se sabe que es un marinero perteneciente a un barco maltés) puede recuperar su animal, previa identificación satisfactoria y pago de ciertos gastos ocasionados por la captura y cuidado. Preséntese en el número... de la calle..., Faubourg St. Germain, tercer piso».

—¿Cómo es posible —pregunté— que supiera usted que el hombre era marino y perteneciera al barco maltés?

—No lo sé —dijo Dupin—. No estoy seguro de ello. Sin embargo, hay aquí un trocito de cinta, que, por su forma y su aspecto grasoso, se ha usado para atar el pelo en una de esas coletas que tanto gustan a los marineros. Además, este nudo no puede hacerlo nadie que no sea marinero y es especial de los malteses. Recogí esta cinta al pie de la varilla del pararrayos. Imposible que perteneciera a alguna de las víctimas. Si, después de todo, estoy equivocado en mi deducción a partir de la cinta en cuanto a que el francés era un marinero del barco maltés, no he causado ningún daño al escribir el anuncio. Si estoy equivocado, el hombre pensará que me he confundido por algún error que no intentará averiguar. Pero si estoy en lo cierto, habremos ganado mucho. Conocedor, aunque inocente del asesinato, el francés dudará en responder al anuncio, en reclamar el orangután. Razonará de la siguiente manera: «Soy inocente; soy pobre; mi orangután es muy valioso —una fortuna para alguien en mis condiciones—, ¿por qué debería perderlo por un vago temor? Aquí está a mi alcance. Fue hallado en el Bois de Boulogne, a gran distancia de la escena del crimen. ¿Quién podría sospechar que un animal es culpable? La policía está perdida. No encontraron la menor prueba. Si siguieran al animal, les sería imposible probar que supe algo del crimen o culparme por haber sido testigo. Además, soy conocido. El redactor del anuncio me designa como dueño del animal. Si dejara de reclamar una propiedad de tanto valor, que se sabe que poseo, las sospechas recaerán, por lo menos, sobre el animal. No quiero atraer la atención sobre mí ni sobre el orangután. Responderé al anuncio, recuperaré al orangután y lo mantendré encerrado hasta que el tema se haya olvidado».

En ese momento, oímos pasos en la escalera.

—Prepare las pistolas —dijo Dupin—, pero no las use ni las enseñe hasta que yo le haga una señal.

La puerta del frente de la casa había quedado abierta y el visitante había entrado, sin llamar, y había subido varios escalones. Sin embargo, ahora parecía dudar. Luego le oímos descender. Dupin se acercó rápidamente a la puerta, cuando nuevamente le oímos subir. No se volvió una segunda vez, sino que, después de subir con gran decisión, golpeó a nuestra puerta.

—¡Adelante! —dijo Dupin, en un tono acogedor y alegre.

Entró un hombre. Era, evidentemente, un marino, alto, fuerte y musculoso, con un semblante en el que cierta expresión audaz no resultaba desagradable. Su cara, muy bronceada por el sol, estaba casi cubierta por las patillas y el bigote. Traía consigo un grueso bastón de roble, pero no tenía ninguna otra arma. Se inclinó torpemente, dándonos las buenas noches en francés; a pesar de un cierto acento suizo de Neufchatel, se veía que era de origen parisiense.

—Siéntese usted, amigo —dijo Dupin—. Supongo que viene por el orangután. Le aseguro que se lo envidio un poco. Es un animal, sin duda, de gran valor. ¿Qué edad cree usted que tiene?

El marino respiró profundamente, como un hombre liberado de una carga insoportable y después respondió en un tono seguro:

—No podría decirle, pero no puede tener más de cuatro o cinco años. ¿Lo tiene usted aquí?

—No, no. No tenemos el lugar adecuado para guardarlo aquí. Está en una caballeriza en la calle Dubourg, cerca de aquí. Puede usted recuperarlo por la mañana. Supongo que estará usted preparado para certificar su propiedad.

—Sin duda, señor.

—Lamentaré separarme de él —dijo Dupin.

—No quisiera que se hubiera usted molestado tanto por nada, señor —dijo el hombre—. No podía esperármelo. Deseo pagar una recompensa por encontrar al animal; quiero decir, algo razonable.

—Bien —respondió mi amigo—, eso me parece muy justo. Déjeme pensar: ¿qué le pediré? Ah, sí. Le diré. Mi recompensa será lo siguiente: Usted me dará toda la información que posea sobre los asesinatos de la calle Morgue.

Dupin pronunció las últimas palabras en un tono muy bajo y con mucha tranquilidad. Con la misma tranquilidad, caminó hacia la puerta, la cerró con llave y la guardó en el bolsillo. Después sacó una pistola y la puso, sin prisa, sobre la mesa.

La cara del marino enrojeció como si hubiera sido atacado por un ataque de asfixia. Se puso en pie y se aferró a su bastón, pero a continuación se dejó caer de nuevo en el asiento, temblando violentamente y pálido como de muerte. No dijo una palabra. Sentí una profunda y sincera pena por él.

—Amigo mío —dijo Dupin, en tono amable—, de verdad que se está usted alarmando sin motivo. No queremos hacerle ningún daño. Le doy mi palabra de caballero y de francés que no queremos hacerle daño. Sé perfectamente que es usted inocente de las atrocidades de la calle Morgue. Sin embargo, no vale de nada negar que usted está en alguna medida implicado. Por lo que le he dicho, debe usted saber que tengo medios de información sobre este tema, medios que nunca podría haber soñado. El caso se plantea así. Usted no ha hecho nada que pudiera haber evitado, nada, en realidad, que le haga culpable. Ni siquiera es culpable de robo, cuando podría haber robado con total impunidad. No tiene nada que ocultar. No tiene ninguna razón para ocultarse. Por otra parte, el honor le obliga a confesar todo lo que sabe. Un hombre inocente está preso en este momento, acusado de un crimen cuyo autor usted conoce.

El marino había recuperado su compostura, en alguna medida, mientras Dupin hablaba; pero su aire decidido del comienzo había desaparecido por completo.

—¡Qué Dios me ayude! —exclamó el hombre, después de una pausa—. Le diré lo que sé sobre este asunto, pero no espero que usted crea ni la mitad de lo que digo. Sería tonto si lo esperara. Y, a la vez, soy inocente y confesaré todo aunque me cueste la vida.

Esto fue lo que nos relató, en resumen: Poco tiempo atrás, había hecho un viaje al archipiélago índico. Un grupo del cual formaba parte desembarcó en Borneo y penetró en el interior a fin de hacer una excursión de placer. Él y un compañero habían capturado un orangután. Al morir su compañero, él quedó como único dueño del animal.

Después de muchos problemas ocasionados por la terrible ferocidad de su cautivo durante el viaje de regreso, finalmente logró encerrarlo en su propia residencia de París, donde, para no atraer la incómoda curiosidad de los vecinos, lo mantenía cuidadosamente oculto, mientras el animal se curaba de una herida en el pie, causada por una astilla a bordo del buque. Una vez curado, el marinero estaba dispuesto a venderlo.

Una noche, o más bien en la madrugada del crimen, al volver de una fiesta de marineros, encontró al animal en su propio dormitorio, al que había entrado desde el cuarto de al lado, donde creía haberlo encerrado de manera segura. Con una navaja en la mano y completamente embadurnado de jabón, se encontraba sentado frente a un espejo, intentando afeitarse, cosa que seguramente habría visto hacer a su amo a través de la cerradura de su habitación. Aterrorizado al ver un arma tan peligrosa en manos de un animal tan feroz y capaz de utilizarla, el hombre, durante unos momentos, no supo qué hacer. Sin embargo, estaba acostumbrado a calmar al animal, aun en los momentos de peor humor, mediante el uso de un látigo, y pensó acudir nuevamente a este recurso. Al ver esto, el orangután se lanzó de un salto a la puerta, bajó las escaleras y desde allí, a través de una ventana, que por desgracia estaba abierta, llegó a la calle.

El francés lo persiguió con desesperación. El mono, con la navaja en la mano, se detenía de cuando en cuando para mirar hacia atrás y hacer gestos a su perseguidor, dejándole acercarse casi hasta su lado. Después volvía a escaparse. De esta manera, continuó la persecución durante un buen rato. Las calles estaban completamente calmas, ya que eran las tres de la mañana. Al pasar por un pasaje detrás de la calle Morgue, una luz llamó la atención del fugitivo; era la luz de la ventana de la habitación de la señora L'Espanaye, en el cuarto piso de la casa. Precipitándose hacia el edificio, vio la varilla del pararrayos, trepó con una agilidad inconcebible, se aferró a la persiana, que estaba completamente abierta y pegada a la pared, y, de esta forma, se lanzó hacia adelante hasta caer en el cabecero de la cama. Todo esto había ocurrido en menos de un minuto. Al entrar en la habitación, el orangután abrió, de una patada, nuevamente la persiana.

Mientras tanto, el marino se sentía tranquilo y preocupado a la vez. Tenía esperanzas de capturar a la bestia, ya que difícilmente podría escaparse de la trampa en que había caído, salvo que intentara bajar por la varilla, donde podría ser atrapado. Por otra parte, sentía una gran ansiedad por lo que podría estar haciendo en la casa. Esta última reflexión hizo que el hombre continuara persiguiendo al fugitivo. Es fácil subir por una varilla de pararrayos, especialmente para un marino; sin embargo, cuando llegó hasta la ventana, que se hallaba bastante a su izquierda, no pudo seguir adelante. Todo lo que pudo hacer fue echarse a un lado para observar el interior de la habitación. Apenas lo hizo, estuvo a punto de caer a causa del horror. Fue en ese momento cuando empezaron los horribles alaridos que despertaron a todos los vecinos de la calle Morgue. La señora L'Espanaye y su hija, vestidas con camisones de dormir, parecían haber estado ocupadas en arreglar algunos papeles en la caja fuerte ya mencionada, la cual había sido trasladada al centro del cuarto. Estaba abierta y su contenido se encontraba a su lado, en el suelo. Las víctimas deben haber estado sentadas de espaldas a la ventana y, desde el tiempo transcurrido entre la entrada del animal y los gritos, parece probable que al principio no hubieran advertido su presencia. El golpear de la ventana pudo haberse atribuido al viento.

En el momento en que el marinero miró hacia el interior del cuarto, el gigantesco animal había aferrado a la señora L'Espanaye por el pelo (lo llevaba suelto, ya que se lo había estado peinando) y agitaba la navaja cerca de su cara imitando los movimientos de un barbero. La hija permanecía postrada e inmóvil; se había desmayado. Los gritos y las peleas de la anciana (durante los cuales le fueron arrancados los mechones de la cabeza) tuvieron como efecto cambiar los probables propósitos pacíficos del orangután por otros llenos de furor. Con un sólo golpe de su musculoso brazo, separó casi completamente la cabeza del cuerpo de la víctima. La vista de la sangre transformó la cólera en frenesí. Rechinando los dientes y echando fuego por los ojos, se precipitó sobre el cuerpo de la joven y, hundiéndole las terribles garras en el cuello, las mantuvo así hasta que expiró. La furiosa y salvaje mirada del animal cayó entonces sobre el cabecero de la cama, sobre el cual el rostro de su amo, paralizado por el terror, apenas podía divisarse. La furia de la bestia, quien sin duda todavía conservaba la imagen del temido látigo, se convirtió de repente en miedo. Consciente de merecer castigo, parecía deseoso de ocultar sus sangrientos actos y comenzó a saltar por el cuarto en una agonía de nerviosa agitación, derribando y rompiendo los muebles y arrancando el lecho de su bastidor. Por fin, se apoderó del cadáver de la joven y lo metió en la chimenea, tal como fue encontrado luego; después, el de la anciana, que inmediatamente lanzó de cabeza por la ventana.

Mientras el mono se acercaba a la ventana con su mutilada carga, el marinero se echó aterrorizado hacia atrás, se deslizó sin cuidado hasta el suelo y luego fue corriendo a su casa, temeroso de las consecuencias de semejantes atrocidades y abandonando en su horror toda preocupación por el destino del orangután. Las palabras que los testigos oyeron cuando subían por las escaleras eran las exclamaciones de horror y espanto del francés, entremezcladas con los diabólicos sonidos de la bestia.

Poco puedo agregar. El orangután escaparía de la habitación por la varilla del pararrayos, justo antes de que la puerta fuera forzada. Al escapar por la ventana, la habría cerrado. Después fue capturado por el mismo dueño, quien lo vendió al Jardín des Plantes por una elevada suma. Le Bon fue puesto en libertad inmediatamente después de nuestra narración de las circunstancias del caso (con algunos comentarios por parte de Dupin) en la oficina del prefecto de policía. Este funcionario, si bien estaba bien predispuesto hacia mi amigo, no pudo ocultar del todo el fastidio por el giro que había tomado el asunto y dejó caer uno o dos comentarios sarcásticos sobre la conveniencia de que cada uno se preocupara de sus propios asuntos.

—Déjele hablar —dijo Dupin, quien no había creído necesario contestar—. Déjele usted hablar. Le tranquilizará la conciencia. Estoy satisfecho con haberle derrotado en su propio terreno. De todos modos, el hecho de que no haya logrado la solución de este misterio no es un motivo de asombro; en verdad, nuestro amigo es demasiado astuto para ser profundo. En su sabiduría no hay fibra: mucha cabeza y nada de cuerpo, como las imágenes de la diosa Laverna, o, como mucho, todo cabeza y hombros, como un bacalao. Pero después de todo, es un buen hombre. Me gusta especialmente por cierta forma maestra de gazmoñería, a la cual debe su reputación. Me refiero al modo que tiene *de nier ce qui est, et d'expliquer ce qui n'est pas*[14].

[14] Rousseau, *Nouvelle Héloïse*. (N. del T.)

EL MISTERIO DE MARIE ROGÊT[15]

(Continuación de los asesinatos de la calle Morgue)

Es giebt eine Reihe idealischer Begebenheite, die der Wirklichkeit parallel lauft. Selten fallen sie zusammen. Menschen und zufalle modificiren gewohulich die idealische Begebenheit, so dass sie unvollkommen erscheint, und ihre Folgen gleichfalls unvollkommen sind. So bie der Reformation; statt des Protestantismus kam das Lutherthum hervor.

(«Hay series ideales de acontecimientos que corren paralelos a los reales. Rara vez coinciden. Los hombres y las circunstancias generalmente modifican el curso ideal de los acontecimientos, de modo que resulta imperfecto y sus consecuencias son igualmente imperfectas. Así ocurrió con la Reforma; en lugar de protestantismo tuvimos el luteranismo»).

NOVALIS *(seudónimo* de Von Hardenberg),
Moral Ansichten.

---

[15] En la primera edición de *Marie Rogêt,* las notas al pie de página aquí incluidas se consideraron innecesarias, pero el paso de varios años desde la tragedia en que se basa este cuento hace imprescindible incluirlas y decir algunas palabras acerca del diseño general. Una joven, Mary Cecilia Rogers, fue asesinada cerca de Nueva York. Aunque su muerte causó una excitación intensa y duradera, el misterio que la rodeó permanecía sin solución en el momento en que esto fue escrito y publicado (noviembre de 1842). Ahora, con la pretensión de relatar el destino de una *grisette* de París, el autor ha seguido al detalle lo esencial, incluyendo solo paralelamente los hechos superficiales con respecto al verdadero asesinato de Mary Rogers. Sin embargo, todos los fundamentos basados en la ficción se aplican a la verdad y el objetivo era la investigación de la verdad.

El Misterio de Marie Rogêt se escribió lejos de la escena del crimen. Por tanto, se perdió mucho de lo que hubiera ayudado al autor si hubiera estado en el lugar y lo hubiera visitado. Sin embargo, no resulta inadecuado registrar que las confesiones de dos personas (una de ellas, la señora Deluc del cuento), después de la publicación, confirmaron no sólo la conclusión general, sino todos los detalles hipotéticos por los cuales se llegó a dicha conclusión. *(N. del T.)*

Aun entre los pensadores más serenos, hay pocas personas que no hayan sido sorprendidas alguna vez por una creencia a medias en lo sobrenatural, de manera vaga pero sobrecogedora, por alguna coincidencia de características tan maravillosas que el intelecto no haya podido aprehenderlas como simples coincidencias. Tales sentimientos (ya que las creencias a medias de las que hablo nunca tienen la fuerza del pensamiento) nunca se borran del todo a menos que se las explique por la doctrina de las posibilidades o, como se la llama técnicamente, el cálculo de probabilidades. Este cálculo es, en esencia, puramente matemático, y, de este modo, nos encontramos con que la anomalía de la ciencia más rígida y exacta se aplica a las sombras y vaguedades de la más intangible de las especulaciones.

Los detalles extraordinarios que ahora debo dar a conocer constituyen, en cuanto a la secuencia de tiempo, la rama principal de una serie de coincidencias apenas comprensibles, cuya rama secundaria o final reconocerán los lectores en el reciente asesinato de Mary Cecilia Rogers, en Nueva York.

Cuando, en un relato llamado *Los asesinatos de la calle Morgue*, intenté hace un año describir las notables características de la mentalidad de mi amigo, el caballero C. Auguste Dupin, no se me ocurrió que debería reanudar el tema alguna vez. Era mi intención describir su carácter y esta intención fue realizada completamente en el salvaje devenir de circunstancias que pusieron de manifiesto el modo de ser de Dupin. Podría haber aducido otros ejemplos, pero con ellos no hubiera aportado más pruebas. Sin embargo, los acontecimientos recientes y la sorprendente forma en que se desarrollaron, me obligan a descubrir detalles que tendrán la apariencia de una confesión forzada. Sería extraño que, al escuchar lo que escuché recientemente, permaneciera en silencio sobre lo que vi y oí hace mucho tiempo.

Al resolver la tragedia de la muerte de la señora L'Espanaye y de su hija, el caballero se despreocupó inmediatamente del tema y volvió a sus antiguos hábitos de melancólica ensoñación. Con mi tendencia permanente a la abstracción, le acompañé en su humor. Continuamos ocupando nuestras habitaciones en el Faubourg Saint Germain y nos ocupamos del presente, dejando de lado toda preocupación por el futuro, reduciendo a sueños el triste mundo que nos rodeaba.

Sin embargo, estos sueños solían interrumpirse. Puede suponerse que el papel que representó mi amigo en el drama de la calle Morgue había impresionado a la policía parisiense. El nombre de Dupin se había convertido en una palabra cotidiana entre los miembros de la policía. El carácter sencillo de las deducciones por las cuales había desenmarañado el misterio nunca se había explicado ni tan siquiera al prefecto o a ninguna otra persona salvo yo mismo y, por tanto, no resulta sorprendente que el asunto se haya considerado casi milagroso o que la capacidad analítica del caballero le hayan otorgado fama de intuitivo. Su franqueza le había llevado a desengañar a todos los que tuvieran este perjuicio, pero su humor indolente le alejaba de la repetición de un tópico cuyo interés para él había terminado mucho tiempo atrás. Así fue como Dupin se convirtió en el centro de atención para la policía y fueron muchos los casos en los que se intentó contratar sus servicios en la prefectura. Uno de los casos más notables fue el del asesinato de una joven llamada Marie Rogêt.

Los hechos ocurrieron dos años después de la tragedia de la calle Morgue. Marie, cuyo nombre y apellido llamaron inmediatamente la atención por su parecido con la infortunada «vendedora de cigarros», era hija única de la viuda Estelle Rogêt. El padre había muerto durante la infancia de Marie y desde el momento de su muerte hasta dieciocho meses antes del asesinato que constituye el tema de nuestro relato, madre e hija habían vivido juntas en la rue Pavée Saint Andrée[16], donde la señora Rogêt regentaba una pensión, ayudada por Marie. Las cosas continuaron así hasta que la hija cumplió veintidós años y su gran belleza atrajo la atención de un perfumista que ocupaba una de las tiendas en la galería del Palais Royal y cuya clientela principal la constituían peligrosos aventureros que infestaban el vecindario. El señor Le Blanc[17] no desconocía las ventajas derivadas de la presencia de la hermosa Marie atendiendo su perfumería y su generosa propuesta fue aceptada de inmediato por la joven, aunque su madre mostró un poco más de duda al respecto.

Las previsiones del comerciante se cumplieron y sus salones se hicieron famosos gracias a los encantos de la vivaz *grisette*. Transcurrido un año desde que comenzó a trabajar allí, sus admiradores quedaron

---

[16] Nassau Street. *(N. del T.)*
[17] Andersen. *(N. del T.)*

sorprendidos por su repentina desaparición de la perfumería. El señor Le Blanc no podía explicar su ausencia y la señora Rogêt se sintió ansiosa y aterrorizada. Los periódicos se ocuparon inmediatamente del tema y, cuando la policía estaba a punto de comenzar investigaciones más serias, una mañana después de una semana, Marie, en buen estado de salud pero con un aspecto algo más triste, reapareció en su puesto en la perfumería. Como es natural, todas las investigaciones, excepto las de carácter privado, fueron suspendidas de inmediato. El señor Le Blanc se mostró imperturbable. Marie y su madre respondieron a todas las preguntas diciendo que había pasado la última semana en casa de un pariente en el campo. De este modo, se desvaneció el asunto y fue olvidado, ya que la joven, para alejar la impertinencia de la curiosidad, se despidió definitivamente del perfumista y buscó refugio en la residencia de su madre en la calle Pavée Saint Andrée.

Cinco meses después de su regreso a casa, sus amigos se alarmaron por una segunda desaparición repentina de Marie. Pasaron tres días y no se sabía nada de ella. Al cuarto día, se encontró su cadáver flotando en el Sena[18], cerca de la costa frente al barrio de la calle Saint Andrée, en un sitio no muy distante del apartado barrio de la Barrière du Roule[19].

La atrocidad de este asesinato (ya que era evidente que se había cometido un asesinato), la juventud y belleza de la víctima y, sobre todo, su pasada notoriedad, se unieron para producir una intensa conmoción en la mente de los sensibles parisienses. No recuerdo otro hecho que haya causado un efecto tan intenso y generalizado. Durante varias semanas, en la discusión de este absorbente tema, se olvidaron los importantes asuntos políticos del día. El prefecto desplegó una actividad inusitada y la fuerza de toda la policía de París fue empleada en su totalidad.

Al descubrir el cuerpo, nadie supuso que el asesino pudiera eludir durante mucho tiempo la investigación que se puso en marcha de inmediato. Al terminar la primera semana, se decidió ofrecer una recompensa, que hasta ese momento se limitaba a mil francos. Mientras tanto, las investigaciones siguieron con rigor, si bien no siempre con el suficiente juicio, y numerosas personas fueron interrogadas en vano.

---

[18] El río Hudson. *(N. del T.)*
[19] Weehawken. *(N. del T.)*

174

Mientras tanto, debido a la falta de pistas para resolver el misterio, la excitación popular crecía enormemente. Al décimo día, se creyó conveniente duplicar la suma propuesta en principio. Y, finalmente, al terminar la segunda semana sin lograr ningún descubrimiento y como el prejuicio que existía en París contra la policía se manifestó en varios disturbios, el prefecto decidió ofrecer la suma de veinte mil francos «por la denuncia del asesino» o, si se demostraba que había más de un implicado, «por la denuncia de cualquiera de los asesinos». En la proclama en que se ofrecía esta recompensa, se prometía el perdón para cualquier cómplice que declarara contra el autor del crimen. A este cartel se añadía otro de un comité de ciudadanos que ofrecía diez mil francos además de la suma propuesta por la Prefectura. La recompensa completa sumaba no menos de treinta mil francos, una cantidad extraordinaria, teniendo en cuenta la humilde condición de la joven y la gran frecuencia con que ocurren en ciudades grandes atrocidades similares.

Nadie dudó de que el misterio de este asesinato se resolvería de inmediato. Sin embargo, aunque hubo uno o dos arrestos que prometían esclarecer los hechos, no se logró probar nada que implicara a los sospechosos, quienes fueron entonces liberados. Por extraño que pueda parecer, había pasado la tercera semana después del descubrimiento del cuerpo sin que nada se supiera sobre el tema, antes de que llegara a mis oídos y a los de Dupin el primer rumor acerca de unos acontecimientos que tanto habían agitado la mente de todo el público. Ocupados en investigaciones que habían absorbido toda nuestra atención, había pasado un mes sin que saliéramos de casa, recibiéramos visitas o leyéramos por encima los artículos políticos de los periódicos. El señor G... en persona fue quien nos trajo la primera información acerca del crimen. Vino a vernos temprano, durante la tarde del 13 de julio de 18..., y se quedó con nosotros hasta bien entrada la noche. Se sentía molesto por el fracaso de todos sus esfuerzos para capturar a los asesinos. Estaba en juego su reputación, según dijo con un aire típicamente parisiense. Hasta su honor estaba comprometido. La mirada del público estaba pendiente de él y estaba dispuesto a cualquier sacrificio para lograr el esclarecimiento del misterio. Terminó su extraño discurso con un cumplido sobre lo que denominaba el *tacto* de Dupin y le hizo una propuesta directa y generosa, cuya exacta naturaleza no me atrevo a describir, pero que no tiene relación directa con el tema fundamental de mi relato.

Mi amigo rechazó el cumplido lo mejor que pudo, pero aceptó la propuesta inmediatamente, si bien las ventajas eran momentáneas. Acordado este punto, el prefecto siguió explicando su propio punto de vista, mezclado con largos comentarios sobre los testimonios recogidos (que aún no conocíamos). Habló mucho y sin duda con fundamento, mientras yo intentaba dar algunas sugerencias a medida que la noche transcurría con gran lentitud. Dupin, sentado tranquilo en su habitual sillón, era la encarnación de la atención respetuosa. Durante toda la entrevista no se quitó las gafas y una mirada que ocasionalmente lancé por encima de sus cristales verdes bastó para convencerme de que durmió profunda y silenciosamente durante las siete u ocho pesadas horas que precedieran a la partida del prefecto.

Por la mañana, me procuré en la Prefectura un informe completo de todos los testimonios conseguidos y, en las diversas sedes de los periódicos, una copia de todas las publicaciones donde, desde el principio hasta el fin, habían aparecido informaciones importantes sobre este triste suceso. Quitando todo lo que había sido claramente rechazado, el total de la información era el siguiente:

Marie Rogêt dejó la residencia de su madre en la calle Pavée St. Andrée cerca de las nueve de la mañana del domingo 22 de junio de 18... Al salir, avisó a un tal señor Jacques St. Eustache[20], y sólo a él, de su intención de pasar el día con una tía que vivía en la calle Drômes. Esta es una calle angosta pero muy transitada, no muy lejos de la orilla del río y a una distancia de cerca de dos millas, en la línea más directa posible, desde la pensión de la señora Rogêt. St. Eustache era el novio oficial de Marie y vivía en la pensión, donde también almorzaba y cenaba. Debía recoger a su prometida al anochecer. Sin embargo, por la tarde empezó a llover fuerte y, suponiendo que se quedaría toda la noche con su tía (tal como había hecho en otros casos en circunstancias similares), no creyó necesario cumplir su promesa. A medida que pasaba la noche, la señora Rogêt (que era una débil anciana de setenta años) había expresado su miedo de que «no volvería a ver a Marie», pero en ese momento nadie prestó atención a esa observación.

---

[20] Payne. *(N. del T.)*

El lunes se supo con certeza que la joven no había estado en la calle Drômes y, cuando transcurrió el día sin noticias de ella, se comenzó una búsqueda tardía en varios puntos de la ciudad y alrededores. Sin embargo, hasta el cuarto día desde el momento de su desaparición no se tuvieron noticias concretas. Ese día, el miércoles 25 de junio, un tal señor Beauvais[21], quien con un amigo había estado preguntando por Marie cerca de la Barrière du Roule, en la orilla del Sena opuesta a la calle Pavée St. Andrée, fue informado de que unos pescadores acababan de extraer y llevar a la orilla un cadáver que habían encontrado flotando en el río. Al ver el cuerpo, Beauvais, después de dudar un momento, identificó el cuerpo como el de la muchacha de la perfumería. Su amigo la reconoció antes que él.

La cara estaba cubierta de sangre coagulada, parte de la cual salía de la boca. No se veía espuma, como ocurre en el caso de los ahogados. No se advertía decoloración de los tejidos celulares. En el cuello había contusiones y huellas de dedos. Los brazos estaban doblados sobre el pecho y rígidos. La mano derecha estaba cerrada y la izquierda, parcialmente abierta. En la muñeca izquierda aparecían dos magulladuras circulares, tal vez causadas por cuerdas o por una cuerda pasada dos veces. Una parte de la muñeca derecha también estaba marcada, al igual que toda la espalda, especialmente a la altura de los hombros. Al traer el cuerpo a la orilla, los pescadores lo habían atado con una cuerda, pero las excoriaciones no habían sido causadas por esta. El cuello aparecía muy hinchado. No se veían heridas o contusiones que provinieran de golpes. Alrededor del cuello se encontró un trozo de cordón atado con tanta fuerza que se hundía en la carne. Estaba totalmente incrustado y el nudo se veía debajo de la oreja izquierda. Esto sólo podría haber bastado para causar la muerte. El testimonio médico dejó expresamente establecido el carácter virtuoso de la víctima. Decía que había sido sometida a un trato brutal. El cadáver estaba en un estado que no ofrecía dificultad para que sus amigos lo reconocieran.

La ropa de la víctima aparecía muy rasgada y desordenada. Una tira de un pie de ancho había sido arrancada del vestido, desde la costura inferior hasta la cintura, pero no había sido desprendida por completo. Aparecía enrollada tres veces alrededor de la cintura y asegurada por una especie de nudo en la espalda. La enagua que Marie

---

[21] Crommelin. *(N. del T.)*

llevaba dejado del vestido era de muselina delicada y de ella había sido arrancada por completo una tira de unas dieciocho pulgadas de ancho, de modo muy parejo y que denotaba mucho cuidado. Fue hallada alrededor del cuello, no muy apretada y asegurada con un fuerte nudo. Sobre la tira de muselina y el cordón había un lazo proveniente de una cofia, que aún colgaba de él. Ese lazo estaba asegurado con un nudo marinero y no con el que emplean las señoras.

Después del reconocimiento, el cadáver no fue llevado al depósito de cadáveres, como era habitual, ya que la formalidad parecía superflua, sino que fue enterrado rápidamente cerca del lugar donde había sido extraído del agua. Gracias a los esfuerzos de Beauvais, el asunto se mantuvo cuidadosamente en secreto, dentro de lo posible, y transcurrieron varios días antes de que despertara el interés del público. Un semanario[22], sin embargo, por fin sacó a relucir el tema. Se exhumó el cuerpo y se procedió a un nuevo examen del mismo. Sin embargo, no se obtuvo más información que lo que ya se sabía. No obstante, la ropa fue entregada a la madre y los amigos de la víctima, siendo identificada como la que llevaba la joven en el momento de salir de su casa.

Mientras tanto, la agitación crecía hora tras hora. Varios individuos fueron arrestados y liberados. St. Eustache fue considerado especialmente sospechoso y, al principio, no logró dar una explicación clara de su paradero durante el domingo en que Marie dejó su casa. Sin embargo, con posterioridad, presentó al señor G... una declaración bajo juramento explicando satisfactoriamente cada hora del día en cuestión. A medida que pasaba el tiempo y no se descubría nada, circulaban mil rumores contradictorios y los periodistas se ocupaban en proponer sugerencias. Entre estas, la que más llamó la atención fue la idea de que Marie Rogêt aún vivía y que el cuerpo encontrado en el Sena era el de otra infortunada. Sería apropiado por mi parte remitir al lector algunos pasajes que encierran la sugerencia a que hice referencia. Estos pasajes son traducciones literales de *L'Etoile*[23], un periódico dirigido, en general, con mucha competencia:

«La señorita Rogêt abandonó la casa de su madre en la mañana del domingo 22 de junio de 18..., con el ostensible propósito de

---

[22] *Mercury,* Nueva York. *(N. del T.)*

[23] *Brother Jonathan,* editado por H. Hastings Weld, Esq., Nueva York. *(N. del T.)*

visitar a su tía o algún otro familiar, en la calle Drômes. Desde ese momento, nadie confirma haberla visto. No existen pistas o noticias de su paradero... No ha aparecido ninguna persona que la haya visto ese día, después de que abandonara la puerta de la casa de su madre... Si bien no tenemos pruebas de que Marie Rogêt se encontrara viva después de las nueve del domingo 22 de junio, tenemos pruebas de que hasta esa hora estaba viva. El miércoles a mediodía, un cuerpo de mujer fue descubierto flotando cerca de la costa de Barrière du Roule. Esto ocurrió, entendiendo que Marie Rogêt fue arrojada al río, dentro de las tres horas después de dejar la casa de la madre, lo cual significa un plazo de tres días, hora más o menos, a partir del momento en que dejó su casa. Sin embargo, sería tonto suponer que el asesinato, en caso de que se haya cometido un asesinato, podría haberse consumado pronto de modo que los asesinos pudieran arrojar el cuerpo al río antes de medianoche. Los culpables de semejantes crímenes eligen la oscuridad más que la luz... Entonces vemos que, si el cuerpo encontrado en el río *era* realmente el de Marie Rogêt, habría estado en el agua dos días y medio o tres como máximo. La experiencia demuestra que los cuerpos de los ahogados, o los cuerpos arrojados al agua inmediatamente después de ser asesinados con violencia, requieren de seis a diez días para descomponerse lo suficiente como para salir a flote. Incluso si se dispara un cañonazo sobre el lugar donde hay un cadáver y este sale a flote antes de cinco o seis días de inmersión, vuelve a hundirse si no se lo amarra. Ahora nos preguntamos: ¿qué ocurrió en este caso que nos desviara del curso normal de la naturaleza...? Si se hubiera mantenido el cuerpo, maltratado como estaba, en tierra hasta el martes por la noche, se habría encontrado alguna huella de los asesinos en la costa. Resulta dudoso, asimismo, que el cuerpo haya salido a flote tan pronto, incluso si lo hubieran arrojado al agua dos días después de muerto. Y, además, es muy improbable que los criminales que cometieron semejante asesinato arrojaran el cuerpo al agua sin un peso suficiente para hundirlo, siendo esta una precaución fácil de tomar».

El autor del artículo continúa diciendo que el cuerpo debe haber estado en el agua «no solo tres días, sino cinco veces ese tiempo, por lo menos», porque se encontraba en tal estado de descomposición que a Beauvais le costó mucho reconocerlo. Sin embargo, no aceptaron este punto. Continúo:

«¿En qué se basa, entonces, el señor Beauvais para decir que no duda en absoluto de que el cuerpo hallado sea el de Marie Rogêt? Dice que, al levantar la manga del vestido, encontró señales que le resultan suficientes para identificar el cuerpo. El público en general debe haber supuesto que hablaba de cicatrices. Sin embargo, frotó el brazo y encontró vello, detalle poco concluyente donde los haya, tan poco definitivo como si hubiera dicho que encontró un brazo dentro de la manga. El señor Beauvais no regresó aquella noche, sino que envió un mensaje a la señora Rogêt, a las siete de la tarde del miércoles, diciéndole que se continuaba la investigación sobre su hija. Si aceptamos que la señora Rogêt, por su edad y por la tristeza, no podía ir a identificar el cuerpo de su hija (lo cual ya es aceptar bastante), seguro que debería haber alguien que considerara necesario presenciar la investigación, siempre que creyeran que el cuerpo pertenecía a Marie. Nadie acudió. Nada se dijo o se oyó acerca del tema en la calle Pavée St. Andrée, nada que llegara a conocimiento de los ocupantes del mismo edificio. El señor St. Eustache, el prometido de Marie, que vivía en la pensión de su madre, declara no haber oído nada del descubrimiento del cuerpo de su prometida sino hasta la mañana siguiente, en que el señor Beauvais entró en la habitación y se lo contó. Para tratarse de semejante noticia, se diría que fue recibida con bastante frialdad».

De este modo, el periódico intentó crear la impresión de cierta apatía por parte de los parientes de Marie, que se contradecía con la suposición de que estos familiares creyeran que el cuerpo era el de ella. Sus insinuaciones llegaban a que Marie, con el conocimiento de sus amigos, se había ausentado de la ciudad por razones que tenían que ver con su castidad y que estos amigos, al descubrir en el Sena un cuerpo que se parecía al de la muchacha, habían aprovechado la oportunidad de hacer creer al público que había muerto. Pero *L'Etoile* volvía a apresurarse. Estaba comprobado que no existía la apatía que se había supuesto, que la anciana era demasiado débil y estaba demasiado impresionada como para cumplir con sus deberes y que St. Eustache, lejos de recibir la noticia con frialdad, estaba tan desesperado y actuaba de forma tan extraviada que el señor Beauvais debió pedir a un amigo o pariente que no se despegara de su lado y le impidiera presenciar la exhumación del cadáver. Además, *L'Etoile* afirmaba que el cuerpo había sido enterrado nuevamente a costa del municipio, que una ventajosa oferta para darle sepultura privada fue rechazada por la familia y que ningún miembro de la familia había presenciado la ceremonia. Aunque *L'Etoile* aseguraba esto con el objetivo de causar determinado efecto en el público, todo fue rechazado. En una edición posterior del periódico, se intentaba arrojar sospechas sobre el mismo Beauvais. El articulista decía:

«Ahora se produce un cambio en este asunto. Hemos sabido que, en una ocasión, mientras una tal señora B... estaba en casa de la señora Rogêt, el señor Beauvais, que salía, le dijo que esperaban allí a un gendarme y que ella, señora B..., no debía decir nada al gendarme hasta que él regresara, pues él mismo se ocuparía del asunto... Por alguna razón, determinó que nadie debería hacer nada en los procedimientos salvo él mismo y que él había eliminado a todos los parientes masculinos de su camino de una manera muy especial. Parece haber estado en total oposición a que algún familiar viera el cuerpo».

Por el hecho que se describe a continuación, las sospechas sobre Beauvais adquirieron cierta consistencia. Unos días antes de la desaparición de la joven, una persona fue a su oficina durante su ausencia y dejó una rosa en la cerradura de la puerta. En una pizarra colgada al lado aparecía el nombre de Marie.

La impresión general, por lo que pudimos ver a través de los periódicos, parecía ser que Marie había sido víctima de una banda de criminales, que la habían arrastrado cerca del río, la habían maltratado y, finalmente, asesinado. Sin embargo, *Le Commerciel*[24], un periódico de gran influencia, combatía esta idea generalizada. Cito a continuación un párrafo o dos de sus columnas:

«Estamos persuadidos de que la indagación ha seguido hasta ahora un camino equivocado, al llevarnos al Barrière du Roule. Es imposible que una persona tan conocida por miles de personas como esta joven mujer, haya pasado tres manzanas sin que nadie la haya visto y, cualquiera que la hubiera visto, lo recordaría, ya que su figura llamaba la atención a todos. Salió cuando las calles estaban llenas de gente...

---

[24] *Journal of Commerce,* Nueva York. *(N. del T.)*

Es imposible que haya ido a Barrière du Roule o a la calle Drômes sin haber sido reconocida por una docena de personas; sin embargo, nadie ha venido a decir que la haya visto en la puerta de la casa de su madre y que no había pruebas, salvo el testimonio sobre las intenciones por ella expresadas, de que hubiera salido. Su ropa estaba rasgada, arrollada a su cintura y atada, para llevarla como si fuera un paquete. Si el asesinato se hubiera cometido en Barrière du Roule, no habría sido necesario este procedimiento. El hecho de que el cuerpo fuera hallado flotando cerca de Barrière no prueba dónde había sido arrojado al agua... Un trozo de una de las enaguas de la infortunada víctima, de dos pies de largo y un pie de ancho, fue rasgado y atado debajo de su mentón y atado detrás de la cabeza, probablemente para evitar sus gritos. Los individuos que hicieron esto no tenían pañuelo de bolsillo».

Sin embargo, uno o dos días antes de que el prefecto nos visitara, llegó a la policía cierta información importante, que parecía invalidar los argumentos de *Le Commerciel*. Dos niños, hijos de una tal señora Deluc, que vagabundeaban en los bosques cercanos a Barrière du Roule, entraron casualmente es un espeso soto, donde había tres o cuatro grandes piedras que formaban una especie de asiento, con respaldo y escabel. En la piedra de arriba había una enagua blanca y en la otra un pañuelo de seda. También se encontraron una sombrilla, unos guantes y un pañuelo de bolsillo, con el nombre de Marie Rogêt. En las zarzas cercanas se descubrieron fragmentos de un vestido. La tierra estaba removida, los arbustos rotos y había pruebas de una pelea. Entre el soto y el río, los vallados habían sido derribados y la tierra presentaba señales de que se había arrastrado una pesada carga.

Un semanario, *Le Soleil*[25], aportó los siguientes comentarios acerca del descubrimiento, comentarios que simplemente reflejaban el sentimiento de toda la prensa de París:

«Es evidente que todas estas cosas han estado allí durante tres o cuatro semanas; por lo menos, aparecían estropeadas y humedecidas por la acción de la lluvia y pegadas entre sí por el moho. La hierba había crecido a su alrededor y sobre ellas. La seda de la sombrilla era fuerte, pero las fibras se habían adherido unas con otras. La parte superior, doble y plegada, estaba humedecida y rota, y se había rasgado

---

[25] *Saturday Evening Post,* Filadelfia. *(N. del T.)*

al ser abierta... Los trozos de vestido hallados en las zarzas tenían tres pulgadas de ancho y seis de largo. Una parte correspondía al dobladillo del vestido y había sido remendado. La otra parte pertenecía a la falda, no a la costura. Eran trozos arrancados y estaban en la zarza espinosa a un pie aproximadamente del suelo... No hay duda, por tanto, de que se ha descubierto el lugar de este estremecedor crimen».

A consecuencia de este descubrimiento, aparecieron nuevas pruebas. La señora Deluc declaró que era dueña de una posada cercana a la orilla del río, en la parte opuesta de Barrière du Roule. Esta zona es especialmente solitaria. En el sitio habitual de esparcimiento de gente que cruza el río en botes los domingos. A eso de las tres de la tarde del domingo en cuestión, una joven llegó a la posada acompañada por un joven moreno. Los dos permanecieron allí durante un rato. Al partir, tomaron la ruta hacia los espesos bosques cercanos. El vestido de la joven llamó la atención a la señora Deluc, ya que se asemejaba a uno que solía vestir una parienta suya fallecida. Reparó especialmente en el pañuelo. Poco después de la partida de la pareja, apareció una banda de muchachos que se comportaron escandalosamente, comieron y bebieron sin pagar, siguieron la misma ruta que la joven pareja, volvieron a la posada al anochecer y volvieron a cruzar el río como si estuvieran muy apurados.

Poco después del anochecer, la señora Deluc y su hijo mayor escucharon los gritos de una mujer cerca de la posada. Los gritos eran violentos, pero duraron poco. La señora D... reconoció no sólo el pañuelo encontrado en el soto, sino también el vestido descubierto en el cadáver. Un conductor de autobús, Valence[26], también testificó que vio a Marie Rogêt cruzar el Sena en ferri aquel domingo, en compañía de un joven moreno. Valence conocía a Marie y no podía confundir su identidad. Los efectos encontrados en el soto fueron reconocidos sin duda por los parientes de Marie.

Los distintos testimonios y la información que recogí de los periódicos, por ruego de Dupin, contenían sólo un punto más, pero aparentemente de gran importancia. Parece ser que, inmediatamente después del descubrimiento de la ropa antes descrita, el cuerpo sin vida o casi sin vida de St. Eustache, el prometido de Marie, fue hallado en las

---

[26] Adam. *(N. del T.)*

cercanías de lo que se supone era la escena del crimen. Un frasco con la inscripción «láudano» apareció vacío a su lado. Su aliento revelaba la presencia de veneno. Murió sin decir una palabra. En su ropa se encontró una carta en la que afirmaba su amor por Marie y su intención de suicidarse.

—No hace falta que le diga —dijo Dupin, mientras terminaba el examen de mis notas— que este es un caso mucho más complicado que el de la calle Morgue, ya que difiere en un aspecto muy importante. Este es un caso común, aunque atroz, de crimen. No hay nada especialmente desmedido en él. Podrá usted observar que, por esta razón, el misterio ha sido considerado fácil cuando, por esa razón, debería haberse considerado de difícil solución. Así, en primer lugar, se consideró innecesario ofrecer una recompensa. Los agentes de G... pudieron comprender enseguida cómo y por qué podría haberse cometido esa atrocidad. Podían imaginar un modo, muchos modos, y un móvil, muchos móviles, y porque no era imposible que alguno de estos modos y móviles hubieran sido posibles, han dado por seguro que uno de ellos sería el verdadero. Pero la facilidad con que estas variables surgieron y lo plausible de cada una deberían haber indicado las dificultades del caso más que su simplicidad. He observado con anterioridad que, para llegar a la verdad, la razón se abre paso por caminos que están por encima del nivel ordinario y que la cuestión en casos como estos no es tanto ¿qué ha ocurrido?, sino ¿qué ha ocurrido que no haya ocurrido antes? En la investigación llevada a cabo en casa de la señora L'Espanaye[27], los agentes de G... se desanimaron y se confundieron por el carácter insólito del caso, que para un intelecto debidamente ordenado hubiese significado el más seguro augurio de éxito, mientras el mismo intelecto podría haberse sentido desesperado ante el carácter ordinario que presentaba el caso de la muchacha de la perfumería, que para los funcionarios de la Prefectura eran signos de un fácil triunfo. En el caso de la señora L'Espanaye y su hija, incluso al comienzo de nuestra investigación, no cabía duda de que se había cometido un asesinato. La idea de suicidio fue excluida desde el principio. En este caso, también nos libramos al comienzo de la suposición de un suicidio. El cuerpo hallado en Barrière du Roule se encontraba en un estado que no dejaba lugar a dudas sobre un punto tan importan-

---

[27] *Véase* «Los asesinatos de la calle Morgue». *(N. del T.)*

te. Pero se ha sugerido que el cuerpo hallado no era el de Marie Rogêt y la recompensa ofrecida se refiere a la denuncia del asesino o los asesinos de la joven, al igual que el acuerdo al que hemos llegado con el prefecto. Ambos conocemos bien a este caballero. No vale la pena confiar demasiado en él. Si comenzamos las investigaciones a partir del cadáver hallado e intentamos rastrear al asesino hasta descubrir que el cadáver pertenece a otra persona, o si, partiendo del hecho de que Marie esté viva y comprobemos que, efectivamente, vive, en ambos casos habremos perdido nuestro esfuerzo, ya que debemos tratar con el señor G... Es decir, que para nuestro objetivo, si bien no para el objetivo de la justicia, es indispensable que nuestro primer paso sea demostrar que la identidad del cadáver coincide con el de la desaparecida Marie Rogêt. Lo expresado por *L'Etoile* ha tenido efecto en la opinión pública. El hecho de que el periódico mismo esté convencido de su importancia se verifica en el comienzo de uno de los artículos que aparecen sobre el tema: «Varios periódicos de la mañana hablan del artículo concluyente aparecido en el *Etoile* del lunes». Desde mi punto de vista, este artículo no es tan concluyente y sólo revela el celo del editor. Debemos tener en cuenta que, en general, el objetivo de nuestros periódicos es lograr un impacto sensacionalista más que dilucidar la verdad. Este último objetivo sólo lo persiguen cuando coincide con el primero. El periódico que sólo se conforma con la opinión popular (por fundamentada que esté) no logra el apoyo de la multitud. La masa del público considera profundo sólo a quien sugiera una abierta contradicción con la idea general. Tanto en el raciocinio como en la literatura, es el *epigrama* lo que se aprecia de forma más inmediata y universal. En ambos casos, se halla en lo más bajo de la escala de méritos. Lo que quiero decir es que la mezcla de epigrama y melodrama de la idea de que Marie Rogêt aún esté con vida, más que la verdadera posibilidad de esta idea, es lo que ha conseguido para *L'Etoile* la buena acogida del público. Examinemos los titulares de este periódico, intentando evitar la incoherencia con que se exponen. El primer objetivo de su autor es demostrar, a partir del breve intervalo entre la desaparición de Marie y el hallazgo de un cadáver flotando, que el cuerpo no pertenece a Marie. La reducción máxima de este intervalo se convierte en el objetivo del autor del artículo. En su ansiosa persecución de este objetivo, se apresura a partir de meras suposiciones. «Sería absurdo suponer —dice—, que el asesinato, en caso de haber ocurrido, pudiera haber sido cometido lo suficientemente pronto como para permitir a los asesinos arrojar el cuerpo al río antes de medianoche». Nos preguntamos, como es natural, ¿por qué? ¿Por qué sería absurdo suponer que el asesinato fue cometido dentro de los cinco minutos a partir de que la joven saliera de la casa de su madre? ¿Por qué sería absurdo suponer que el asesinato fue cometido en un momento determinado del día? Ha habido asesinatos a todas las horas. Sin embargo, si hubiera ocurrido en cualquier momento entre las nueve de la mañana del domingo y las doce menos cuarto de la noche, aún habría habido tiempo para «arrojar el cuerpo al río antes de medianoche». Por tanto, la suposición llega hasta la idea de que el asesinato no fue cometido el domingo y, si permitimos que *L'Etoile* asuma esta idea, podemos permitirle cualquier otra libertad. El párrafo que comienza diciendo «Sería absurdo suponer que el asesinato...», como aparece en *L'Etoile,* puede haber existido así en la mente de su autor: «Sería absurdo suponer que el asesinato, en caso de haber ocurrido, pudiera haber sido cometido lo suficientemente pronto como para permitir a los asesinos arrojar el cuerpo al río antes de medianoche; nosotros decimos que es absurdo suponer todo esto y suponer al mismo tiempo (como decidimos suponer) que el cuerpo no fue arrojado hasta después de medianoche», frase bastante incoherente en sí misma, pero no tan claramente ridícula como la que se publicó. Si fuera mi propósito —continuó Dupin— sólo impugnar este párrafo del argumento de *L'Etoile* podría dejar todo como está. Sin embargo, no me preocupa *L'Etoile,* sino la verdad. La frase en cuestión tiene sólo un significado, tal como aparece, y el significado ya lo expliqué; sin embargo, es fundamental que vayamos más allá de las simples palabras y busquemos el sentido que encierran estas palabras y no pueden expresar. La intención del periodista era observar que, en cualquier momento del día o de la noche del domingo en que se hubiera cometido el asesinato, era improbable que los asesinos se hubieran arriesgado a llevar el cuerpo al río antes de medianoche. Y aquí es donde reside la suposición que objeto. Se asume que el asesinato fue cometido en un sitio y que fue necesario transportar el cuerpo hasta el río en determinadas circunstancias. Ahora bien, el asesinato podría haber tenido lugar a la orilla del río o en el río mismo, y, de este modo, el acto de arrojar el cuerpo al río podría haber ocurrido en cualquier momento del día o de la noche, como forma más inmediata y obvia de ocultamiento. Usted comprenderá que no sugiero nada como probable o como coincidente con mis propias opiniones. Por ahora, mi intención no tiene nada que ver con los hechos del caso. Sólo deseo advertirle sobre las intenciones del tono de la sugerencia de *L'Etoile* y llamar su atención sobre su carácter desde el principio. Habiendo puesto un límite adecuado a sus nociones preconcebidas, habiendo asumido que, si se tratara del cuerpo de Marie, podría haber estado en el agua sólo un breve tiempo, el periódico continúa diciendo:

«La experiencia ha demostrado que los cuerpos ahogados o los cuerpos arrojados al agua inmediatamente después de la muerte por violencia, requieren entre seis y diez días para alcanzar un estado de descomposición suficiente como para salir a la superficie del agua. Aun si se dispara con un cañón sobre el lugar donde hay un cadáver y el cuerpo sale a la superficie antes de cinco o seis días de inmersión, se hunde nuevamente si no se lo amarra».

—Estas afirmaciones han sido tácitamente aceptadas en todos los periódicos de París, a excepción de *Le Moniteur*[28]. Este intenta desprestigiar el párrafo que hace referencia a los «cuerpos ahogados» solamente, citando cinco o seis casos en los que los cuerpos de individuos que habían sido ahogados se encontraron flotando después de un período menor al que menciona insistentemente *L'Etoile*. Pero no es muy lógico que *Le Moniteur* intente rebatir la afirmación de *L'Etoile* citando casos particulares que la contradicen. Aun si hubiera podido mencionar cincuenta, y no cinco, ejemplos de cuerpos flotando después de dos o tres días, esos cincuenta ejemplos también habrían sido considerados excepciones a la regla de *L'Etoile* hasta el momento en que pudiera refutarse la regla misma. Si admitimos esta regla (y *Le Moniteur* no la niega, sino que sólo insiste en sus excepciones), el argumento de *L'Etoile* deberá permanecer vigente, ya que este argumento no intenta más que cuestionar la probabilidad de que el cuerpo hubiera subido a la superficie en menos de tres días, y esta probabilidad estará a favor de la opinión de *L'Etoile* hasta que los ejemplos aducidos de forma tan infantil sean suficientes en número como para esta-

---

[28] *Commercial Advertiser,* Nueva York. *(N. del T.)*

blecer una regla antagónica. Verá usted que todo argumento en contra debe concentrarse en la regla misma y para ello deberemos examinar lo racional de la regla. En general, el cuerpo humano no es mucho más ligero ni mucho más pesado que el agua del Sena; es decir, que el peso específico del cuerpo humano en estado natural es casi igual a la masa de agua dulce que desplaza. Los cuerpos de personas gruesas y grandes, de huesos pequeños y, en general, de las mujeres, son más ligeros que los cuerpos delgados, de huesos grandes y de los varones. Y el peso específico del agua de un río recibe la influencia del flujo del mar. Pero, dejando de lado las mareas, podemos afirmar que muy pocos cuerpos humanos se pueden hundir, aun en agua dulce, por propia decisión. Casi todos, al caer en el río, pueden flotar, siempre que logren mantener el equilibrio entre el peso específico del agua y el propio; es decir, que quedan sumergidos casi por completo, dejando fuera del agua la menor parte del cuerpo posible. La posición más adecuada para una persona que no sabe nadar es la vertical, como cuando se camina en tierra, con la cabeza hacia atrás y sumergida, sólo dejando afuera la boca y la nariz. Así veremos que flotamos sin dificultad y sin esfuerzo. Sin embargo, es evidente que el peso del cuerpo y el volumen del agua se encuentran equilibrados y que cualquier variación determinaría la preponderancia de uno de ellos. Por ejemplo, si levantamos un brazo del agua, privándolo así de su soporte, estaremos añadiendo un peso suficiente para sumergir toda la cabeza, mientras que la ayuda de un mínimo trozo de madera nos permitirá elevar la cabeza para poder ver a nuestro alrededor. Ahora bien, cuando una persona que no sabe nadar lucha en el agua, levanta los brazos, mientras intenta mantener la cabeza en su habitual posición perpendicular. El resultado es la inmersión de la boca y la nariz y, al tratar de respirar debajo de la superficie, la entrada de agua en los pulmones. Una gran parte también entra en el estómago y todo el cuerpo se vuelve más pesado por la diferencia entre el peso del aire que inicialmente estaba en estas cavidades y el del líquido que ahora las ocupa. Por lo general, la diferencia es suficiente para que el cuerpo se hunda, pero resulta insuficiente cuando se trata de un individuo de huesos pequeños y una cantidad anormal de materia grasa o flácida. Dichos individuos flotan incluso después de ahogarse. Suponiendo que el cuerpo se encuentre al fondo del río, permanecerá allí hasta que, por algún motivo, su peso específico vuelva a ser inferior al de la masa de agua que desplaza. El efecto es provocado por la descomposición o por otras causas. El resultado de la descomposición es la generación de gas, que distiende los tejidos celulares y todas las cavidades, produciendo en el cadáver esa hinchazón tan espantosa. Cuando esta distensión ha aumentado de forma considerable sin provocar el correspondiente incremento de masa o peso, el peso específico pasa a ser inferior que el del agua desplazada y, por ello, aparece en la superficie. Sin embargo, la descomposición puede verse alterada por innumerables circunstancias y puede ser acelerada o retardada por innumerables agentes; por ejemplo, por el calor o el frío de la estación, por las impregnaciones minerales o pureza del agua, por su profundidad, por el movimiento o estancamiento, por las características del cuerpo, por infección o por no estar enfermo antes de morir. De este modo, resulta evidente que no podemos determinar el momento en que el cuerpo saldrá a la superficie como consecuencia de la descomposición. En determinadas circunstancias, esto ocurrirá en una hora; en otras, podría no ocurrir nunca. Existen compuestos químicos por los que el cuerpo humano puede ser preservado para siempre de la corrupción; el bicloruro de mercurio es uno de ellos. Sin embargo, además de la descomposición, puede producirse, como ocurre con mucha frecuencia, una cantidad de gas dentro del estómago, a partir de la fermentación ácida de materias vegetales (o dentro de otras cavidades por otras causas), suficientes para provocar la dilatación que hace que el cuerpo salga a la superficie. El efecto producido por un cañonazo es el mismo que produce una simple vibración. Esta desprenderá el cuerpo del barro o el limo en el que puede estar depositado, permitiéndole salir a flote en el momento en que las causas antes mencionadas lo hayan preparado para ello, o puede ser que venza la resistencia de algunas partes putrescibles de los tejidos celulares, permitiendo que las cavidades se dilaten bajo la influencia del gas. Así, tenemos ante nosotros toda la filosofía de este tema y podemos comprobar las afirmaciones de *L'Etoile:* «La experiencia ha demostrado que los cuerpos ahogados, o los cuerpos arrojados al agua inmediatamente después de la muerte por violencia, requieren entre seis y diez días para alcanzar un estado de descomposición suficiente como para salir a la superficie del agua. Aun si se dispara con un cañón sobre el lugar donde hay un cadáver y el cuerpo sale a la superficie antes de cinco o seis días de inmersión, se hunde nuevamente si no se lo amarra». Todo este párrafo resulta ahora totalmente incongruente e incoherente. La experiencia no demuestra que los «cuerpos ahogados» requieran de seis a diez días para alcanzar un estado de descomposición suficiente como para salir a la superficie del agua. Tanto la ciencia como la experiencia demuestran que el período para que salgan a flote es, y debe ser, indeterminado. Además, si el cuerpo ha salido a la superficie por un cañonazo, no «se hundirá nuevamente si no se lo amarra», hasta que la descomposición haya llegado a un punto en que tenga lugar el escape de los gases producidos. Sin embargo, deseo llamar su atención a la distinción que se hace entre «cuerpos ahogados» y «cuerpos arrojados al agua inmediatamente después de la muerte por violencia». Aunque el autor admite esta distinción, los incluye en la misma categoría. He demostrado cómo el cuerpo de un hombre que se ahoga se vuelve más pesado que la masa de agua correspondiente y que no se hundiría si no fuera porque, en su lucha por salvarse, levanta los brazos e intenta respirar mientras está debajo del agua, lo que hace que entre agua en lugar de aire a los pulmones. Sin embargo, estos intentos por salvarse y por respirar no se producirían en caso de un cuerpo «arrojado al agua inmediatamente después de la muerte por violencia». De este modo, en este último caso, el cuerpo, por regla general, no se hundiría en absoluto, hecho este que *L'Etoile* evidentemente *desconocía*. Cuando el cuerpo está en un avanzado estado de descomposición, cuando la carne ha dejado los huesos a la vista, en ese momento, y no antes, es cuando se dejaría de ver el cadáver. Y ahora, ¿qué hacemos con el argumento que dice que el cuerpo hallado no corresponde a Marie Rogêt, ya que fue encontrado flotando antes de los tres días desde su desaparición? Si se hubiera ahogado, al ser una mujer, podría no haberse hundido, y si se hubiese hundido, podría haber reaparecido dentro de las veinticuatro horas siguientes o incluso antes de transcurrido este plazo. Sin embargo, nadie supone que se haya ahogado, y si hubiera muerto antes de ser arrojada al río, podría haber sido encontrada flotando en cualquier momento posterior. «Pero —dice *L'Etoile*— si el cuerpo, maltratado como estaba, hubiera sido mantenido en la costa hasta el martes por la noche, debería haberse hallado algún rastro de los asesinos». En este caso, resulta difícil en un primer momento descubrir la intención del razonador.

Quiere anticiparse a algo que imagina que podría ser una objeción a su teoría; es decir, que el tiempo fue mantenido en la costa durante dos días, sufriendo así un rápido proceso de descomposición, más rápido que si hubiera sido sumergido en el agua. Supone que, si este hubiera sido el caso, podría haber aparecido en la superficie el miércoles y piensa que sólo en estas circunstancias podría haber aparecido. Se apresura asimismo a demostrar que no fue mantenido en la costa, ya que, de haber ocurrido, «debería haberse hallado algún rastro de los asesinos». Me imagino que usted sonríe ante esta tesitura. No alcanza usted a ver cómo la sola permanencia del cadáver en la costa podría multiplicar los rastros de los asesinos. Tampoco lo veo yo. «Y además es excesivamente improbable —continúa el periódico— que los villanos que hayan cometido semejante crimen hubieran arrojado el cadáver sin un peso adicional para hundirlo, siendo esta una precaución fácil de tomar». ¡Observe la ridícula confusión de pensamiento! Nadie, ni siquiera *L'Etoile,* discute que se cometió un asesinato contra el cuerpo hallado. Las indicaciones de violencia son demasiado obvias. El objeto de nuestro razonador es simplemente demostrar que este cuerpo no era el de Marie. Desea probar que Marie no ha sido asesinada, no que el cuerpo no lo fuera. Sin embargo, su observación prueba sólo esto último. Tenemos un cadáver sin un peso añadido. Si los asesinos lo hubieran arrojado, no hubieran dejado de añadirle un peso. Por tanto, no fue arrojado por asesinos. Si algo queda probado, sólo es esto. No se plantea ni remotamente la cuestión de la identidad y *L'Etoile* se ha tomado todas estas molestias para contradecir lo que había admitido un momento antes. Dice: «Estamos completamente convencidos de que el cuerpo hallado era el de una mujer asesinada». Este no es el único caso en que el razonador se contradice sin darse cuenta. Ya he dicho que el objeto evidente que persigue es reducir lo máximo posible el período entre el momento de la desaparición de Marie y el hallazgo del cadáver. Sin embargo, lo vemos insistir sobre el hecho de que nadie vio a la joven desde el momento en que abandonó la casa de su madre. Dice: «No tenemos prueba de que Marie Rogêt estuviera viva después de las nueve del domingo 22 de junio». Dado que este es, obviamente, un argumento parcial, debería haberlo dejado de lado, ya que si alguien hubiera visto a Marie, por ejemplo el lunes o el martes, el intervalo en cuestión se habría reducido y, según su propio razonamiento, habría disminuido la probabilidad de que el cuerpo haya sido el de la *grisette*. Sin embargo, resulta divertido observar que *L'Etoile* insista sobre este punto en la creencia de que refuerza su argumentación general. Observe ahora la parte del argumento que se refiere a la identificación del cuerpo por parte de Beauvais. En lo que se refiere al vello presente en el brazo, *L'Etoile* carece de ingenio. El señor Beauvais, que no es tonto, nunca se habría apresurado a identificar el cadáver por la simple presencia de vello en el brazo. No existe un brazo sin vello. La generalización en que cae *L'Etoile* es una mera deformación de la fraseología del testigo. Debe haber hablado de alguna peculiaridad del vello. Debe haber sido una peculiaridad en cuanto al color, la cantidad, el largo o la distribución. El periódico dice: «Su pie era pequeño, como miles de pies. Sus ligas y sus zapatos tampoco constituyen una prueba, ya que ambos se venden en lotes. Lo mismo puede decirse de las flores de su sombrero. Una cosa sobre la cual el señor Beauvais insiste con seguridad es que el broche de las ligas había sido cambiado de lugar para que ajustaran. Esto no significa nada, ya que la mayoría de las mujeres consideran apropiado llevar a casa unas ligas nuevas y ajustarlas allí al diámetro de sus piernas, más que probarlas en la tienda donde las compran». Aquí resulta difícil suponer que el razonador sea honesto. Si al buscar el cuerpo de Marie, el señor Beauvais descubrió un cadáver que se correspondía en tamaño y apariencia al de la muchacha desaparecida, debió imaginar que era el de Marie, sin tomar en cuenta la vestimenta. Si, además del tamaño y forma general, descubrió que el vello de su brazo era similar al que había visto en Marie cuando vivía, su opinión se podría haber reforzado y el aumento de su seguridad podría haber estado en relación directa con la particularidad del vello. Si los pies de Marie eran pequeños y los del cadáver también, el aumento de la probabilidad de que el cuerpo fuera el de Marie no habría sido proporcional sólo aritméticamente, sino también geométricamente o de modo acumulativo. Agregamos a estos los zapatos, similares a los que llevaba Marie el día de su desaparición; aunque se vendan «en lotes», esto aumenta la probabilidad hasta el límite con la certeza. Lo que en sí mismo no sería prueba de identidad se convierte, por su posición corroborativa, en la más segura de las pruebas. Si luego tenemos flores en el sombrero que se corresponden con las que llevaba la muchacha desaparecida, ya no necesitamos seguir buscando. Con sólo una flor, ya no buscamos más y, ¿qué pasa con dos, tres o más? Cada una implica una mayor evidencia, una prueba más otra prueba, pero multiplicada por cientos y miles. Si descubrimos, sobre el cuerpo de la víctima, ligas como las que llevaba la muchacha, ya resulta ridículo continuar. Sin embargo, vemos que las ligas han sido ajustadas mediante un broche, al igual que Marie había ajustado las suyas antes de salir de su casa. Es absurdo o hipócrita seguir dudando. Lo que *L'Etoile* dice acerca de que el ajuste de las ligas es algo habitual, no muestra nada más allá de su insistencia en el error. La naturaleza elástica de las ligas con broche es, en sí misma, prueba de que la necesidad de ajustarla es poco frecuente. Lo que se ajusta por sí mismo difícilmente requerirá mayor ajuste por otros medios. Sólo por accidente, en el más estricto sentido de la palabra, fue necesario el ajuste de las ligas de Marie, tal como se describió. Ellas solas podrían haber determinado su identidad. Pero aquí no se trata de que el cadáver tuviera las ligas de la joven desaparecida, o que tuviera sus zapatos, o su sombrero, o las flores de su sombrero, o sus pies, o una marca especial en su brazo, o su tamaño o forma general, sino de que tenía todo junto. Si se pudiera probar que el editor de *L'Etoile* realmente tenía alguna duda, en ese caso no habría necesidad de un mandato de lunático inquiriendo. Pensó que sería sagaz hacerse eco de las charlas de los abogados que, en su mayoría, se contentan con repetir los rígidos preceptos de los tribunales. Aquí quiero observar que mucho de lo que se rechaza como prueba en los tribunales resulta la mejor prueba para la inteligencia. El tribunal, al guiarse por los principios generales de la prueba, los principios reconocidos y registrados, es reacio a apartarse de ellos en casos particulares. Y esta testaruda adhesión a los principios, sin considerar la excepción en conflicto, resulta un modo seguro de alcanzar la máxima verdad alcanzable, en un período prolongado de tiempo. Esta práctica es por tanto filosófica, pero no puede negarse que engendra muchos errores particulares[29].

---

[29] «Una teoría basada en las características de un objeto no podrá desarrollarse en lo referente a sus fines; quien ordena tópicos en relación con sus causas no las podrá valorar según sus resultados. De este modo, la jurisprudencia de toda nación demostrará que, cuando el derecho se convierte en una ciencia y en un sistema, deja de ser justicia. Los errores a que nos conduce una devoción ciega a los principios de clasificación han llevado al derecho usual, deseo que podrá observarse al contemplar con qué frecuencia la legislatura se ha visto obligada a intervenir para restablecer la equidad que sus formas habían perdido». (LANDOR). *(N. del T.)*

Con respecto a las insinuaciones de Beauvais, usted querrá desecharlas al instante. Supongo que ya habrá advertido la verdadera naturaleza de este caballero. Es un entremetido, lleno de romanticismo, pero con muy poco ingenio. Alguien de estas características se conducirá, en ocasiones de verdadera excitación, de forma tal que provoque sospechas por parte de los excesivamente sutiles o de los mal predispuestos. El señor Beauvais (según las notas que usted ha tomado) mantuvo algunas entrevistas personales con el editor de *L'Etoile* y le ofendió al arriesgar una opinión de que el cadáver, a pesar de la teoría del editor, era, sin duda, el de Marie. El diario dice: «Persiste en asegurar que el cuerpo era el de Marie, pero no puede determinar una circunstancia, además de las que ya hemos comentado, para hacer que otros le crean». Sin repetir el hecho de que no podrían haberse aducido mejores pruebas «para hacer que otros crean», puede observarse que este tipo de hombre puede estar perfectamente convencido sin poder proporcionar la menor razón de su convencimiento a otra persona. No hay nada más vago que las impresiones referentes a la identidad personal. Todo hombre reconoce a su vecino y, sin embargo, no existen muchos casos en que una persona pueda dar una razón para tal reconocimiento. El editor de *L'Etoile* no tenía derecho a sentirse ofendido por la irrazonable creencia del señor Beauvais. Las sospechosas circunstancias que lo rodean están más de acuerdo con mi hipótesis de entremetimiento romántico que con la sugerencia de culpabilidad esgrimida por el razonador. Aceptada la interpretación más generosa, no será difícil comprender la presencia de la rosa en la cerradura, el nombre de Marie en la pizarra, el haber «dejado de lado a los familiares masculinos de la víctima», la «resistencia a permitirles ver el cuerpo», la advertencia hecha por Beauvais a la señora B... de que no debería hablar con el gendarme hasta el regreso y, finalmente, su aparente determinación de que «nadie debería seguir con los procedimientos salvo él mismo». Me parece incuestionable que Beauvais cortejaba a Marie, que ella coqueteaba con él y que él deseaba ser merecedor de toda la confianza e intimidad de la joven. No añadiré nada sobre este punto y, como la evidencia rebate las afirmaciones de *L'Etoile* que tienen que ver con la apatía de parte de la madre y otros parientes, una apatía inconsistente con la suposición de que creyeran que el cuerpo fuera el de la muchacha de la perfumería, no seguiremos como si la cuestión de la identidad haya quedado resuelta a nuestra entera satisfacción.

—¿Y qué cree usted —pregunté— acerca de la opinión de *Le Commerciel?*

—En esencia, merece más atención que las que se han promulgado sobre el tema. Las deducciones a partir de las premisas son filosóficas y agudas, pero las premisas, en dos casos por lo menos, se basan en observaciones imperfectas. *Le Commerciel* desea insinuar que Marie fue secuestrada por una banda de malandrines a poca distancia de la puerta de la casa de su madre. «Es imposible —afirma— que una persona conocida por miles de personas como esta joven hubiera andado tres manzanas sin que alguien la hubiera visto». Esta es la idea de un hombre que hace mucho tiempo reside en París, un hombre público, cuyos paseos por la ciudad se han limitado a la cercanía de las oficinas públicas. Sabe que él pocas veces va más allá de las doce manzanas desde su propio despacho sin ser reconocido o saludado por alguien. Teniendo en cuenta la amplitud de sus relaciones personales, compara esta notoriedad con la de la joven de la perfumería y no encuentra grandes diferencias entre ellos, llegando a la conclusión de que ella, en sus paseos, estaría igualmente expuesta a ser reconocida por otras personas. Esto habría sido posible sólo si sus caminatas fueran siempre iguales y en las mismas zonas, como ocurría en su caso. Él pasa de un lado a otro, a intervalos regulares, dentro de un área determinada, donde abundan personas que le conocen porque sus intereses coinciden con los suyos, puesto que tienen ocupaciones similares. Pero cabe suponer que los paseos de Marie, en general, tuvieran rumbos diversos. En este caso, en particular, es más probable que haya seguido un itinerario diferente a los acostumbrados. El paralelo que imaginamos ha existido en la mente de *Le Commerciel,* sólo podría mantenerse en el caso de dos individuos que cruzan toda la ciudad. En este caso, considerando que las relaciones personales sean equivalentes en cantidad, las probabilidades de que se encuentren con conocidos serán también equivalentes. Por mi parte, no considero sólo como posible, sino como más que probable, que Marie hubiera continuado, en un momento dado, por cualquiera de los caminos entre su propia casa y la de su tía, sin encontrarse a un sólo individuo que ella conociera o que la conociera. Al estudiar este aspecto como corresponde, debemos tener en cuenta la gran desproporción entre la cantidad de conocidos incluso de la persona más notoria de París y la cantidad de población de la ciudad. Sin embargo, cualquiera que sea la fuerza que aún aparezca en la sugerencia de *Le Commerciel,* se verá disminuida si tenemos en cuenta la hora en que la joven salió. «Ella salió cuando las calles están llenas de gente», dice *Le Commerciel.* Pero no fue así. Eran las nueve de la mañana. A las nueve de la mañana de cualquier día, a excepción del domingo, las calles de la ciudad están, realmente, saturadas de gente. A las nueve de la mañana del domingo, la gente se encuentra principalmente de puertas adentro, preparándose para ir a la iglesia. Ninguna persona observadora puede dejar de notar lo especialmente desierta que se ve la ciudad desde, aproximadamente, las ocho hasta las diez de la mañana de cualquier domingo. Entre las diez y las once, las calles están llenas, pero no tan temprano como se ha dicho. Hay otro punto en el que se detecta cierta deficiencia en la observación por parte de *Le Commerciel.* Dice: «Un trozo de una de las enaguas de la infortunada víctima, de dos pies de largo por uno de ancho, fue rasgado y atado, aplicado debajo de su mentón y atado detrás de la cabeza, probablemente para evitar sus gritos. Los individuos que hicieron esto no tenían pañuelo de bolsillo». A partir de ahora, intentaremos ver si esta idea tiene o no fundamentos válidos; pero al decir «individuos que no tenían pañuelo de bolsillo», el editor pretende hablar de la clase más baja de delincuentes. Sin embargo, ocurre precisamente que estos tienen siempre un pañuelo en el bolsillo, aunque no tengan camisa. Habrá usted tenido ocasión de observar qué indispensable se ha vuelto en los últimos años el pañuelo para el matón más empedernido.

—¿Y qué debemos pensar   pregunté— sobre el artículo de *Le Soleil?*

—Que es una pena que el redactor no haya nacido loro, en cuyo caso habría sido el más ilustre loro de su especie. Se ha limitado a repetir los diferentes puntos de las opiniones ya publicadas, escogidas, con laudable esfuerzo, de uno y otro periódico. «Los objetos habían estado allí —dice— durante al menos tres o cuatro semanas y no puede haber la menor duda de que se ha descubierto el lugar de este horrible crimen». Los hechos aquí reiterados por *Le Soleil* distan mucho de eliminar mis dudas sobre este tema y los examinaremos con más detalle a partir de ahora en relación con otro aspecto de este asunto. Ahora debemos ocuparnos de otras investigaciones. No puede usted haber dejado de observar la extrema negligencia en el examen del cadáver. Seguro que la cuestión de la identidad quedó o debió quedar determinada de inmediato, pero hay otros puntos por definir. ¿No fue despojado, de alguna forma, el cadáver? ¿Llevaba la víctima alguna joya al salir de su casa? En caso afirmativo, ¿las llevaba cuando fue encontrada? Estas son cuestiones importantes que no han sido planteadas por la investigación y hay otros aspectos de importancia similar que también se han descuidado. Debemos asegurarnos mediante investigaciones particulares. El caso de St. Eustache debe ser examinado nuevamente. No sospecho de esta persona, pero procedamos metódicamente. Nos aseguraremos, sin lugar a dudas, de la validez de los testimonios escritos relativos a sus movimientos aquel domingo. Los certificados de este tipo se suelen prestar fácilmente a la confusión. Sin embargo, si no encontramos nada anormal, desecharemos a St. Eustache de nuestra investigación. Su suicidio, que corroboraría las sospechas sobre él si los certificados fueran falsos, constituye una circunstancia perfectamente explicable en caso contrario y que no debe alejarnos de nuestra línea habitual de análisis. En lo que me proponga ahora, descartaremos los puntos internos de esta tragedia y concentraremos nuestra atención en la periferia. Un error habitual en este tipo de investigaciones consiste en limitarse a lo inmediato, dejando de lado los acontecimientos colaterales o circunstanciales. Los tribunales caen en el error de limitar los testimonios y los debates a la importancia aparente. Sin embargo, la experiencia ha demostrado, al igual que la verdadera filosofía, que una gran parte de la verdad surge de lo aparentemente irrelevante. A través del espíritu de este principio, aunque no precisamente a través de su letra, la ciencia moderna ha resuelto calcular sobre lo impredecible. Pero tal vez usted no me entienda. La historia del conocimiento humano nos ha mostrado siempre que a los hechos colaterales, incidentales o accidentales debemos la mayoría de los descubrimientos valiosos; que finalmente se ha hecho necesario, con vistas al progreso, conceder el más amplio espacio a las invenciones que nacen de la casualidad y completamente al margen de la esperanzas comunes. Ya no resulta filosófico fundamentar sobre lo que ha sido la visión de lo que va a ser. El accidente se admite como una parte de la infraestructura. Hacemos de la posibilidad una cuestión de cálculo absoluto. Sometemos lo inesperado o inimaginado a las fórmulas matemáticas de las escuelas. Repito que es un hecho que la mayor parte de toda verdad ha surgido de lo colateral, y no es sino de acuerdo con este espíritu del principio relacionado con este hecho como desviaré la investigación de este caso, de la estéril huella de los hechos en sí hacia las circunstancias contemporáneas que los rodean. Mientras usted determina la validez de los certificados, yo examinaré los periódicos en forma más general que como lo he hecho hasta ahora. Hasta este momento, sólo hemos reconocido el campo de la investigación, pero sería extraño que un análisis general como el que propongo de la prensa escrita no nos proporcionara algunos pequeños datos que podrán definir la dirección de nuestra investigación.

En cumplimiento de las sugerencias de Dupin, he examinado escrupulosamente el asunto de los certificados. El resultado fue una firme convicción de su validez y de la consecuente inocencia de St. Eustache. Mientras tanto, mi amigo se ocupó con lo que me parece una minucia completamente carente de valor, que es el escrutinio de los diversos archivos de los periódicos, Al finalizar la primera semana, me entregó los siguientes extractos:

«Hace más o menos tres años y medio, tuvo lugar un hecho muy similar al que estudiamos, por la desaparición de la misma Marie Rogêt de la perfumería del señor Le Blanc en el Palais Royal. Sin embargo, una semana después, reapareció en su habitual mostrador, en perfecto estado, salvo una palidez inusual. El señor Le Blanc y la señora Rogêt dijeron que había estado de visita en casa de un amigo en el campo, y el asunto fue silenciado de inmediato. Presumimos que la ausencia actual es un capricho como aquel y que, al finalizar una semana o tal vez un mes, la tendremos entre nosotros nuevamente». *Evening Paper,* lunes 23 de junio[30].

«Un periódico vespertino de ayer hace referencia a una anterior desaparición misteriosa de la señorita Rogêt. Es bien sabido que, durante la semana de su ausencia de la perfumería de Le Blanc, estaba en compañía de un joven oficial de la marina, notorio por su libertinaje. Se supone que una pelea providencialmente la hizo volver a casa. Tenemos el nombre del libertino en cuestión, quien se halla actualmente

---

[30] *Express,* Nueva York. *(N. del T.)*

destacado en París, pero por razones obvias mantendremos su nombre en secreto». *Le Mercurie,* mañana del martes 24 de junio[31].

«El peor de los atentados tuvo lugar anteayer cerca de esta ciudad. Un caballero, con su esposa y su hija, contrató al anochecer los servicios de seis hombres jóvenes que estaban paseando en bote cerca de la orilla del Sena, para que los transportaran al otro lado del río. Al llegar a la costa opuesta, los tres pasajeros bajaron del bote y se estaban alejando cuando la hija descubrió que había dejado su sombrilla en el bote. Al regresar a buscarla, fue asaltada por la banda, llevada al centro del río, amordazada y maltratada; finalmente fue llevada hasta el sitio de la playa donde había embarcado con sus padres. Los villanos han escapado por el momento, pero la policía les sigue el rastro y pronto algunos de ellos serán capturados». *Morning Paper,* 25 de junio[32].

«Hemos recibido una o dos comunicaciones que intentan culpar del horrible crimen a Mennais[33], pero como este caballero ha sido completamente apartado de toda sospecha por la investigación legal y los argumentos de nuestros corresponsales parecen más entusiasmados que profundos, no creemos que sea aconsejable hacerlos públicos». *Morning Paper,* 28 de junio[34].

«Hemos recibido varias comunicaciones escritas enérgicas, que aparentemente proceden de diversas fuentes y que llegan a asegurar que la infortunada Marie Rogêt ha sido víctima de una de las numerosas bandas de malhechores que infectan las cercanías de la ciudad los domingos. Nuestra opinión está claramente a favor de esta suposición. Intentaremos dejar espacio para exponer dichos argumentos en el futuro». *Evening Post,* 30 de junio[35].

«El lunes, uno de los lancheros del servicio de aduanas vio un bote vacío que flotaba por el Sena. Las velas se encontraban en el fondo del bote. El lanchero lo remolcó hasta el embarcadero. La mañana siguiente fue retirado de allí, sin el permiso de ningún empleado. El

---

[31] *Herald,* Nueva York. *(N. del T.)*

[32] *Courier and Inquirer,* Nueva York. *(N. del T.)*

[33] Mennais era uno de los primeros sospechosos que fue arrestado, pero fue liberado por falta de pruebas. *(N. del T.)*

[34] *Courier and Inquirer,* Nueva York. *(N. del T.)*

[35] *Evening Post,* Nueva York. *(N. del T.)*

timón se encuentra en el depósito de lanchas». *Le Diligence,* jueves 26 de junio[36].

Al leer estos párrafos, no sólo me parecieron irrelevantes, sino que no podía percibir cómo algunos de ellos podrían haber sido importantes para la cuestión. Esperé que Dupin me diera alguna explicación.

—Por el momento —dijo—, no me detendré en los dos primeros pasajes. Los he copiado principalmente para mostrarle la excesiva negligencia de la policía, que, por lo que pude entender por el prefecto, no se había preocupado en absoluto de la investigación sobre el oficial de la marina antes mencionado. Sin embargo, resulta absurdo decir que entre la primera y la segunda desaparición de Marie no existe ninguna conexión. Admitimos que la primera fuga concluyó con una pelea de enamorados y el regreso a casa de la desilusionada Marie. Ahora podemos enfrentarnos a una segunda fuga (si sabemos que ha ocurrido otra fuga) como indicación de que el seductor ha reanudado sus intentos y no como el resultado de la intervención de un segundo enamorado; podemos considerarlo como una reconciliación del antiguo amor, más que como el comienzo de una nueva relación. Las posibilidades son de diez a uno de que quien hubiera huido con Marie una vez podría proponer una nueva huida, más que la muchacha haya recibido una segunda invitación a la fuga de otro individuo. Le haré ver, además, que el tiempo transcurrido entre la primera fuga (sobre la cual no hay dudas) y la segunda (presumible) abarca pocos meses más que la duración normal de los cruceros de nuestros barcos de guerra. ¿Fueron interrumpidas las malas intenciones del seductor por la necesidad de embarcarse y aprovechó la primera oportunidad para renovar sus intenciones que aún no habían sido consumadas... o, por lo menos, no por completo por él? No sabemos nada de todo eso. Sin embargo, usted dirá que en el segundo caso no hubo una fuga tal como se imaginó. En realidad, no. Pero, ¿estamos preparados para decir que no hubo un intento frustrado? Además de St. Eustache y tal vez Beauvais, no encontramos ningún pretendiente conocido de Marie. De nadie más se comenta nada. Entonces, ¿quién es el amante secreto, de quien los parientes (al menos la mayoría de ellos) no saben nada, pero con quien se encuentra Marie el domingo por la mañana y en quien tanto

---

[36] *Standard,* Nueva York. *(N. del T.)*

confía que no duda en permanecer con él hasta que oscurece, entre los solitarios bosques de Barrière du Roule? Me pregunto quién es el amante secreto, de quien por lo menos la mayoría de los parientes no saben nada. ¿Y qué significa la particular profecía de la señora Rogêt la mañana de la partida de Marie: «Temo no volver a ver a Marie»? Pero si no podemos imaginar que la señora Rogêt sabía de la intención de fuga, ¿no podemos imaginar, por lo menos, que la joven tenía esa intención? Cuando salió, dio a entender que iba a visitar a su tía de la calle Drômes y pidió a St. Eustache que fuera a recogerla al anochecer. En principio, esto contradice claramente mi sugerencia. Pero reflexionemos. Se sabe que Marie se encontró con alguien y con esa persona cruzó el río, llegando a Barrière du Roule hacia las tres de la tarde. Pero al consentir acompañar a este individuo (para lo que fuera, lo supiera o no su madre), debe haber pensado en su intención expresa al salir de casa y en la sorpresa y sospecha que sentiría su prometido, St. Eustache, cuando acudiera a buscarla a la calle Drômes y se encontrara con que no había estado allí, además de que al volver a la pensión con esta alarmante noticia se enteraría de que había estado ausente toda la mañana. Digo que debe haber pensado en todas estas cosas. Debe haber previsto la cólera de St. Eustache y la sospecha de todos. No podía pensar en volver a casa para hacer frente a estas sospechas, pero las sospechas perdían toda importancia si suponemos que Marie no tenía intenciones de volver. Podemos imaginar que pensaba del siguiente modo: «Debo encontrar a determinada persona para fugarme o para ciertas cosas que sólo yo sé. Es necesario que no haya posibilidad de interrupción; debe haber suficiente tiempo para eludir toda persecución; daré a entender que iré a visitar a mi tía en la calle Drômes y que me quedaré a pasar el día con ella. Le diré a St. Eustache que no me vaya a buscar hasta la noche. De este modo, mi ausencia de casa por todo el tiempo posible podré explicarse sin causar sospechas o ansiedad y podré ganar más tiempo que de ninguna otra manera. Si pido a St. Eustache que vaya a buscarme al anochecer, seguramente no irá antes; pero si no se lo digo, dispondré de menos tiempo, pues todos estarán esperando que vuelva más temprano y mi ausencia pronto provocará ansiedad. Ahora bien, si yo pensara en volver a casa, si sólo quisiera dar un paseo con la persona en cuestión, no me convendría pedir a St. Eustache que fuera a buscarme, ya que al llegar a la calle

Drômes vería que le había mentido, cosa que yo podría evitar saliendo de casa sin decirle nada y volviendo antes de la noche, para luego declarar que estuve en casa de mi tía. Como mi intención es la de no volver nunca, o no volver por algunas semanas, o no volver hasta que se hayan guardado ciertos secretos, lo único que puedo hacer es ocuparme de ganar tiempo». Ha observado usted, en sus notas, que la opinión más generalizada en relación con este triste asunto es, y ha sido desde el principio, que la muchacha había sido víctima de una banda de miserables. Ahora bien, la opinión popular, en determinadas circunstancias, no debe ser dejada de lado. Cuando surge por sí misma, cuando se manifiesta de un modo espontáneo, debe ser considerada al igual que la intuición que caracteriza a un hombre de ingenio. En noventa y nueve casos de cada cien, tiendo a conformarme con sus decisiones. Sin embargo, es importante que no encontremos rastros palpables de sugestión. La opinión debe ser rigurosamente la opinión del público, y a menudo resulta excesivamente difícil percibir y mantener la distinción. En el caso que nos ocupa, me parece que esta «opinión pública», con respecto a una banda, se ha visto influida por el hecho colateral que se detalla en el tercero de mis párrafos. Todo París está exaltado por el cuerpo de Marie, una joven bella y conocida. Este cuerpo se encuentra con marcas de violencia y flotando en el río. Pero ahora se hace público que, en el mismo momento en que se supone que la muchacha fue asesinada, ocurrió un crimen similar en su naturaleza al soportado por la difunta, aunque de menos importancia, a manos de una banda de malhechores en la persona de otra joven. ¿Debemos maravillarnos de que una atrocidad conocida influya en la opinión popular con respecto a otra desconocida? Esa opinión esperaba una dirección y el ultraje conocido parecía indicarla oportunamente. Marie también fue encontrada en el río y en ese mismo río se había cometido la atrocidad conocida. La conexión de los dos hechos era tan palpable que lo asombroso hubiera sido que el público no la apreciara y no la utilizara. Sin embargo, en realidad el primer crimen, cuyo modo fue conocido, sirvió para probar que el segundo, ocurrido casi al mismo tiempo, no fue cometido de la misma forma. Habría sido un milagro que, mientras una banda de malhechores perpetraba en un sitio determinado el peor crimen conocido, otra banda, en un lugar similar, en la misma ciudad y en iguales circunstancias, estuviera llevando a cabo un atentado de similares características y en el mismo período de tiempo. Sin embargo, la opinión popular así influida pretende justamente hacernos creer en esa inusual serie de coincidencias. Antes de seguir adelante, consideremos la supuesta escena del crimen, en el soto de Barrière du Roule. Este soto, aunque era denso, se encontraba muy cerca de la vía pública. Enmedio, había tres o cuatro grandes piedras, que formaban una especie de asiento, con respaldo y escabel. En la piedra superior se descubrieron unas enaguas blancas; en la segunda, un pañuelo de seda. También fueron hallados una sombrilla, unos guantes y un pañuelo de bolsillo. El pañuelo tenía el nombre de Marie Rogêt. Se vieron fragmentos de un vestido en las ramas circundantes. La tierra estaba pisoteada, los arbustos rotos y estaba claro que había tenido lugar una violenta pelea. A pesar del entusiasmo con el cual la prensa recibió el descubrimiento de este soto y la unanimidad con la que se supuso que indicaba la exacta escena del crimen, debemos admitir que existen razones para dudar. Si la verdadera escena hubiera estado, según *Le Commerciel,* en las cercanías de la calle Pavée St. Andrée, los asesinos, suponiendo que aún residan en París, habrían sentido pánico por el hecho de que la atención del público se centrara directamente en un lugar exacto, y, en ciertas clases de mentes, habría surgido, de inmediato, una necesidad de actuar de modo de desviar la atención. Y, de este modo, si el soto de Barrière du Roule ya era sospechoso, la idea de colocar los objetos donde fueron encontrados era perfectamente natural. No hay pruebas, a pesar de lo que supone *Le Soleil,* de que los objetos descubiertos hubieran estado más de unos días en el soto, mientras existen muchas pruebas circunstanciales de que no podrían haber permanecido allí sin atraer la atención durante los veinte días transcurridos entre el domingo fatal y la tarde en que esos objetos fueron encontrados por los muchachos. «Los objetos —dice *Le Soleil,* siguiendo la opinión de sus antecesores— estaban todos estropeados y enmohecidos por la acción de la lluvia y pegoteados por el moho. La hierba había crecido alrededor y por encima de los objetos. La seda de la sombrilla era fuerte, pero los hilos se habían adherido unos con otros por dentro. La parte superior, de tela doble y forrada, estaba enmohecida por la acción de la intemperie y se rompió al intentar abrirla». Con respecto al hecho de que «la hierba había crecido alrededor y por encima de los objetos», es obvio que sólo pudo haber sido registrado por las declaraciones y los recuerdos de los dos niños, ya que estos levantaron los objetos y los llevaron a su casa antes de que alguien más los viera. Sin embargo, la hierba crece, especialmente en tiempo cálido y húmedo (como el que había en la época en que fue cometido el crimen) hasta dos o tres pulgadas por día. Una sombrilla dejada en un campo de hierba recién sembrada quedará completamente cubierta en una semana. Y en cuanto al moho, que tan insistentemente menciona el editor de *Le Soleil,* que repite la palabra no menos de tres veces en el pequeño párrafo citado, ¿realmente no conoce la naturaleza de este moho? ¿Deberíamos decirle que se trata de una clase de hongo cuya principal característica consiste en que crece y muere en veinticuatro horas? De este modo, a primera vista, observamos que lo que fue con tanto éxito utilizado para apoyar la idea de que los objetos habían estado allí «por lo menos durante tres o cuatro semanas» en el soto, resulta nulo como prueba del hecho. Por otra parte, resulta muy difícil creer que estos objetos pudieran haber permanecido en el soto especificado por un período mayor de una semana, o sea, un período más largo que el que transcurre de domingo a domingo. Los que conocen algo de los alrededores de París saben de la extrema dificultad de encontrar un lugar aislado en ellos a menos que se alejen de los suburbios. No es posible imaginarse un sitio inexplorado o poco visitado, entre sus bosques o sotos. Imaginemos a una persona enamorada de la naturaleza, encadenada por sus deberes al polvo y al calor de esta gran metrópoli, que pretenda, incluso durante los días de semana, saciar su sed de soledad en los escenarios de belleza natural que nos rodean. Cada dos pasos, encontrará que el encanto desaparece ante la voz y la presencia de algún individuo peligroso o de alguna banda. Buscará privacidad entre el follaje más denso, sin conseguir encontrarla. Aquí es donde están los rincones donde abundan los canallas y los templos más profanados. Lleno de repugnancia, nuestro paseante volverá rápidamente a las contaminadas calles de París, mucho menos odioso que esos lugares donde la suciedad resulta tan incongruente. Pero, si los alrededores de la ciudad están en este estado durante los días laborales, ¡cómo estarán los domingos! Ese día, especialmente, el canalla se ve libre de los reclamos del trabajo o privado de las usuales oportunidades de delinquir y busca los alrededores de la ciudad, no por amor a la naturaleza, que en el fondo desprecia, sino como modo de escape de las limitaciones y convencionalismos de la sociedad. Desea menos el aire fresco y los verdes árboles que la completa licencia del campo. Allí, en la posada al borde de la carretera o debajo del follaje de los bosques, se entrega sin otros testigos que sus compañeros a los desatados excesos de la falsa alegría, doble producto de la libertad y el ron. No digo más que lo que creo obvio para todos los observadores imparciales; sería una especie de milagro el hecho de que los objetos en cuestión hayan permanecido ocultos por un período mayor de una semana en cualquier soto en las inmediaciones de París. Pero, además, hay otros fundamentos para sospechar que los objetos fueron colocados en el soto con el objetivo de distraer la atención del verdadero lugar del crimen. Y, primero, permítame hacerle observar la fecha del descubrimiento de los objetos. Relaciónela con la del quinto párrafo extraído por mí de los periódicos. Verá que el hallazgo siguió, casi inmediatamente, a los comunicados urgentes enviados al periódico de la tarde. Estos comunicados, aunque eran diversos y aparentemente provenían de diferentes fuentes, tendían todos al mismo punto, es decir, dirigir la atención hacia una banda como los perpetradores del crimen y hacia la zona de Barrière du Roule como la escena donde tuvo lugar. Por supuesto, debemos observar que esos objetos no fueron encontrados por los muchachos como consecuencia de esos comunicados o por la atención pública que los mismos habían provocado, sino que los objetos no fueron hallados antes, porque los objetos no estaban antes en el soto, sino que habían sido colocados allí después de esa fecha o poco antes de las fechas de los comunicados por los mismos autores de esos comunicados. Ese soto era muy especial, extremadamente especial. Era muy denso. Dentro de los límites cercados había tres piedras extraordinarias que formaban un asiento con respaldo y escabel. Y este soto, tan lleno de arte natural, estaba en las inmediaciones, a muy poca distancia, de la morada de la señora Deluc, cuyos hijos solían examinar con cuidado los arbustos cercanos en busca de corteza de sasafrás. ¿Sería insensato apostar (y apostar mil contra uno) que nunca pasaba un día sin que alguno de los niños entrara en aquel sombrío recinto vegetal y se sentara en el trono natural formado por las piedras? Los que dudaran en hacer semejante apuesta, será porque nunca han sido niños o han olvidado el carácter infantil. Repito que es demasiado difícil comprender cómo los objetos pueden haber permanecido en ese soto sin ser descubiertos por más de uno o dos días y que, de ese modo, existen fundamentos suficientes para sospechar, a pesar de la dogmática ignorancia de *Le Soleil,* que fueron depositados allí con posterioridad. Sin embargo, existen otras razones aún más fuertes que las que he expuesto para creer esto último. Permítame que le haga observar lo artificial de la forma de distribuir los objetos. En la piedra más alta había unas enaguas; en la segunda un pañuelo de seda; tirados alrededor había una sombrilla, unos guantes y un pañuelo de bolsillo con el nombre «Marie Rogêt». Es esta una distribución que haría naturalmente una persona no demasiado astuta que quisiera dar la impresión de naturalidad. Sin embargo, no resulta en absoluto una distribución realmente natural. Lo más lógico hubiera sido suponer que todos los objetos estarían pisoteados en el suelo. En los estrechos límites de esos arbustos parece difícil que unas enaguas y un pañuelo hubieran quedado sobre las piedras, mientras eran esparcidas en uno y otro sentido por varias personas que estuvieran luchando. Se dice: «Hay pruebas de lucha y la tierra está removida y los arbustos rotos», pero las enaguas y el pañuelo son hallados como si estuvieran sobre unas estanterías. «Los jirones del vestido en las zarzas tenían unas tres pulgadas de ancho por seis de largo. Uno de ellos correspondía al dobladillo del vestido y había sido remendado... Parecían pedazos arrancados». Aquí, distraídamente, *Le Soleil* utiliza una frase muy sospechosa. Los jirones, según la descripción, «parecen pedazos arrancados», pero a mano y a propósito. Es un accidente rarísimo que, en ropa como la que estamos considerando, un jirón sea arrancado por una espina. Por las características de esos tejidos, cuando una espina o un clavo se engancha en ellos, los desgarra rectangularmente, es decir, los divide en dos desgarraduras longitudinales en ángulo recto, que se unen en un vértice formado por el punto donde penetra la espina. En esa forma, resulta casi imposible pensar que el jirón «sea arrancado». Nunca lo he visto y usted tampoco. Para arrancar el pedazo de un tejido de esos es necesaria la acción de dos fuerzas que actúan en diferentes direcciones. Sólo si el tejido tiene dos bordes, como en el caso de un pañuelo, y se desea arrancar una tira, bastará con una sola fuerza. Pero en este caso se trata de un vestido, que tiene un sólo borde. Sería un milagro que una espina pudiera arrancar un pedazo del interior, donde no hay borde, aparte de que no sería suficiente una sola espina. Pero aun cuando haya un borde, sería necesario que hubiera dos espinas que actuaran cada una en una dirección. Y siempre que el borde no tuviera dobladillo. De lo contrario, no cabe ninguna duda. Así vemos muchos y grandes obstáculos para que los jirones hayan sido «arrancados» por la mera acción de «espinas». Sin embargo, debemos creer que no sólo fue arrancado un jirón, sino muchos. «Y una parte —también— era el dobladillo del vestido». Otra parte era parte de la falda, no el dobladillo; es decir, que había sido completamente arrancado por las espinas del interior sin bordes del vestido. Podemos ser perdonados por no creer semejantes cosas. Sin embargo, tomadas en conjunto, tal vez constituyan menor fundamento para sospechar que la sola y sorprendente circunstancia de que esos objetos hubieran sido abandonados en el soto por asesinos que habían tomado la precaución de transportar el cadáver. Sin embargo, usted no habrá comprendido claramente mi pensamiento si supone que intento negar que este soto haya sido la escena del crimen. Pudo haberse cometido un asesinato aquí o, más posiblemente, un accidente en la casa de la señora Deluc. Pero, en realidad, esto no tiene gran importancia. No intentamos descubrir la escena, sino saber quiénes perpetraron el asesinato. A pesar de lo minucioso de mis argumentos, lo que he señalado tiene por objeto, primero, demostrar lo absurdo de las aseveraciones positivas de *Le Soleil,* pero, segundo y más importante, llevar a usted de la forma más natural a considerar una duda: la de si este asesinato fue o no perpetrado por una banda. Retomaremos esta cuestión por mera alusión a los detalles que surgen de las declaraciones del médico forense en la indagación judicial. Sólo es necesario decir que sus conclusiones publicadas, con respecto al número de bandidos, fueron ridiculizadas como injustas y totalmente infundadas por los mejores anatomistas de París. No se trata de que los hechos no hayan podido ser como se ha inferido, pero no existen fundamentos para esa conclusión. ¿Y no los había para otra? Reflexionemos sobre «las huellas de una lucha» y permítame preguntar qué se supone que demostraron estas huellas. Una banda. ¿Pero no demuestran mejor la ausencia de una banda? ¿Qué lucha pudo haber tenido lugar, qué lucha tan violenta y tan prolongada como para dejar huellas por todos lados, entre una joven indefensa y la supuesta banda de malhechores? El silencioso abrazo de unos brazos fuertes habría acabado con todo. La víctima debería quedar absolutamente pasiva. Tenga usted en cuenta que los argumentos que niegan que el soto haya sido la escena del crimen se aplican, principalmente, si pensamos en un crimen cometido por más de un individuo. Si imaginamos sólo un violador, podemos concebir —y sólo concebir— una lucha tan violenta y prolongada como para dejar «huellas». Ya he mencionado la sospecha que surge de que los objetos en cuestión fueran abandonados en el soto. Parece casi imposible que estas pruebas de culpabilidad hayan sido dejadas de forma accidental en el sitio donde fueron halladas. Si suponemos que hubo suficiente presencia de ánimo como para retirar el cadáver, ¿qué podemos pensar de una prueba más contundente que el cuerpo en sí (cuyas facciones hubieran sido borradas enseguida por la corrupción) abandonada a la vista de cualquiera en la escena del crimen? Me refiero al pañuelo con el nombre de la víctima. Si esto fue un accidente, no fue un accidente de una banda. Podemos imaginarlo sólo como un accidente de un individuo. Veamos. Un individuo ha cometido un crimen. Está solo con el espíritu del difunto. Está confundido por lo que yace inmóvil ante él. Ha pasado la furia de su pasión y en su corazón queda suficiente sitio para el natural horror por el crimen. No siente la confianza que inspira la presencia de varias personas. Está solo con el muerto. Tiembla y está confundido. Sin embargo, es necesario ocultar el cuerpo. Lo transporta hasta el río, pero olvida las otras pruebas de su culpabilidad, ya que es difícil, si no imposible, llevar toda la carga de una vez y será más fácil volver por lo que ha dejado. Pero en su trabajoso viaje hasta el agua sus miedos se multiplican. Los sonidos de la vida acechan en su camino. Una docena de veces oye o imagina los pasos de un observador. Le atemorizan hasta las suaves luces de la ciudad. Sin embargo, después de largas y frecuentes pausas, llenas de horrible ansiedad, llega a la orilla del río y se deshace de su espantosa carga, tal vez mediante un bote. Pero ahora, ¿qué tesoros alberga el mundo, qué amenaza de venganza podría impulsar a este asesino a recorrer una vez más el trabajoso y peligroso camino hacia el soto, donde quedan los espantosos recuerdos que hielan la sangre? No regresará, cualesquiera sean las consecuencias. Incluso aunque quisiera, no podría volver. Sólo piensa en escapar. Da la espalda para siempre a esos horrorosos arbustos y huye de la maldición que puede sobrevenir. ¿Qué ocurriría con una banda? Su número les hubiera inspirado mutua confianza, si esta falta alguna vez en el pecho de un criminal empedernido. Y las bandas se componen siempre de criminales empedernidos. Digo que su número hubiera evitado el terror irracional que imagino que ha paralizado a un hombre sólo. Podríamos suponer un descuido por parte de uno, dos o tres de ellos, pero el cuarto hubiera pensado en eso. No habrían dejado nada olvidado, ya que al ser varios podrían haber transportado todo de una vez. No hubiera habido necesidad de volver. Consideremos ahora la circunstancia de que en el vestido del cadáver, cuando fue encontrado, «una tira de cerca de un pie de ancho había sido arrancada desde la costura inferior hasta la cintura; aparecía arrollada tres veces en la cintura y asegurada mediante una especie de ligadura en la espalda». Esto fue hecho con la evidente intención de obtener un asa mediante la cual cargar el cuerpo. Pero, ¿hubiera recurrido a eso un grupo de varios hombres? Para tres o cuatro personas, las extremidades del cadáver habrían sido más que suficientes y la mejor forma de transportarlo. El sistema empleado corresponde a un sólo individuo y esto nos lleva al hecho de que, «entre el soto y el río, se descubrió que los vallados habían sido derribados y la tierra mostraba señales de que se había arrastrado una pesada carga». Pero un grupo de hombres, ¿se habría tomado el trabajo superfluo de derribar un vallado para transportar un cadáver por encima de él, en lugar de levantarlo por encima de cualquier valla en un momento? ¿Hubieran arrastrado varios hombres un cuerpo a punto de dejar huellas tan evidentes? Y aquí debemos detenernos en una observación de *Le Commerciel,* una observación que ya he comentado, en alguna medida. El periódico dice: «Un trozo de una de las enaguas de la infortunada víctima, de dos pies de largo por uno de ancho, fue rasgado y atado debajo de su mentón y atado detrás de la cabeza, probablemente para evitar sus gritos. Los individuos que hicieron esto no tenían pañuelo de bolsillo». Antes he sugerido que un verdadero criminal nunca deja de tener un pañuelo de bolsillo. Pero no me refiero ahora a eso. Que dicha atadura no fue utilizada por falta de pañuelo y para lo que supone *Le Commerciel,* lo demuestra el hallazgo del pañuelo en el lugar del crimen, y que su objetivo no era «ahogar sus gritos» surge de que se haya empleado esa atadura en lugar de algo que hubiera sido más adecuado. Pero la evidencia habla de la tira hallada tal como «se encontró alrededor del cuello, pero no apretada, aunque había sido asegurada con un nudo firmísimo». Estos términos son bastante vagos, pero difieren sustancialmente de los de *Le Commerciel*. La tira tenía dieciocho pulgadas de ancho y, por tanto, aunque era de muselina, conformaría una venda fuerte al doblarla sobre sí misma de forma longitudinal. Así fue como se la encontró. Mi deducción es la siguiente: El asesino solitario, que había transportado el cuerpo durante un trecho (desde el soto o desde otro sitio) mediante la tira arrollada a la cintura, notó que el peso resultaba excesivo para sus fuerzas. Entonces resolvió arrastrar su carga y la investigación demuestra que, efectivamente, el cuerpo fue arrastrado. Para ello, era necesario atar una especie de cuerda a una de las extremidades. Podría atarse mejor alrededor del cuello, ya que la cabeza evitaría que se soltara. En este punto, el asesino debió pensar en la tira que circundaba la cintura de la víctima. Hubiera querido usarla, pero como estaba arrollada al cadáver, sujeta por una atadura, sin contar con que no había sido completamente arrancada del vestido, resultaba más fácil arrancar otra tira de las enaguas. La arrancó y la ajustó al cuello y así trasladó a la víctima a la orilla del río. El hecho de que este lazo, difícil y penosamente obtenido, y sólo a medias apropiado para su fin, fuera empleado por el asesino nace del hecho de que este estaba demasiado lejos como para utilizar el pañuelo, es decir, después de haber abandonado el soto (si se trataba del soto) y se encontraba a mitad de camino entre este y el río. Dirá usted que el testimonio de la señora Deluc (¡) apunta especialmente a la presencia de una *banda,* cerca del soto, en el momento del crimen. Estoy de acuerdo. Dudo si no se trataría de una *docena* de bandas, como la descrita por la señora Deluc, cerca de los alrededores de Barrière du Roule en el momento de la tragedia. Pero la banda que se ganó la evidente enemistad, y el testimonio tardío y bastante sospechoso, de la señora Deluc es la única a la cual la honesta y escrupulosa anciana reprocha haberse regalado con sus pasteles y haber bebido su coñac sin tomarse la molestia de pagar los gastos. *Et hinc illæ iræ?* Pero, ¿cuál es el preciso testimonio de la señora Deluc? «Una banda de malhechores se presentó, se comportó de forma escandalosa, comieron y bebieron sin pagar, siguieron luego la ruta de la joven pareja, regresaron a la posada al anochecer y cruzaron nuevamente el río como si tuvieran mucha prisa». Esta «mucha prisa» posiblemente parecía una mayor prisa a los ojos de la señora Deluc, ya que reflexionaba triste y nostálgicamente sobre sus pasteles y su cerveza profanados y por los cuales debió abrigar aún alguna esperanza de pago. ¿Por qué, si no, dado que era casi de noche, mencionó la prisa? No hay motivo para asombrarse de que una banda de bribones se apresure a volver a casa cuando falta cruzar un ancho río en bote, amenaza tormenta y se acerca la noche. Digo se acerca, ya que la noche aún no había llegado. Tan sólo era al anochecer cuando la prisa indecente de estos pillos ofendió los modestos ojos de la señora Deluc. Pero sabemos que esa misma noche, tanto la señora Deluc como su hijo mayor «oyeron los gritos de una mujer en las cercanías de la posada». Y, ¿con qué palabras se refiere la señora Deluc al período de la noche en que se oyeron esos gritos? «Poco después de oscurecer», afirma. Pero «poco después de oscurecer» significa que ya ha oscurecido. Y «al anochecer» todavía es de día. De este modo, está claro que la banda abandonó Barrière du Roule antes de los gritos oídos (?) por la señora Deluc. Y aunque en muchos de los informes del testimonio las expresiones en cuestión son clara e invariablemente utilizadas como acabo de hacerlo en mi conversación con usted, hasta ahora ninguno de los periódicos de París ni ninguno de los funcionarios policiales ha presentado tanta discrepancia.

Debo añadir sólo uno a los argumentos contra la banda, pero este, a mi entender por lo menos, tiene un peso completamente irrefutable. Dada la enorme recompensa ofrecida y el pleno perdón que se concede por toda declaración probatoria, no cabe imaginar, por un momento, que algún miembro de una banda de delincuentes comunes o de cualquier grupo de personas podría haber traicionado a sus cómplices. Cada miembro de una banda colocada en esa situación no está tan ansioso de recompensa o impunidad como temeroso de ser traicionado. Traiciona ansiosamente y pronto como para no ser él mismo traicionado. El hecho de que el secreto no haya sido divulgado es la mejor de las pruebas de que se trata, en realidad, de un secreto. Los horrores de este oscuro suceso son conocidos sólo por uno o dos seres humanos y por Dios. Resumamos los escasos pero evidentes frutos de nuestro largo análisis. Hemos llegado a la idea de un accidente fatal bajo el techo de la señora Deluc o de un asesinato perpetrado en el soto de Barrière du Roule, por un amante o, por lo menos, por un conocido íntimo y secreto de la víctima. Este conocido es de complexión robusta. Esta complexión, el «nudo» de la banda y el «nudo marinero» en el cordón de la cofia señalan a un marino. Su camaradería con la víctima, muchacha alegre pero no depravada, lo designa como perteneciente a un grado superior al de un simple marinero. Los comunicados del periódico, bien escritos y urgentes, sirven para corroborar esto. La circunstancia de la primera fuga, tal como dice *Le Mercurie,* tiende a mezclar la idea de este marino con la de un «oficial de la marina» del que se sabe que fue el primero en inducir a la víctima a cometer una irregularidad. Y aquí, de manera adecuada, aparece el hecho de la continua ausencia del hombre moreno. Detengámonos para observar que la tez de este hombre es morena y atezada. No es un color moreno común el que atrajo la atención de Valence y la señora Deluc. Pero, ¿a qué se debe la ausencia de este hombre? ¿Fue asesinado por la banda? Si es así, ¿por qué sólo hay huellas de la muchacha asesinada? Se supone que la escena de los dos crímenes debe ser la misma. ¿Dónde está su cadáver? Es muy probable que los asesinos hayan hecho desaparecer los dos cuerpos de la misma manera. Pero puede decirse que este hombre sigue vivo y que el miedo a ser acusado del crimen le impide darse a conocer. Podría suponerse que este razonamiento estuviera en él ahora, en esta etapa avanzada, ya que los testimonios aseguran que se le vio con Marie, pero no hubiera influido en absoluto sobre él en el momento del crimen. El primer impulso de un hombre inocente habría sido denunciar el crimen y ayudar a identificar a los asesinos. Era lo que correspondía. Había sido visto con la muchacha. Había cruzado el río con ella en un ferri. La denuncia de los asesinos habría sido, incluso para un tonto, el medio más seguro de liberarle de las sospechas. No podemos considerarle, en la noche del fatal domingo, inocente e ignorante a la vez del asesinato cometido. Sin embargo, sólo en esas circunstancias es posible imaginar que hubiera dejado de denunciar a los asesinos, si estuviera vivo. ¿Y qué medios tenemos para llegar a la verdad? A medida que sigamos adelante, veremos que estos medios se multiplican y ganan claridad. Hurguemos hasta el fondo este asunto de la primera huida. Conozcamos toda la historia del «oficial», en sus circunstancias actuales y su paradero en el momento exacto del crimen. Comparemos con cuidado las diversas comunicaciones enviadas al periódico de la tarde, en la que el objetivo era inculpar a una banda. Una vez hecho esto, comparemos estas comunicaciones, desde el punto de vista tanto del estilo como del mensaje, con las enviadas al periódico de la mañana, con anterioridad, insistiendo vehementemente sobre la culpabilidad de Mennais. Y, por último, comparemos nuevamente estas comunicaciones con los mensajes del oficial. Intentemos asegurarnos, preguntando reiteradamente a la señora Deluc y a sus hijos, así como al conductor del ferri, Valence, algo más acerca de la apariencia personal del «hombre de tez morena». Las preguntas, dirigidas con habilidad, no dejarán de conseguir de alguno de estos testigos alguna información sobre este tema en particular (y otros), información que los testigos mismos no son capaces de darse cuenta que poseen. Y ahora sigamos la huella del bote utilizado por el barquero la mañana del lunes 23 de junio, que fue retirado, sin timón, del depósito de barcos, sin el conocimiento del oficial de guardia y con anterioridad al descubrimiento del cadáver. Con cuidado y perseverancia, podremos seguir el rastro del bote de forma infalible, ya que no sólo el barquero que lo recogió lo podría identificar, sino que además el timón está en nuestro poder. El barquero de un barco de vela no habría abandonado el timón, si se tratara de alguien que no tenía tranquilidad de espíritu. Déjeme hacer una pausa para insinuar un detalle. No se anunció el hallazgo del bote. Fue llevado en silencio al depósito y luego retirado con igual discreción. Pero su dueño o su usuario, ¿cómo podía saber dónde se encontraba el bote la mañana del martes y sin ayuda de ningún anuncio, salvo que pensemos que está vinculado de algún modo con la marina y que esa vinculación personal y permanente le permitía conocer todas las novedades y las más insignificantes noticias locales? Al hablar del asesino solitario, que arrastra su carga hasta la costa, ya he sugerido la probabilidad de que hubiera utilizado un bote. Ahora debemos entender que Marie Rogêt fue echada al agua desde un bote. Esto es lo que hubiera ocurrido naturalmente. No cabía haber confiado el cadáver a las poco profundas aguas de la costa. Las peculiares marcas en la espalda y los hombros de la víctima apuntan a las cuadernas del fondo de un bote. También corrobora esta idea el hecho de que el cuerpo fue hallado sin un peso adicional. Si hubiera sido arrojado desde la orilla, se le habría colocado un peso. Sólo podemos explicar su ausencia suponiendo que el asesino hubiera olvidado llevarlo antes de alejarse de la orilla. En el acto de arrojar el cuerpo al agua, sin duda descubrió su descuido y ya no tenía cómo remediarlo. Prefería tomar cualquier riesgo antes de tener que regresar a la orilla. Una vez liberado de su horrible carga, el asesino se habría apresurado a volver a la ciudad. Allí, en algún muelle oscuro, saltó a tierra. Pero, ¿había amarrado el bote? Debía tener demasiada prisa como para amarrar el bote. Además, al amarrarlo al muelle, sintió que estaría dejando pruebas en su propia contra. Su reacción natural fue la de alejar de allí, tanto como fuera posible, todo lo que pudiera tener relación con su crimen. No sólo se alejó del muelle, sino que tampoco permitió que el bote permaneciera allí. Seguramente lo dejó a la deriva. Pero continuemos con nuestras suposiciones. Por la mañana, el miserable se siente horrorizado al encontrar que el bote ha sido descubierto y detenido en un sitio que habitualmente frecuenta a diario, tal vez un sitio que debe frecuentar por cuestiones de trabajo. La noche siguiente, sin valor para preguntar por el timón, lo retira. ¿Dónde está ese bote sin timón? Responder a esta pregunta debe ser uno de nuestros primeros objetivos. De la luz que arroje este descubrimiento, comenzará a surgir nuestro triunfo. El bote nos llevará, con una velocidad que nos sorprenderá, hasta el que lo haya utilizado en la medianoche del domingo fatal. Una corroboración nos llevará a otra y encontraremos al asesino.

(Por razones que no especificaremos, pero que resultarán obvias para el lector, nos hemos tomado la libertad de omitir aquí, del manuscrito que hemos recibido, aquellos detalles del seguimiento de la apenas perceptible pista conseguida por Dupin. Pensamos que es aconsejable decir, brevemente, que el resultado previsto fue alcanzado y que el prefecto cumplió con puntualidad, aunque con pocas ganas, los términos de su acuerdo con el caballero. El artículo del señor Poe concluye con estas palabras. *Los editores*[37]).

Se comprenderá que hablo de coincidencias y nada más. Lo que he dicho sobre este punto debe ser suficiente. En mi propio corazón no hay fe en lo sobrenatural. Ningún hombre que piense podrá negar que la Naturaleza y Dios son dos. Que este último, al crear la Naturaleza, puede controlarla o modificarla según su voluntad es incuestionable. Digo «según su voluntad», ya que es una cuestión de voluntad y no, como se supone en un extravío de lógica, de poder. No decimos que la

---

[37] De la revista donde se publicó por primera vez este trabajo. *(N. del T.)*

Deidad no pueda modificar sus leyes, pero la culpamos por imaginar una posible necesidad de modificación. En su origen, estas leyes se crearon para abarcar todas las contingencias que podrían surgir en el futuro. Con Dios todo es Presente.

Repito, entonces, que me refiero a estas cosas sólo como coincidencias. Y además, en mi relato, se podrá ver que entre el destino de la desdichada Marie Cecilia Rogers, por lo que se sabe de su destino, y el de una tal Marie Rogêt hasta un momento dado de su historia, existió un paralelo de tanta exactitud que la razón llega a confundirse. Digo que todo esto se podrá ver. Pero no supongamos ni por un momento que, al seguir con la triste narración de Marie desde la época mencionada y hasta el desenlace, el misterio que rodeó a su muerte, tengo la oculta intención de insinuar que el paralelo continúa o para sugerir que las medidas adoptadas en París para el descubrimiento del asesino de una *grisette* o cualquier medida fundada en raciocinios similares producirían en el otro caso resultados equivalentes.

Debemos tener en cuenta que, en lo que respecta a la última parte de la suposición, la menor variación en los hechos de los dos casos podría dar lugar a las peores estimaciones, cambiando completamente el curso de los hechos, tal como en aritmética un error que, en sí mismo, puede ser inapreciable, produce, a la larga, un resultado que dista enormemente de la verdad, por la mera multiplicación de los puntos del proceso. Y, en lo que respecta a la primera parte, no debemos olvidar que el cálculo de probabilidades al que me referí antes prohíbe toda idea de la prolongación del paralelismo y decisión en proporción a la medida en que ese paralelo se ha mostrado exacto y acertado hasta ese momento. Es esta una de las proposiciones anómalas que, aunque reclaman aparentemente una idea diferente del razonamiento matemático, sólo puede ser comprendida por una mente matemática. Por ejemplo, no hay nada más difícil que convencer al lector general del hecho de que el seis haya salido en los dados dos veces por un jugador, basta para apostar que no volverá a salir en la tercera tentativa. La mente suele rechazar de inmediato una sugerencia similar. No parece que las dos tiradas que se han completado, y que ahora pertenecen al pasado, puedan influir sobre una tirada que sólo existe en el futuro. Las probabilidades de sacar dos números seis parecen exactamente las mismas que en cualquier otro momento; o sea, que sólo dependen de la influencia de todas las otras tiradas que puedan hacerse en el juego de dados. Esta reflexión parece tan obvia que un intento de contradecirla es recibido con una sonrisa despectiva, más que con atención respetuosa. No intento exponer, dentro de los límites de este trabajo, el gran error implicado en esa actitud; para los que entienden de filosofía, no necesita explicación. Puede ser suficiente decir que constituye uno de una serie infinita de errores que surgen en el camino de la razón, a causa de su tendencia a buscar la verdad en detalle.

LA CARTA ROBADA

Nil sapientiæ odiosius acumine nimio.
SÉNECA.

Me encontraba en París, en una noche del otoño de 18..., disfrutando del doble placer de la meditación y de una pipa de espuma de mar, en compañía de mi amigo C. Auguste Dupin, en su pequeña y oscura biblioteca o sala de estudios del número 33 de la calle Dunot, barrio de St. Germain. Durante una hora, por lo menos, habíamos permanecido en un profundo silencio, mientras para un observador ocasional podríamos parecer intensamente ocupados en estudiar las onduladas capas de humo que llenaban la atmósfera de la sala. Sin embargo, yo estaba pensando en ciertos asuntos que habían sido temas de conversación entre nosotros en un momento antes de la noche. Me refiero al asunto de la calle Morgue y al misterio del asesinato de Marie Rogêt. Por tanto, no dejé de pensar en una coincidencia, cuando la puerta de nuestro apartamento se abrió dejando paso a nuestro antiguo conocido G..., el prefecto de la policía de París.

Le dimos una cálida bienvenida, pues aquel hombre tenía tanto de despreciable como de divertido, y no lo habíamos visto desde hacía varios años. Habíamos estado sentados en la oscuridad y Dupin se levantó para encender una lámpara; pero se sentó nuevamente sin hacerlo, cuando G... dijo que había venido a consultarnos o a preguntar la opinión de mi amigo acerca de un asunto oficial que había causado grandes problemas.

—Si se trata de un tema que requiere reflexión —observó Dupin, sin encender la mecha—, estaremos mejor a oscuras.

—Es esta otra de sus ideas raras —dijo el prefecto, que tenía la costumbre de llamar «raro» a todo aquello que no llegaba a comprender y, de ese modo, vivía en medio de una absoluta legión de «rarezas».

—Efectivamente —dijo Dupin, mientras entregaba una pipa al visitante y le acercaba una silla cómoda.

—¿Y cuál es el problema ahora? —pregunté—. Nada que ver con un asesinato, espero.

—No, no, nada de eso. El hecho es que se trata de un asunto *muy* sencillo y no dudo en que podemos resolverlo bastante bien nosotros mismos; pero pensé que Dupin querría escuchar los detalles, ya que es algo excesivamente *raro*.

—Sencillo y raro —dijo Dupin.

—Sí. Pero tampoco es exactamente eso. El hecho es que estamos todos bastante confundidos porque el asunto es sencillo y, sin embargo, nos deja perplejos.

—Tal vez es la misma sencillez del tema lo que induce a error —observó mi amigo.

—¡Qué tonterías dice usted! —respondió el prefecto, riéndose a carcajadas.

—Tal vez el misterio es *demasiado* sencillo —dijo Dupin.

—¡Oh, Dios mío! ¿Cómo se le puede ocurrir semejante idea?

—Un poco *demasiado* evidente.

—¡Ja, ja! ¡Oh, oh! —reía el prefecto, muy divertido—. Dupin, usted acabará matándome de risa.

—¿Y cuál es el tema en cuestión? —pregunté.

—Les diré —contestó el prefecto, mientras aspiraba una profunda bocanada de humo y se acomodaba en la silla—. Puedo explicarlo en pocas palabras, pero antes de empezar permítanme advertirles que es un asunto que exige absoluta confidencialidad y que yo perdería el puesto que ocupo si se supiera que lo he confiado a alguien.

—Adelante —dije.

—O no hable —dijo Dupin.

—Bien. He recibido información personal, por alguien que ocupa un puesto altísimo, de que un documento de la mayor importancia ha sido robado de las cámaras reales. Se sabe quién lo robó, sin duda, ya que fue visto cuando lo robaba. También se sabe que aún está en su poder.

—¿Cómo se sabe esto? —preguntó Dupin.

—Se deduce claramente —replicó el prefecto— por la naturaleza del documento y por la ausencia de ciertas consecuencias que se habrían producido si hubiera sido transferido a otra persona; es decir, en caso de que fuera utilizado en la forma en que el ladrón debe pretender hacerlo al final.

—Sea un poco más explícito —dije.

—Pues bien, puedo afirmar que dicho papel da a su poseedor un poder en un determinado lugar donde dicho poder es de inmenso valor.

El prefecto estaba encantado de su jerga diplomática.

—De todos modos, no entiendo —dijo Dupin.

—¿No? La presentación del documento a una tercera persona que no nombraremos pondría en tela de juicio el honor de un personaje de las más altas esferas, y este hecho da al poseedor del documento un dominio sobre el ilustre personaje cuyo honor y tranquilidad se ven de tal modo amenazados.

—Pero ese dominio —interrumpí— dependerá de que el ladrón sepa que dicho personaje lo conoce como tal. ¿Quién se arriesgaría...?

—El ladrón —dijo G...— es el ministro D..., que se atreve a todo, tanto las cosas dignas como las indignas del hombre. La forma en que se cometió el robo es tan ingeniosa como audaz. El documento en cuestión (una carta, para ser franco) había sido recibido por un personaje a quien se lo robaron mientras se encontraba a solas en el tocador real. Mientras lo leía, se vio repentinamente interrumpido por la entrada de la otra eminente persona, de quien ella quería ocultar especialmente la carta. Después de un apresurado y vano intento de meterla en un cajón, se vio obligado a dejarla, abierta como estaba, sobre la mesa. Sin embargo, como la dirección estaba hacia arriba y no podía leerse el contenido, la carta podía pasar sin ser vista. Pero en ese momento aparece el ministro D... Su vista de lince inmediatamente descubre el papel, reconoce la caligrafía de la dirección, observa la confusión del personaje a quien iba dirigida y adivina su secreto. Después de tratar algunos temas de trabajo, de forma expeditiva como acostumbra, extrae una carta parecida a la que nos ocupa, la abre, finge leerla y la coloca exactamente al lado de la otra. Vuelve a hablar durante quince minutos sobre temas públicos. Finalmente, al partir, recoge de la mesa la carta que no le correspondía. Su dueño vio lo que ocurrió, pero, por supuesto, no se atrevió a advertírselo en presencia del tercer personaje que se encontraba a su lado. El ministro se marcha, dejando su carta (la que no tenía importancia) sobre la mesa.

—Pues bien —dijo Dupin, dirigiéndose a mí—, ahí tiene usted lo que necesitaba para que el dominio del ladrón fuera completo: sabe que la persona a la que fue robada la carta conoce al ladrón.

—Sí —respondió el prefecto— y el poder así obtenido ha sido usado durante estos últimos meses para fines políticos, hasta extremos sumamente peligrosos. El personaje robado está completamente convencido, día a día, de la necesidad de reclamar su carta. Pero, por supuesto, no puede hacerlo abiertamente. Por fin, llevado por la desesperación, me ha encargado la tarea.

—Para la que —dijo Dupin, envuelto en un torbellino de humo— no podría desearse o imaginarse un agente mejor.

—Me halaga usted —replicó el prefecto—, pero es posible que se tenga de mí esa opinión.

—Está claro —dije— que, como usted dice, la carta aún está en manos del ministro, ya que lo que confiere el poder no es la utilización de la carta sino su posesión. Con el uso, el poder desaparece.

—Cierto —dijo G...—, y teniendo en cuenta esta idea, actué. Mi primera acción fue registrar la mansión del ministro, aunque lo más difícil era evitar que llegara a enterarse. Pero sobre todas las cosas, me han advertido del peligro que podría resultar de darle algún motivo para que sospeche de nuestras intenciones.

—Sin embargo —dije—, usted tiene todo tipo de facilidades en este tipo de investigaciones. La policía de París ha hecho este tipo de cosas muchas veces en el pasado.

—Sí, y por esta razón no desesperé. Las costumbres del ministro también me dieron algunas ventajas. Con frecuencia, se ausenta de su casa toda la noche. El servicio no es muy numeroso. Duermen bastante lejos de las habitaciones del señor y, como casi todos son napolitanos, es muy fácil inducirles a beber abundantemente. Como ustedes saben, tengo llaves con las que puedo abrir cualquier habitación de París. Durante tres meses, no pasó una sola noche en que no me haya dedicado a registrar personalmente la casa de D... Mi honor está en juego y, para confiarles un gran secreto, la recompensa es enorme. Entonces no abandoné la búsqueda hasta que quedé completamente satisfecho de que el ladrón es un hombre más astuto que yo. Creo que he investigado cada rincón de la casa en la que es posible que se esconda el documento.

—Pero, ¿no es posible —sugerí— que aunque la carta pueda estar en poder del ministro, como sin duda está, podría haberla escondido en algún otro sitio que no fuera su propia casa?

—Es muy poco probable —dijo Dupin—. La peculiar situación actual de los asuntos en el tribunal y, especialmente, los casos en los que D... está involucrado, exigen que el documento esté a mano para ser exhibido en cualquier momento, que es una cuestión tan importante como su posesión.

—¿Qué pueda ser exhibido? —pregunté.

—Si lo prefiere, que pueda ser destruido —dijo Dupin.

—Es verdad —observé—. El papel debe estar entonces en la casa. En cuanto a que el ministro lo lleve consigo, supongo que debe descartarse.

—Por completo —dijo el prefecto—. He ordenado detenerlo dos veces por falsos atracadores de caminos y he visto personalmente cómo le registraban.

—Podría haberse evitado esta molestia —dijo Dupin—. D..., supongo, no está completamente loco y, si no, debe haber supuesto estos falsos asaltos, por lógica.

—No completamente loco —dijo G...—; pero es un poeta, lo que, a mi entender, es más o menos lo mismo.

—Es verdad —dijo Dupin, después de aspirar una profunda bocanada de su pipa de espuma de mar—, aunque, por mi parte, me confieso culpable de algunas malas rimas.

—¿Por qué no cuenta usted los detalles de su pesquisa? —sugerí.

—Bien. El hecho es que nos tomamos nuestro tiempo y buscamos *en todos los sitios*. Tengo mucha experiencia en estos temas. Revisé todo el edificio, habitación por habitación, dedicando a cada una todas las noches de una semana entera. Primero, examinamos los muebles de cada cuarto. Abrimos todos los cajones posibles y supongo que usted sabe que, para un agente de policía bien entrenado, no existe un cajón *secreto*. En una búsqueda de esta especie, el hombre que deja sin ver un cajón secreto es un estúpido. ¡Son tan *evidentes!* En cada mueble hay una cierta extensión, un cierto espacio, que debe ser explicado. Para eso tenemos reglas muy precisas. No se nos escapa ni la quincuagésima parte de una línea. Después de los armarios, pasamos a las sillas. Los almohadones fueron registrados con las largas agujas que me ha visto utilizar. Levantamos las tablas de las mesas.

—¿Por qué?

—A veces, la tabla de una mesa o de un mueble similar es levantada por la persona que desea ocultar un objeto. Después se hace un orificio en cada una de las patas, allí se coloca el objeto y luego se vuelve a colocar la tabla. Ocurre lo mismo en las cabeceras y las patas de la cama.

—¿No podría detectarse la cavidad por el sonido? —pregunté.

—De ningún modo, si, una vez depositado el objeto, es rodeado con un trozo de algodón. Además, en este caso, tenemos que actuar sin hacer ruido.

—Pero no podría haber desarmado o revisado todos los muebles en los que sería posible ocultar algo del modo en que lo está contando. Una carta puede reducirse a un delgadísimo rollo, similar en forma o volumen a una aguja de tejer y, de esa forma, podría insertarse dentro del travesaño de una silla, por ejemplo. ¿Supongo que no habrán desarmado todas las sillas?

—Por supuesto que no, pero hicimos algo mejor. Examinamos los travesaños de todas las sillas del edificio y, en realidad, las juntas de todos los muebles gracias a la ayuda de un poderoso microscopio. Si hubiera habido la menor señal de un cambio reciente, lo habríamos detectado de inmediato. Un simple grano de polvo producido por un barreno nos hubiera saltado a los ojos como si fuera una manzana. Cualquier diferencia en la encoladura, la más mínima apertura en los ensamblajes, hubiera bastado para que lo detectáramos.

—Supongo que miraron en los espejos, entre los marcos y el cristal, y también en las camas y entre las ropas de cama, al igual que en las cortinas y las alfombras.

—Por supuesto. Y cuando hubimos revisado cada mueble de este modo, pasamos a la casa en sí. Dividimos toda la superficie en compartimentos, a los que dimos un número, de modo que no quedara ninguno sin controlar. Después escrutamos cada pulgada cuadrada, incluyendo las dos casas adyacentes, con el microscopio, como antes.

—¿Las dos casas adyacentes? —exclamé—. Deben de haber tenido muchos problemas.

—Los tuvimos, pero la recompensa que se ofrece es enorme.

—¿Incluye usted el terreno contiguo a las casas?

—Todo el terreno está pavimentado con ladrillos. Nos dieron bastante poco trabajo. Examinamos el musgo entre los ladrillos y lo encontramos intacto.

—¿Buscaron entre los papeles de D..., por supuesto, y dentro de los libros de la biblioteca?

—Por supuesto. Abrimos todos los paquetes. No abrimos todos los libros pero los hojeamos cuidadosamente, sin conformarnos con sacudirlos, según lo que acostumbran hacer algunos de nuestros oficiales de policía. También medimos el espesor de cada encuadernación, estudiándola después más en detalle con el microscopio. Si se hubiera insertado algún papel, no se nos habría escapado. Cinco o seis volúmenes que acababan de ser encuadernados, fueron analizados longitudinalmente con las agujas.

—¿Exploraron los suelos, debajo de las alfombras?

—Sin duda. Quitamos todas las alfombras y examinamos el suelo con el microscopio.

—¿Y los papeles de las paredes?

—Sí.

—¿Miraron en los sótanos?

—Sí, miramos.

—Entonces —dije—, ha calculado usted mal y la carta no está en el edificio, como usted supone.

—Me temo que está en lo cierto —dijo el prefecto—. Y ahora, Dupin, ¿qué me aconsejaría hacer?

—Revisar de nuevo completamente la casa.

—Eso es absolutamente innecesario —respondió G...—. Estoy tan seguro de que respiro como de que la carta no está en el edificio.

—No tengo un consejo mejor para darle —dijo Dupin—. Supongo que tiene usted una descripción exacta de la carta.

—¡Oh, sí!

El prefecto extrajo una libreta de apuntes y comenzó a leer en voz alta una descripción del aspecto interior de la carta y, sobre todo, del exterior. Inmediatamente después de terminar de leer la descripción, se fue tan deprimido como jamás lo había visto antes.

Transcurrido cerca de un mes desde entonces, nos visitó nuevamente y nos encontró igual de ocupados que la vez anterior. Tomó posesión de una pipa y una silla y comenzó una conversación trivial. Al cabo de un rato, le dije:

—Bien, G..., ¿qué pasó con la carta perdida? Supongo que se habrá convencido por fin de que no es nada fácil atrapar al ministro.

—¡El diablo se lo lleve! Volví a examinar la casa, como sugirió Dupin, pero fue en vano, como sabía que ocurriría.

—¿A cuánto dijo que ascendía la recompensa ofrecida? —preguntó Dupin.

—Bueno, mucho, muchísimo dinero. No quiero decir cuánto exactamente, pero lo que sí diré es que no me importaría entregar un cheque de cincuenta mil francos a quien me pudiera conseguir esa carta. El hecho es que cada día adquiere más importancia y la recompensa ha sido duplicada recientemente. Sin embargo, aunque fuera triplicada, no podría hacer más de lo que he hecho.

—Pues, la verdad... —dijo Dupin, entre bocanadas de humo—. Realmente pienso, G..., que usted no ha llegado hasta el fin, que no ha hecho todo lo que podía hacer. Podría hacer algo más, creo, ¿no?

—¿Cómo? ¿De qué manera?

—Bueno... puf... puf... Podría usted... puf... pedir consejo sobre el tema... puf... puf... ¿Recuerda la historia que cuentan sobre Abernethy?

—No. ¡Al diablo con Abernethy!

—De acuerdo. ¡Al diablo, pero bien venido! Había una vez un cierto avaro que tuvo la idea de obtener gratis el consejo médico de Abernethy. Aprovechó una reunión y una conversación corrientes para explicar un caso personal como si se tratara del de otra persona. «Supongamos», dijo, «que sus síntomas son tales y cuales, doctor, ¿qué le habría recomendado que hiciera?». «Le aconsejaría», dijo Abernethy, «que consultara con un médico».

—¡Vamos! —exclamó el prefecto, bastante desconcertado—. Estoy totalmente dispuesto a pedir consejo y pagar por ello. Realmente daría mis cincuenta mil francos a quien me ayudara en este tema.

—En ese caso —respondió Dupin, abriendo un cajón y extrayendo un talonario de cheques—, podría usted rellenar un cheque por el monto mencionado. Cuando lo haya firmado, yo le entregaré la carta.

Me quedé estupefacto. El prefecto parecía fulminado. Durante algunos minutos, se quedó mudo e inmóvil, mirando con incredulidad a mi amigo con la boca abierta y con los ojos que parecían salírsele de las órbitas. Después, recuperándose un poco, tomó una pluma y, después de algunas pausas y miradas perdidas, rellenó y firmó el cheque por cincuenta mil francos y se lo entregó a Dupin por encima de la mesa. Dupin lo examinó con cuidado y lo depositó en su libreta de bolsillo; después abrió un escritorio, tomó de allí una carta y se la dio al prefecto. El funcionario se aferró a ella en una perfecta agonía de gozo, la abrió temblando, dirigió una rápida mirada a su contenido y, después, lanzándose tambaleante hacia la puerta, salió por fin, de manera brusca, de la habitación y de la casa, sin haber pronunciado palabra desde que Dupin le pidió que llenara el cheque.

Cuando se hubo ido, mi amigo comenzó con las explicaciones.

—La policía de París —dijo— es muy hábil a su manera. Es perseverante, ingeniosa, astuta y muy versada en el conocimiento que parece exigir su deber. De este modo, cuando G... nos detalló su forma de búsqueda en el edificio de D..., confié completamente en que hubiera hecho una investigación satisfactoria, hasta donde alcanza su trabajo.

—¿Hasta dónde podía alcanzar su trabajo? —pregunté.

—Sí —dijo Dupin—. Las medidas adoptadas no sólo eran la mejores de su estilo sino que eran absolutamente perfectas. Si la carta hubiera sido depositada dentro del ámbito de su búsqueda, estos hombres, sin duda, la habrían encontrado.

Comencé a reír, pero Dupin parecía hablar muy en serio.

—Las medidas —dijo— eran buenas en su género y fueron bien ejecutadas. El defecto residía en que eran inaplicables a este caso y a este hombre. Una cierta cantidad de recursos muy ingeniosos constituyen, para el prefecto, una especie de lecho de Procrustes, en el cual quiere meter a la fuerza sus designios. Pero siempre se equivoca por ser demasiado profundo o demasiado superficial para el caso, y más de un colegial razonaría mejor que él. Conocí a uno de ocho años de edad, cuyos triunfos en los juegos de «par e impar» atraían la admiración general. Este juego es simple y se juega con piedrecitas. Un jugador tiene en la mano una cantidad de estas piedrecitas y pregunta a otro si el número que tiene es par o impar. Si adivina, gana una piedrecita. Si no adivina, pierde una. El niño de quien hablo ganaba todas las piedrecitas del colegio. Por supuesto, tenía un método de adivinación que consistía en la simple observación y en el cálculo de la astucia de sus contrincantes. Por ejemplo, uno de ellos, que es un perfecto tonto, levanta la mano cerrada y le pregunta: «¿Par o impar?». Nuestro colegial responde: «Impar» y pierde, pero a la segunda vez gana, ya que se ha dicho a sí mismo: «El tonto tenía pares la primera vez y su astucia no dudará en preparar impares para la segunda. Por tanto, diré impar». Lo dice y gana. Ahora, si le toca jugar con un tonto algo superior al anterior, razonará así: «Este niño sabe que la primera vez elegí impar y en la segunda se le ocurrirá como primer impulso pasar de par a impar, pero entonces un nuevo impulso le dirá que ese cambio es demasiado simple y, finalmente, se decidirá a poner piedrecitas pares como la primera vez. Por tanto, diré pares». Así lo hace y gana. Esta manera de razonar del colegial, a quien sus compañeros llaman «afortunado», ¿en qué consiste si se la analiza con cuidado?

—Consiste —repuse— en la identificación del intelecto del razonador con el de su oponente.

—Exactamente —respondió Dupin—, y al preguntar al niño cómo efectuaba la *completa* identificación para lograr ese éxito, recibí la siguiente respuesta: «Cuando quiero descubrir cuán sabio, cuán estúpido, cuán bueno o cuán malo es alguien, cuáles son sus pensamientos en ese momento, imagino la expresión de mi cara, con tanta exactitud como sea posible, de acuerdo a la expresión de la suya y luego espero para ver qué pensamientos o sentimientos aparecen en mi mente o en mi corazón, que se correspondan con dicha expresión». Esta respuesta del colegial está en la base de toda la falsa profundidad atribuida a La Rochefoucauld, La Bougive, Maquiavelo y Campanella.

—Y la identificación —dije— del intelecto del razonador con el del oponente, depende, si he entendido bien, de la exactitud con que se mida el intelecto del oponente.

—Depende de ello para sus resultados prácticos —respondió Dupin—, y el prefecto y su cohorte fracasan con tanta frecuencia, primero, por error en esa identificación y, segundo, por medir mal o, mejor dicho, por no medir el intelecto con el que se miden. Consideran sólo sus *propias* ideas ingeniosas y, al buscar algo oculto, se fijan sólo en el modo en que *ellos* lo hubieran escondido. Tienen mucha razón en la medida en que su propio ingenio es la representación fiel del de la masa; pero cuando la astucia del malhechor posee un carácter diferente de la suya, el malhechor los derrota, por supuesto. Esto siempre ocurre cuando está por encima de la propia y con mucha frecuencia cuando está por debajo. Los policías no admiten variación de principio en sus investigaciones; como mucho, cuando ocurre alguna emergencia inusual, como una recompensa extraordinaria, extienden o exageran sus antiguos métodos de *práctica,* sin tocar sus principios. Por ejemplo, ¿qué se hizo en el caso de D... para variar el principio de acción? ¿Qué son estas perforaciones, estas investigaciones con el microscopio, esa división de la superficie del edificio en pulgadas cuadradas numeradas? ¿Qué es todo esto sino una exageración de la *aplicación* de uno de los principios o del conjunto de los principios de la investigación, que se basan en un conjunto de nociones relativas al ingenio humano, a las que está acostumbrado el prefecto en la larga rutina de su deber? ¿No ha notado usted que da por hecho que *todos* los hombres esconden una carta, si no exactamente en un agujero practicado en la pata de una silla, por lo menos en algún agujero o rincón sugerido por la misma línea de pensamiento que hace que un hombre decida esconderla en un agujero hecho en la pata de una silla? Observe también que tales escondrijos rebuscados sólo se utilizan en ocasiones comunes por mentes comunes; es decir, que en todos los casos de ocultamiento cabe presumir, en primer término, que se ha efectuado dentro de esas líneas. De este modo, su descubrimiento depende no de la perspicacia sino sólo del simple cuidado, paciencia y determinación de los investigadores. Y cuando el caso es importante (o, lo que es lo mismo a los ojos de la policía, cuando la recompensa es importante) las cualidades referidas no fracasan *nunca.* Ahora comprenderá usted lo que quiero decir cuando sugiero que, si la carta hubiera sido escondida en algún lugar dentro de los límites en que el prefecto investigó (en otras palabras, si el principio de su ocultamiento hubiera estado dentro de los principios del prefecto), su descubrimiento no habría sido un problema. Sin embargo, este funcionario ha sido desconcertado completamente y la fuente remota de su derrota reside en la suposición de que el ministro es un loco, porque tiene fama de poeta. Todos los locos son poetas, *siente* el prefecto, y cabe considerarlo culpable de un *non distributio medii,* por concluir de lo anterior que todos los poetas son locos.

—Pero, ¿se trata realmente del poeta? —pregunté—. Sé que son dos hermanos y ambos tienen cierta reputación en el área de las letras. El ministro, creo, ha escrito una obra sobre el cálculo diferencial. Es un matemático, no un poeta.

—Se equivoca usted. Se lo explicaré bien. Es ambas cosas. Como poeta y matemático, puede razonar bien; como simple matemático, no podría haber razonado nada y entonces habría estado a merced del prefecto.

—Usted me sorprende —dije— por estas opiniones, que contradicen el consenso mundial. Supongo que no pretende aniquilar unas ideas que tienen siglos de existencia. La razón matemática ha sido considerada por mucho tiempo como la razón *por excelencia.*

—*Il y a à parièr* —contestó Dupin, citando a Chamfort— *que toute idée publique, toute convention reçue est une sottise, car elle a convenue au plus grand nombre.* Le garantizo que los matemáticos han hecho todo lo posible por promulgar el error popular al que usted hace referencia y que es, sin embargo, un error. Con arte digno de una mejor causa, por ejemplo, han introducido el término «análisis» en operaciones algebraicas. Los franceses son los causantes de este engaño, pero si un término tiene alguna importancia, si las palabras derivan algún valor de su aplicación, entonces concedo que «análisis» expresa «álgebra», como, en latín, *ambitus* quiere decir «ambición», *religio,* «religión», *u homines honesti,* la clase de hombres honorables.

—Me temo que tendrá alguna discusión —dije— con algunos algebristas de París. Pero continúe.

—Niego la validez y, por tanto, el valor de esa razón que se cultiva de alguna forma especial que no sea la lógica abstracta. En especial, niego la razón extraída del estudio matemático. Las matemáticas son una ciencia de forma y cantidad. El razonamiento matemático es simplemente lógica aplicada a la observación de la forma y la cantidad. El gran error reside en suponer que incluso las verdades de lo que se llama álgebra pura son verdades abstractas o generales. Los axiomas matemáticos no son axiomas de verdad general. Lo que es verdad de la *relación* (de forma y cantidad) es con frecuencia falso aplicado a la moral, por ejemplo. En esta última ciencia, no suele ser cierto que el todo sea igual a la suma de las partes. En la química, también falla el axioma. Falla en la consideración del móvil. Dos móviles, cada uno con un valor, no necesariamente tienen un valor cuando se los une que sea igual a la suma de sus valores por separado. Existen numerosas verdades matemáticas que son sólo verdades dentro de los límites de la *relación*. Pero los matemáticos dicen, a partir de sus *verdades limitadas,* a partir del hábito, como si fueran de aplicación absolutamente general, como el mundo realmente imagina que son. Bryant, en su *Mitología,* menciona una fuente análoga de error, cuando dice que, «aunque no se cree en las fábulas paganas, nos olvidamos continuamente de ello y extraemos consecuencias como si se tratara de realidades existentes». Sin embargo, los algebristas, que son paganos, creen en las «fábulas paganas» y las conclusiones que de ellas se extraen no nacen de un descuido de la memoria, sino de una inexplicable debilidad mental. En resumen, nunca encontré un matemático en quien se pudiera confiar fuera de sus raíces y sus ecuaciones o que no tuviera como dogma de fe que $x^2 + px$ sea absolutamente e incondicionalmente igual a q. Por vía de experimento, diga a uno de estos hombres que usted cree que en algunas ocasiones puede ocurrir que $x^2 + px$ no sea igual a q, y, una vez que haya entendido lo que usted le quiere decir, sálgase de su camino lo antes posible, porque seguro que tratará de golpearlo. Quiero decir —continuó Dupin, mientras yo simplemente me reía de esta última observación—, que si el ministro no hubiera sido más que un matemático, el prefecto no habría tenido necesidad de darme este cheque. Sin embargo, lo conocía tanto como matemático como poeta y mis medidas fueron adaptadas a su capacidad, con referencia a las circunstancias que lo rodeaban. Sabía que es un cortesano y un audaz intrigante. Consideré que un hombre así no podía desconocer las formas de acción de la policía. No habría dejado de prever (y los hechos prueban que así fue) los falsos asaltos a que fue sometido. Reflexioné que debe haber previsto la investigación de su casa. Sus ausencias frecuentes del hogar por las noches, consideradas por el prefecto como una gran ayuda para su triunfo, me parecieron simples *astucias* destinadas a brindar oportunidades a la investigación y convencer cuanto antes a la policía de que la carta no estaba oculta en la casa y así hacerlos llegar a la convicción a la que llegó, en realidad, G..., es decir la convicción de que la carta no estaba en la casa. También sentí que toda la serie de pensamientos que con algún trabajo acabo de exponerle y que se refieren al principio invariable de la acción policial en sus búsquedas de objetos ocultos, no podía dejar de ocurrírsele al ministro. Imperativamente, lo llevaría a desestimar todos los escondrijos comunes. Reflexioné que *ese hombre* no podía ser tan simple como para no ver que el rincón más remoto e inaccesible de su casa estaría abierto como el más vulgar de los armarios a los ojos, las sondas, los barrenos y los microscopios del prefecto. En definitiva, vi que D... terminaría necesariamente en la *simplicidad*, si no la adoptaba por propia elección. Tal vez, recordará usted la desesperación con que el prefecto rio cuando le sugerí, en la primera entrevista, que era posible que este misterio le preocupaba tanto dado que era evidente por sí mismo.

—Sí —dije—, lo recuerdo muy bien. Por un momento, pensé que le iban a dar convulsiones.

—El mundo material —continuó Dupin— abunda en estrictas analogías con el inmaterial y así se tiñe de verdad el dogma retórico según el cual la metáfora o el símil pueden reforzar el argumento, así como embellecer una descripción. El principio de la *vis inertiœ,* por ejemplo, parece idéntico en física y matemáticas. Si en física resulta cierto que es más difícil poner en movimiento un cuerpo grande que uno pequeño y que el impulso o cantidad de movimiento subsecuente estará en relación con la dificultad, no es menos cierto, en metafísica, que los intelectos de máxima capacidad, si bien son más fuertes, constantes y eficaces en sus avances que los de grado inferior, son más lentos en iniciar dicho avance y se muestran más incómodos y llenos de dudas en los primeros pasos de su camino. Además, ¿alguna vez ha notado usted qué señales callejeras sobre las puertas de las tiendas son las que más llaman la atención?

—Nunca pensé en ello —contesté.

—Hay un juego de adivinación —continuó— que se juega sobre un mapa. Un participante pide a otro que encuentre una determinada palabra, el nombre de una ciudad, de un río, un Estado o un imperio, cualquier palabra sobre la compleja superficie del mapa. Un novato en el juego siempre buscará incomodar a sus oponentes dando el nombre de letras más pequeñas, pero el que juega a menudo selecciona las palabras que se extienden, en letras grandes, de un lado al otro del mapa. Estas, al igual que los carteles grandes de la calle, escapan a la observación por ser demasiado obvias, y, en esto, la desatención ocular resulta análoga al descuido que lleva al intelecto a no tomar en cuenta aquellas consideraciones que resulten excesivas o palpablemente evidentes. Sin embargo, este parece ser un punto un poco por encima o por debajo del entendimiento del prefecto. Nunca pensó que fuera posible o probable que el ministro hubiera depositado la carta en la cara de todo el mundo para intentar que nadie pudiera verla. Pero cuanto más reflexioné acerca del audaz, decidido y característico ingenio de D..., en que el documento debía hallarse siempre a mano si tenía la intención de usarlo para sus fines, y sobre la prueba decisiva, obtenida por el prefecto, de que no estaba escondido entre los límites de búsqueda normal, más satisfecho me sentía de que, para ocultar esta carta, el ministro había recurrido al más amplio y sagaz de todos los expedientes: no ocultarla. Con todas estas ideas, me puse un par de gafas verdes y fui una mañana, como por casualidad, a la casa del ministro. Hallé a D... en casa, bostezando, paseándose sin hacer nada y fingiendo estar en el límite del aburrimiento. Tal vez, él fuera el hombre con más energía de los que viven actualmente, pero eso sólo cuando nadie lo ve. Para estar a su altura, me quejé del mal estado de mi vista y lamenté la necesidad de las gafas, bajo cuya protección pude estudiar con cuidado y por completo toda la habitación, mientras en apariencia seguía con atención las palabras de mi anfitrión. Presté especial atención al gran escritorio cerca del sitio donde él estaba sentado y sobre el que había varias cartas y otros papeles desordenados, además de uno o dos instrumentos musicales y algunos libros. Sin embargo, después de un largo y deliberado escrutinio, no vi nada que despertara mis sospechas. Dando la vuelta a la habitación, mis ojos cayeron por fin sobre un insignificante tarjetero de cartón recortado que colgaba, sujeto por una cinta azul, de una pequeña perilla de bronce en medio de la repisa de la chimenea. En esta repisa, que tenía tres o cuatro compartimientos, había cinco o seis tarjetas de visita y una sola carta. Estaba rota casi por la mitad, como si hubiera habido, una tras otra, intenciones de destruirla por inútil. Tenía un gran sello negro, con el monograma de D... *muy* visible y la dirección, dirigida al mismo ministro, revelaba una letra menuda y femenina. La carta había sido arrojada con descuido, casi se diría que desdeñosamente, en uno de los compartimientos superiores del tarjetero. En cuanto vi esta carta, deduje que era la que estaba buscando. Estaba seguro de que era, en todos los aspectos, totalmente diferente de la que el prefecto nos había descrito tan minuciosamente. En este caso, el sello era grande y negro, con el monograma de D...; en el otro, era pequeño y rojo, con el escudo de armas de la familia S... En esta, la dirección, dirigida al ministro, era diminuta y femenina; en aquella, la dirección, dirigida a un personaje real, era grande y de trazo decidido. Sólo el tamaño presentaba analogía. Pero lo *radical* de estas diferencias, que eran excesivas; la suciedad; el estado semidestruido del papel, tan inconsistente con los *verdaderos* hábitos metódicos de D... y tan sugestivos de la intención de engañar sobre el verdadero valor del documento; todo esto, junto con la ubicación de la carta, a la vista de cualquier visitante y, por tanto, de acuerdo con las conclusiones a las que yo había llegado con anterioridad; todo esto, digo, corroboraba la sospecha de una persona que venía con la intención de sospechar. Prolongué la visita todo lo posible y, mientras mantenía una charla muy animada con el ministro sobre un tema que siempre le había interesado y entusiasmado, mantuve mi atención en la carta. En este estudio, traté de retener en la memoria su aspecto externo y su posición en la repisa, pero finalmente llegué a descubrir algo que disipó las últimas dudas que podía haber tenido. Al mirar atentamente los bordes del papel, noté que estaban más ajados de lo que correspondía. Presentaban el aspecto *roto* de un papel grueso que, después de doblarlo y aplastarlo con una plegadera y que luego se dobla en sentido contrario, usando los mismos pliegues formados la primera vez. Este descubrimiento fue suficiente. Estaba claro que la carta había sido dada vuelta como un guante para ponerle una nueva dirección y otro sello. Me despedí del ministro y me fui enseguida, dejando sobre la mesa una tabaquera de oro. A la mañana siguiente volví a buscar la tabaquera y continuamos, con ansiedad, la conversación del día anterior. Sin embargo, mientras estábamos así entretenidos, escuchamos un disparo fuerte, como de pistola, debajo de la ventana, que fue seguido por una serie de temerosos gritos y las voces de una multitud aterrorizada. D... corrió hasta una ventana, la abrió de par en par y miró hacia afuera. Mientras tanto, fui hacia la repisa de las tarjetas, tomé la carta, me la puse en el bolsillo y la reemplacé por un facsímil (por lo menos en su aspecto exterior) que había preparado en mi casa, imitando el monograma de D... con ayuda de un sello hecho con miga de pan. El motivo del alboroto en la calle había sido causado por el comportamiento extravagante de un hombre armado con un fusil. Había disparado entre una multitud de mujeres y niños. Sin embargo, se comprobó que el arma no estaba cargada y los que allí estaban dejaron en libertad al individuo, por considerarlo borracho o loco. Cuando se hubo ido, D... se apartó de la ventana adonde me había aproximado una vez que me hube apropiado del objeto. Poco después, me despedí de él. El supuesto lunático era un hombre a quien yo había pagado.

—¿Qué intenciones tenía usted —pregunté— al reemplazar la carta por el facsímil? ¿No habría sido mejor, en la primera visita, tomarla directamente y huir?

—D... —respondió Dupin— es un hombre resuelto y lleno de coraje. En su casa no faltan servidores dedicados a su causa. Si hubiera hecho el intento que usted sugiere, podría no haber salido de allí con vida. El buen pueblo de París nunca más habría oído hablar de mí. Pero yo tenía otro objetivo además de estas consideraciones. Usted conoce mis preferencias políticas. En este asunto, actúo como un partidario de la mujer implicada. Durante dieciocho meses, el ministro la ha tenido en su poder. Ahora ella lo tiene a él a su merced, ya que, al no saber que la carta no está en su poder, actuará como si la tuviera. Esto lo llevará inevitablemente a la decadencia política. Además, su caída será tan apresurada como ridícula. Está muy bien hablar de *facilis descensus Averni;* pero, en materia de ascensos, tal como la Catalani decía del canto, es más fácil subir que bajar. En el caso que nos ocupa, no tengo ninguna simpatía, o por lo menos compasión, por el que baja. D... es el *monstrum horrendum,* un hombre de genio sin principios. Sin embargo, confieso que me gustaría conocer el carácter preciso de sus pensamientos, cuando, desafiado por aquella a quien el prefecto llama «cierto personaje», se vea forzado a abrir la carta que le dejé en el tarjetero.

—¿Cómo? ¿Escribió usted algo en ella?

—Bueno, no me pareció correcto dejar el interior en blanco. Eso habría sido insultante. Una vez, en Viena, D... me jugó una mala pasada y, sin perder el buen humor, le dije que no la olvidaría. Entonces, como sabía que él sentiría especial curiosidad por conocer la identidad de la persona que lo había superado en ingenio, me pareció una pena que no le diéramos una clave. Él conoce perfectamente mi letra y me limité a copiar en el centro de la hoja blanca las siguientes palabras:

«... *Un dessein si funeste,*
s'il n'est digne d'Atrée, est digne de Thyeste»[38].

Las hallará usted en el *Atrée* de Crébillon.

---

[38] «Tan funesto designo, si no es digno de Atreo, digno, en cambio, es de Tieste». *(N. del T.)*

MORELLA

Αυτο χαθ' αυτο μεθ' αυτου, μονο ειδες αιει ον.
Él mismo, sólo en sí mismo, uno eternamente, y único.
PLATÓN. *El Banquete.*

Un sentimiento de profundo pero singular afecto sentía yo por mi amiga Morella. Desde que la conocí por casualidad hace muchos años, mi alma, desde nuestro primer encuentro, ardió con fuegos que no había conocido hasta entonces; pero los fuegos no eran de Eros, y amarga y mortificante para mi espíritu fue la gradual convicción de que yo no podría en modo alguno definir su insólita pretensión o regular su imprecisa intensidad. No obstante, nos conocimos, y el destino nos unió ante el altar; yo nunca hablé de pasión, ni pensé en el amor. Ella, sin embargo, rehuyó de la sociedad y, apegándose sólo a mí, me hizo feliz. Es felicidad maravillarse, es felicidad soñar.

La erudición de Morella era profunda. Cierto es que sus aptitudes no eran comunes, y la fuerza de su mente era gigantesca. Yo así lo creía y, en muchos asuntos, me convertí en su pupilo. Sin embargo, pronto descubrí que, tal vez por la educación que recibió en Presburgo, exponía ante mí varios escritos místicos que solían considerarse mera escoria en la literatura alemana temprana. Por una razón que no podía imaginar, estos eran sus favoritos y objeto de un estudio constante, y si con el paso del tiempo también se convirtieron en los míos propios, debería atribuirse a la sencilla pero eficaz influencia del hábito y del ejemplo.

En todo esto, si no me equivoco, mi razón poco tenía que hacer. Mis convicciones, a menos que no me conozca a mí mismo, no actuaban de manera alguna siguiendo ese ideal, ni había ningún toque del misticismo de mis lecturas que pudiera descubrirse, a menos que me equivoque mucho, en mis actos o en mis pensamientos. Convencido de esto, me abandoné implícitamente a la dirección de mi esposa y penetré con ánimo inquebrantable en la complejidad de sus estudios.

Y entonces... entonces, cuando pasaba páginas prohibidas y sentía que un espíritu prohibido ardía en mi interior, Morella colocaba su fría mano sobre mí, removía las cenizas de una filosofía muerta y extraía algunas palabras profundas, singulares, cuyo extraño significado se grababan a fuego en mi memoria. Y luego, hora tras hora, permanecía a su lado y quedaba envuelto en la música de su voz hasta que, al fin, su melodía se teñía de horror y caía una sombra sobre mi alma, palidecía y temblaba en mi interior ante aquellos tonos sobrenaturales. Y así, el júbilo se desvanecía súbitamente en el horror, y lo más hermoso se convertía en lo más espantoso, como el Hinnom se convirtió en la Ge-Henna.

No es necesario exponer el carácter exacto de aquellas disquisiciones que, surgidas de los volúmenes que he mencionado, fueron durante mucho tiempo casi el único tema de conversación entre Morella y yo. Para los entendidos en lo que podría denominarse moralidad teológica será fácil de comprender, y para los no entendidos, en todo caso, poco entenderán. El vehemente panteísmo de Fichte; la Παλιγγενεσια modificada de los pitagóricos y, sobre todo, las doctrinas de *Identidad* que instaba Schelling, eran en general los puntos de discusión que presentaban más belleza para la imaginativa Morella. Esa identidad denominada «personal», creo que la define Locke exactamente como la invariabilidad del ser racional. Y ya que por persona entendemos una esencia inteligente dotada de razón, y ya que existe una conciencia que siempre acompaña al pensamiento, ella es la que nos hace a todos ser lo que llamamos *nosotros mismos;* de ese modo nos diferenciamos de otros seres que piensan y nos otorga nuestra identidad personal. Pero el *principium individuationis* —la idea de esa identidad que *con la muerte se pierde o no para siempre*— fue para mí, en todo momento, un factor de profundo interés; no tanto por la desconcertante y excitante naturaleza de sus consecuencias como por el modo insistente e inquieto con el que Morella las mencionaba.

Pero llegó un momento en el que el misterio de la actitud de mi esposa me oprimió como un maleficio. Ya no podía soportar el contacto de sus pálidos dedos, ni el bajo tono de su lenguaje musical, ni el brillo de sus melancólicos ojos. Y ella lo sabía, pero no lo recriminaba; parecía consciente de mi debilidad o de mi locura y, sonriendo, lo llamaba destino. También parecía ser consciente de una causa, para mí desconocida, de mi gradual distanciamiento, pero no me insinuaba ni me daba muestra de su naturaleza. Sin embargo, era mujer y languidecía día a día. Con el tiempo, la mancha carmesí se fijó en su mejilla, y las venas azules sobre su pálida frente se hicieron cada vez más visibles; y si por un momento la compasión vencía en mi carácter, al siguiente me encontraba con la expresiva mirada de sus ojos, y entonces mi alma enfermaba y sentía el vértigo que siente quien mira a algún abismo sombrío e insondable.

¿Diré entonces que deseaba seria y fervientemente el momento del fallecimiento de Morella? Sí; pero el frágil espíritu se adhirió a su morada de arcilla durante muchos días, durante muchas semanas y tediosos meses, hasta que mis nervios torturados lograron dominar mi mente y aumentaba mi furia por la demora y, con el corazón de un demonio, maldecía los días y las horas, y los momentos amargos, que parecían prolongarse y prolongarse mientras su noble vida declinaba, como sombras al morir el día.

Pero una tarde de otoño, cuando los vientos estaban calmados en el cielo, Morella me llamó a la cabecera de su cama. Una tenue niebla cubría la tierra y se veía un cálido resplandor sobre las aguas y, entre las ricas hojas del bosque de octubre, del firmamento había caído, sin duda, un arcoíris.

—Es el día entre los días —dijo, mientras me acercaba— el día entre los días para vivir o morir. Es un hermoso día para los hijos de la tierra y de la vida... ¡Oh, más hermoso para las hijas del cielo y de la muerte!

La besé en la frente y ella continuó diciendo:

—Me muero; sin embargo, viviré.

—¡Morella!

—Nunca han existido los días en los que pudieras amarme, pero a aquella a quien en vida aborreciste, adorarás en su muerte.

—¡Morella!

—Repito que me muero. Pero dentro de mí hay una prenda de ese afecto. ¡Ah, qué pequeño el que sentiste por mí, por Morella! Y cuando parta mi alma, vivirá la hija... tu hija y la mía, la de Morella. Pero tus días serán días de tristeza, esa tristeza que es la impresión más perdurable, como el ciprés es el árbol más duradero. Pues tus horas de felicidad han terminado y la alegría no se recoge dos veces en la vida, como las rosas de Pestum dos veces al año. Ya no jugarás con el tiempo entonces, como el poeta de Teos, sino que, ignorante del mirto y de la viña, llevarás contigo tu mortaja sobre la tierra, como hacen los musulmanes en La Meca.

—¡Morella! —exclamé—. ¡Morella! ¿Cómo sabes eso?

Pero volvió su rostro sobre la almohada y, con un ligero estremecimiento de sus miembros, murió, y ya no se oyó más su voz.

No obstante, como había predicho, su hija —a quien había dado a luz al morir y no había respirado hasta que su madre había dejado de hacerlo—, su hija vivió. Creció extrañamente en estatura e intelecto, y su parecido con la que se había marchado era perfecto. La amó con un amor más ferviente de lo que había creído posible sentir por morador alguno de la tierra.

Pero antes de pasar mucho tiempo se oscureció este afecto puro, y la tristeza, el horror y el dolor lo barrieron con sus nubes. Dije que la niña crecía de forma extraña en estatura e intelecto. De hecho, extraño era el rápido aumento del tamaño de su cuerpo, pero terribles, ¡terribles! eran los tumultuosos pensamientos que se agolpaban en mí mientras observaba el desarrollo de su inteligencia. ¿Podría haber sido de otra manera si descubría cada día en las ideas de la niña las aptitudes de un adulto y las facultades de una mujer? Si lecciones de experiencia caían de labios de la infancia, si a cada instante encontraba la sabiduría o las pasiones de la madurez brillando en sus ojos profundos y contemplativos. Cuando todo esto, digo, llegó a ser evidente para mis conturbados sentidos, cuando ya no pude ocultárselo a mi alma, ni librarla de aquellas percepciones que la estremecían al recibirlas, ¿ha de sorprender que sospechas de naturaleza terrible y perturbadora penetraran en mi alma, o que mis pensamientos retrocedieran en el tiempo con horror hacia las descabelladas historias y apasionantes teorías de la difunta Morella? Arrebaté al escrutinio del mundo a quien el destino me obligaba a adorar, y en la rigurosa reclusión de mi casa, observaba con agonizante ansiedad todo lo concerniente a la amada.

Y, a medida que se iban los años, y yo contemplaba día a día su rostro puro, apacible y elocuente, y estudiaba con detenimiento su madurez, día tras día descubría nuevos parecidos entre la niña y su madre, la melancólica, la difunta. Y, por momentos se oscurecían esas sombras de similitud, y su aspecto era más pleno, más definido, más desconcertante y más espantosamente horrible. Podía soportar que su sonrisa fuese como la de su madre, pero después me estremecía aquella *identidad* tan perfecta; que sus ojos fueran como los de Morella, podía soportarlo, pero también solían sumirse también en las profundidades de mi alma con la intensidad e intención desconcertante de los de Morella. Y en el perfil de su elevada frente, y en los tirabuzones de su sedoso cabello, y en los pálidos dedos que se hundían en él, y en el tono triste y musical de sus palabras y, sobre todo, en las frases y expresiones de la difunta en labios de la amada, de la viva, hallaba yo alimento para un pensamiento devorador y horrible, para un gusano que no *quería* morir.

Así pasaron dos lustros de su vida, y aún seguía mi hija sin tener un nombre en esta tierra. «Hija mía» y «mi amor» eran los nombres que solía provocar el afecto del padre, y la estricta reclusión de sus días excluía cualquier otra relación. El nombre de Morella murió al morir ella. Nunca había hablado a la hija de su madre; era imposible hablar. De hecho, durante el breve período de su existencia, la hija no había recibido impresiones del mundo exterior, salvo los que podían permitirse en los reducidos límites de su privacidad. Pero, con el tiempo, la ceremonia del bautismo vino a mi mente, en un estado de nerviosismo y agitación, como una liberación de los terrores de mi destino. Y en la pila bautismal dudé al elegir un nombre. Muchos nombres relacionados con la sabiduría y la belleza, de épocas pasadas y modernas, de mi propia tierra y extranjeras, acudían en multitud a mis labios, y muchos, muchos nombres relacionados con la gracia, la dicha y la bondad. ¿Qué me impulsó entonces a perturbar el recuerdo de la enterrada? ¿Qué demonio me incitó a espirar aquel sonido cuyo sólo recuerdo provocaba el fluir de torrentes de purpúrea sangre desde las sienes hasta el corazón? ¿Qué demonio habló desde los recovecos de mi alma cuando, entre aquellas oscuras bóvedas y en el silencio de la noche, susurré a oídos del santo varón las sílabas de Morella? ¿Qué fue sino un demonio el que provocó esas convulsiones en el rostro de mi hija y las extendió con tonalidades de muerte cuando, sobresaltada por aquel sonido apenas audible, levantó sus cristalinos ojos de la tierra al cielo, y cayendo postrada sobre las losas negras de la cripta de nuestros antepasados, respondió: «¡Aquí estoy!»?

Claras, frías, serenamente claras, cayeron aquellas simples palabras en mi oído y, desde allí, como plomo fundido llegaron siseando a mi cerebro. Años..., pasarán años, pero el recuerdo de aquella época no pasará nunca. No ignoraba las flores y la viña, pero la cicuta y el ciprés me cubrieron con su sombra noche y día. Y perdí la noción del tiempo y del espacio, y las estrellas de mi destino desaparecieron del cielo, y la tierra se oscureció, y sus figuras pasaban a mi lado como sombras efímeras, y entre ellas sólo veía a una, a Morella. Los vientos del firmamento sólo musitaban una palabra a mis oídos, y las olas del mar murmuraban incesantes: Morella. Pero ella murió; y con mis propias manos la llevé a la tumba, y di una sonora y amarga carcajada al no hallar rastro de la primera Morella donde ahora depositaba a la segunda.

EL CUERVO

Hace tiempo, en una sombría medianoche, mientras reflexionaba, débil y cansado,
sobre más de un extraño y curioso volumen de saberes olvidados;
mientras cabeceaba, casi dormido, de pronto oí un ligero golpe,
como si alguien llamara suavemente, llamara a la puerta de mi cuarto.
«Es algún visitante» —murmuré— «que llama a la puerta de mi cuarto.
                              Sólo es eso y nada más.»

¡Ah, recuerdo claramente que fue en el crudo diciembre;
y cada ascua moribunda formaba su fantasma sobre el suelo.
Con impaciencia anhelaba la mañana; en vano había intentado obtener
de mis libros alivio para mi pena, pena por la pérdida de Lenora,
por la singular y radiante doncella a quienes los ángeles llaman Lenora,
                              aquí ya sin nombre para siempre.

Y el sedoso, triste e incierto crujido de cada purpúrea cortina
me estremecía, me llenaba de fantásticos terrores jamás sentidos;
y así, para calmar los latidos de mi corazón, me puse en pie repitiendo:
«Es algún visitante en la puerta de mi cuarto que suplica entrar,
es algún tardío visitante en la puerta de mi cuarto que suplica entrar;
                              [es eso y nada más».

Pronto mi alma se fortaleció; entonces, sin dudar más, dije:
«Señor, o señora, sinceramente imploro vuestro perdón,
pero lo cierto es que casi dormía, y tan suavemente vinisteis a llamar,
y tan ligeramente golpeasteis, golpeasteis la puerta de mi cuarto,
que apenas estaba seguro de haberos oído»; y entonces abrí la puerta de par en par.

                              Oscuridad había y nada más.

Observando en profundidad aquella oscuridad, allí permanecí un tiempo preguntándome,

temiendo, dudando, soñando sueños no mortales que jamás me atreví a soñar antes;

pero el silencio no se interrumpió, ni la quietud dio señal alguna,

y la única palabra allí pronunciada fue el susurro de la palabra «¿Lenora?»

Esto susurré, y un eco me devolvió la palabra «¡Lenora!»

Sólo eso, y nada más.

De regreso al cuarto, con toda mi alma ardiendo en mi interior,

pronto oí de nuevo un golpe algo más fuerte que el anterior.

«Sin duda» —dije—, «sin duda es algo que se encuentra en la celosía de mi ventana;

veamos, entonces, qué hay allí e investiguemos este misterio;

que se calme mi corazón un momento e investiguemos este misterio:

¡Es el viento y nada más!»

Abrí de un golpe el postigo y entonces, con gran revoloteo y aleteo,

entró un majestuoso Cuervo de los sacros días de antaño;

no dio la mínima muestra de respeto; ni un momento se detuvo o vaciló;

sino que con aires de señor o de dama, se posó sobre la puerta de mi cuarto;

se posó sobre un busto de Palas, justo encima de la puerta de mi cuarto.

Se posó, se instaló y nada más.

Entonces aquel pájaro de ébano cautivó mi triste imaginación y me hizo sonreír

el grave y severo decoro que su semblante presentaba.

«Aunque tu cresta esté rapada y pelada» —dije— «estoy seguro de que no eres cobarde;

Cuervo fantasmal, sombrío y antiguo que vagas desde las tierras de la noche,

¡dime cuál es tu nombre señorial en las plutónicas tierras de la noche!»

Dijo el cuervo: «Nunca más».

Mucho me asombró oír a aquella ave desgarbada conversar tan llanamente,
aunque su respuesta tuviese poco sentido, y fuese de tan poca relevancia;
pues no podemos evitar reconocer que ningún ser humano vivo
ha tenido aún la dicha de ver a un pájaro sobre la puerta de su cuarto;
pájaro o animal sobre el busto esculpido encima de la puerta de su cuarto,

> con un nombre como el de «Nunca más».

Pero el Cuervo, posado en solitario sobre el sereno busto, sólo pronunció
aquellas dos palabras, como si su alma en esas dos palabras vertiera.
Nada más pronunció después, ni una pluma agitó después;
hasta que yo apenas murmuré: «Otros amigos han huido antes,
por la mañana *él* me abandonará, como han huido mis esperanzas antes».

> Entonces el pájaro dijo: «Nunca más».

Sobresaltado ante el silencio interrumpido por repuesta tan apropiada,
«Sin duda» —dije— «lo que pronuncia es lo único que sabe,
aprendido de algún infeliz maestro a quien el cruel infortunio
persiguió sin tregua, y le persiguió hasta que sus cantos un sólo estribillo portaban; hasta que los cantos fúnebres de su esperanza portaron
ese melancólico estribillo de «Nunca, nunca más».

Mas el Cuervo aún cautivaba toda mi imaginación y me hacía sonreír;
empujé un mullido sillón hasta quedar frente al pájaro, el busto y la puerta.
Después, hundiéndome en el terciopelo, me dedique a enlazar
fantasía tras fantasía, a pensar en qué quería decir este ominoso pájaro de antaño,
este sombrío, desgarbado, fantasmal, enjuto y ominoso pájaro de antaño al graznar

> «Nunca más».

Allí permanecí sentado ocupado en adivinar, pero sin pronunciar sílaba alguna
al ave cuyos fieros ojos ahora ardían en el fondo de mi corazón;
esto y más intentaba deducir, con la cabeza recostada cómodamente
sobre el forro de terciopelo de la almohada sobre el que la luz de la lámpara se deleitaba,
pero cuyo forro de terciopelo violeta sobre el que la luz de la lámpara se deleitaba,

$\qquad\qquad$ ¡*ella* no oprimiría, ah, nunca más!

Entonces, me pareció que el aire se hacía más denso, perfumado por un invisible incensario mecido por un serafín cuyas pisadas tintinearan en el alfombrado suelo.
«Miserable» —exclamé— «tu Dios te ha concedido —mediante estos ángeles que te ha enviado— un respiro, respiro y nepente de tus recuerdos de Lenora;
¡Ingiere, oh, ingiere este buen nepente y olvida la pérdida de Lenora!

$\qquad\qquad$ Dijo el cuervo «Nunca más».

«¡Profeta!» —dije— «¡Ser malvado! ¡Profeta siempre, seas pájaro o demonio!
Si el tentador te envió, o si la tempestad te impulsó hacia esta costa,
desolada aunque impávida, a esta desierta tierra encantada,
a este hogar por el horror frecuentado, dime sinceramente, te lo imploro
¿hay... *hay* bálsamo de Gilead? ¡Dime..., dime, te lo imploro!»

$\qquad\qquad$ Dijo el cuervo «Nunca más».

«¡Profeta!» —dije— «¡Ser malvado! ¡Profeta siempre, seas pájaro o demonio!
Por ese cielo que se curva sobre nosotros, por ese Dios que ambos adoramos,
di a este alma agobiada por el dolor si, en el lejano Edén,
abrazará a una doncella bendita a quien los ángeles llaman Lenora,
abrazará a una singular y radiante doncella a quien los ángeles llaman Lenora».

$\qquad\qquad$ Dijo el cuervo «Nunca más».

«¡Sean esas palabras nuestro signo de despedida, pájaro o demonio!»
grité, sobresaltándome;
«¡Vuelve a la tempestad y a las plutónicas tierras de la noche!
¡No dejes pluma alguna como prenda de la mentira que tu alma ha pronunciado!
¡Deja intacta mi soledad! ¡Abandona el busto de encima de mi puerta!
¡Saca tu pico de mi corazón, y aleja tu figura de mi puerta!
Dijo el cuervo «Nunca más».

Y el Cuervo, que nunca más voló, aún continúa posado, *aún* continúa posado
sobre el pálido busto de Palas justo encima de la puerta de mi cuarto.
Y sus ojos tienen toda la apariencia de los de un demonio que está soñando,
y la luz de la lámpara sobre él proyecta su sombra en el suelo;
y mi alma, de esa sombra que se halla suspendida en el suelo,
¡no se levantará... nunca más!

EL DEMONIO DE LA PERVERSIDAD

Al considerar las facultades e impulsos (los *prima mobilia* del alma humana), los frenólogos han fracasado a la hora de establecer un lugar para una tendencia que, aunque es evidente que existe como sentimiento radical, primitivo e irreducible, ha sido igualmente pasada por alto por todos los moralistas que los precedieron. Todos la hemos pasado por alto por la pura petulancia de la razón. Hemos padecido que su existencia se nos escape de los sentidos, únicamente por necesidad de creencia o de fe, tanto sea fe en el libro del Apocalipsis, como fe en la Cábala. No se nos ha ocurrido nunca la idea de hacerlo, sencillamente debido a que está más allá del deber. No vimos la *necesidad* del impulso, de esa tendencia. No podíamos percibir lo necesaria que era. No podíamos comprender, es decir, de haberse impuesto la idea de este *primum mobile,* no podíamos haber comprendido de qué manera podría estar hecha para impulsar las cosas de la humanidad, tanto temporales como eternas. No puede negarse que la frenología, y en gran medida toda la Metafísica, ha sido elaborada *a priori*. El hombre intelectual o lógico, más que el hombre observador o conocedor, se dispone a imaginar designios, a dictarle propósitos a Dios. Una vez comprendidas a satisfacción las intenciones de Jehová, de esas intenciones construyó sus innumerables sistemas mentales. En el tema de la frenología, por ejemplo, lo primero que determinamos, naturalmente, es que es designio de la Deidad que el hombre coma. Entonces le asignamos al hombre un órgano de «alimentividad», y ese órgano es el flagelo con el que la Deidad obliga al hombre a comer, lo quiera o no. En segundo lugar, habiendo ya sentado que es la voluntad de Dios que el hombre perpetúe su especie, descubrimos imediatamente un órgano de «amatividad». Y lo mismo para la combatividad, para la idealidad, para la causalidad, para la constructividad... y así, en pocas palabras, con cada órgano, ya sea que represente una tendencia, un sentimiento moral o una facultad del puro intelecto. Y en esas disposiciones de los *principia* de los actos humanos, los Spurzheimistas[39], tanto si tienen razón en parte o en todo, como si no, no han hecho más que seguir en principio los pasos de sus predecesores, y deducir y establecer todo desde el destino preconcebido del hombre, y sobre el terreno de los objetos de su Creador.

Habría sido más sensato, habría sido más prudente clasificar (si tenemos que clasificar) sobre las bases de lo que el hombre siempre o de cuando en cuando hizo, y lo que hacía siempre a veces, más que sobre las bases de lo que dimos por sentado que la Deidad quería que hiciera. Si no podemos entender a Dios en su obra visible, ¿cómo entonces hacerlo en su inconcebible pensamiento, que hace que las obras sean? Si no podemos comprenderlo en sus criaturas objetivas, ¿cómo entonces hacerlo en sus fundamentales modos y fases de creación?

La inducción, *a posteriori,* habría llevado a la frenología a admitir, como principio primitivo e innato de los actos humanos, algo paradójico a lo que podemos llamar *perversidad,* a falta de una palabra más característica. En el sentido que me propongo, es de hecho un *móvil* sin motivo, un motivo *no motivado.* Con sus incitaciones actuamos sin objeto comprensible, y si esto se comprende como una contradicción en sí misma, podemos rectificar de momento la proposición para que diga que con sus incitaciones actuamos por la razón de que no deberíamos hacerlo. En teoría no puede haber una razón más irracional, pero de hecho no existe ninguna más fuerte. En ciertas mentes, bajo determinadas situaciones, se convierte en algo absolutamente irresistible. No estoy más seguro de respirar que de asegurar lo equivocado o erróneo de cualquier acto es frecuentemente la *fuerza* invencible que nos impulsa, y ella sola nos impulsa a cumplirla. Ni tampoco esta avasalladora tendencia a hacer el mal por el mal admitirá el análisis, ni su resolución en elementos ocultos. Es un radical, un impulso primitivo, elemental. Se dirá, soy consciente de ello, que cuando persistimos en actos porque sentimos que *no deberíamos* persistir en ellos, nuestra conducta no es más que la modificación de lo que comúnmente brota de la combatividad, según la frenología. Pero una mirada nos mostrará la falacia de esta idea. La *combatividad* frenológica tiene como esencia la necesidad de la defensa de sí mismo. Es nuestra salvaguarda contra los daños. Su principio mira por nuestro

---

[39] Seguidores de JOHANN SPURZHEIM (1776-1832), médico alemán. *(N. del T.)*

bienestar, y así el deseo de estar bien se excita de manera simultánea con su desarrollo. De esto se sigue que el deseo de estar bien tiene que ser excitado simultáneamente con cualquier principio que sea meramente una modificación de la combatividad, pero en el caso de ese algo a lo que llamo *perversidad*, no solamente no se suscita el deseo de estar bien, sino que existe un sentimiento fuertemente antagonista de ese deseo.

Después de todo, una llamada al propio corazón de uno es la mejor respuesta al sofisma que acabamos de ver. Nadie que consulte confiadamente a su propio alma, y meticulosamente le pregunte, estará dispuesto a negar la completa radicalidad de la tendencia que nos ocupa. No es más incomprensible que reconocible. No ha vivido hombre alguno que en algún momento no haya sido atormentado, pongamos como ejemplo, por un deseo sincero de tentar con circunloquios a quien le escucha. Quien habla es consciente de que desagrada; tiene toda la intención de agradar; habitualmente es breve, concreto y claro; el lenguaje más lacónico y luminoso se esfuerza por expresarse por medio de su lengua; sólo con dificultad consigue refrenarse de darle flujo; teme y lamenta la indignación de aquel a quien se dirige; y, a pesar de ello, le ataca el pensamiento de que por ciertas complejidades y disgresiones puede llegar a engendrarse esa indignación. Ese sencillo pensamiento basta. El impulso aumenta hasta ser una voluntad, la voluntad un deseo, el deseo un anhelo incontrolable, y el anhelo se satisface (para profundo lamento y humillación de quien habla, y en desafío a todas las consecuencias).

Tenemos ante nosotros una tarea que debe llevarse a cabo prontamente. Sabemos que sería ruinoso demorarse. La crisis más importante de nuestra vida nos llama con lengua de trompeta a la energía y la acción inmediatas. Resplandecemos, nos consume la disposición a comenzar el trabajo, nuestras almas enteras arden con la expectativa del resultado glorioso. Debe, tiene que ser emprendido hoy, y sin embargo, lo dejamos para mañana, ¿y por qué? No hay respuesta, excepto que nos sentimos *perversos,* por usar la palabra sin entender su principio. Mañana llega, y con el día una inquietud más impaciente por hacer nuestro deber; pero con este mismo aumento de la inquietud llega también una indescriptible (y sumamente terrible, porque es insondable) ansia de demorarnos. Este ansia va ganando fuerza a medida que pasan los momentos. Llega la última hora para la acción. Temblamos con la violencia del conflicto que se establece en nosotros: entre lo definido y lo indefinido, entre la sustancia y la sombra. Pero si la competición ha proseguido hasta ahora, es la sombra la que prevalece, luchamos en vano. El reloj da sus campanadas, y son el toque de difuntos de nuestro bienestar. Al mismo tiempo son el canto del gallo para el espectro que tanto tiempo nos ha intimidado. Se va volando, desaparece, somos libres. Regresa la antigua energía; nos pondremos con el trabajo *ahora*. ¡Ay, es *demasiado tarde!*

Estamos al borde de un precipicio. Miramos al abismo, nos sentimos mal y mareados. Nuestro primer impulso es rehuir el peligro. Incomprensiblemente, nos quedamos. En pequeños pasos, nuestro malestar, nuestro mareo y nuestro horror se funden en la nube de un sentimiento innombrable. Poco a poco, aún más imperceptible, esa nube toma forma, como hacía el vapor de la lámpara de la que salió el genio de las Mil y una noches. Pero de esta nube *nuestra* al borde del precipicio crece hasta ser palpable una forma, mucho mas terrible que cualquier genio o demonio de cuento. Y, sin embargo, no es más que un pensamiento, aunque terrible, un pensamiento que hiela hasta la médula de nuestros huesos con la intensidad feroz que ofrece la delicia de su horror. Es simplemente la idea de qué sensaciones tendríamos durante la continua precipitación de una caída desde tal altura. Y esta caída (precipitarse hacia la aniquilación), por la misma razón de que significa la más abominable y aborrecible de todas las abominables y aborrecibles imágenes de la muerte y del sufrimiento que se hayan presentado jamás a nuestra imaginación, por esta misma causa, la deseamos ahora mucho más vivamente. Y como nuestra razón nos disuade violentamente de estar en el borde, *por eso* nos acercamos a él de manera tanto más impetuosa. En la naturaleza no existe pasión alguna tan diabólicamente impaciente como la de quien, temblando sobre el borde de un precipicio, reflexiona así sobre el salto. Consentirlo por un sólo momento intentando *pensar,* es estar inevitablemente perdido, porque la reflexión nos insta a contenernos, y digo que *por eso mismo no podemos hacerlo*. Si no hay un brazo amigo que nos controle, o si fracasamos en un esfuerzo súbito de retirarnos hacia atrás, alejándonos del abismo, saltamos y nos aniquilamos.

Examinemos actos similares a estos como queramos, encontraremos que son resultado únicamente del espíritu de lo *Perverso*. Los cometemos porque sentimos que *no deberíamos* hacerlo. Más adelante o más atrás de esto no existe principio inteligible, y en realidad podemos considerar esta perversidad como una instigación directa del archienemigo, si este no fuera conocido de cuando en cuando por obrar en fomento del bien.

He dicho todo esto para poder responder en alguna medida su pregunta (y poder explicarle por qué estoy aquí) y poder darle algo que tenga al menos un leve aspecto del motivo por el que llevo puestos estos grilletes y soy ocupante de esta celda de los condenados. Si no hubiera sido tan prolijo, usted podría haberme malinterpretado totalmente, o se hubiera figurado con tanto tumulto que estoy loco. Tal como están las cosas, podrá percibir fácilmente que soy una de las muchas víctimas sin contar del Diablo de la perversidad.

Es imposible que ningún acto pueda haber sido forjado con una deliberación más a fondo. Durante semanas, durante meses, sopesé los medios del asesinato. Rechacé mil estrategias porque su cumplimiento involucraba una *posibilidad* de detección. Con el tiempo, leyendo unas autobiografías francesas encontré el relato de una enfermedad casi mortal que le ocurrió a madame Pilau por medio de una vela accidentalmente envenenada. La idea golpeó mi imaginación inmediatamente. Yo sabía de la costumbre de mi víctima de leer en la cama, y también sabía que sus estancias eran estrechas y mal ventiladas. Pero no quiero irritarle con detalles impertinentes; no tengo que describir los fáciles artificios por los que sustituí en el candelero de su habitación la vela que allí encontré por la que yo mismo hice. A la mañana siguiente lo encontraron muerto en su cama, y el veredicto del forense fue «muerte por aparición divina».

Como heredé sus propiedades, todo me fue bien durante años. La idea de la detección no me entró nunca en el cerebro. Dispuse cuidadosamente yo mismo de lo que quedaba de la mortal vela. No dejé ni la sombra de una pista con la que hubiera sido posible condenarme por el crimen, o que se sospechase siquiera de mí. Es inconcebible lo rico que era el sentimiento de satisfacción que se alzaba en mi pecho cuando reflexionaba sobre mi seguridad absoluta. Me acostumbré a deleitarme en este sentimiento durante muchísimo tiempo; me brindaba un placer más real que todo el mero provecho mundano que provenía de mi pecado. Pero tras mucho tiempo llegó una época en la que el placentero sentimiento creció en grados casi imperceptibles hasta llegar a ser un pensamiento que me perseguía y me hostigaba. Hostigaba porque perseguía. A duras penas conseguía liberarme de él por un instante. Es bastante común estar molesto por pitidos en el oído, o más bien en nuestros recuerdos; por la carga de una canción corriente o algún fragmento mediocre de una ópera. Y tampoco estaría menos atormentado si la canción fuese buena, o meritoria el aria de la ópera. De esta manera, al fin, me sorprendía a mí mismo reflexionando continuamente sobre mi seguridad, y repitiendo en voz baja la frase, «estoy a salvo, estoy a salvo».

Un día, mientras paseaba por las calles, me detuve en el acto de murmurar a media voz las sílabas acostumbradas. En un ataque de mal humor, las rehíce así: «estoy a salvo, estoy a salvo, sí, ¡si no soy lo bastante insensato como para hacer una confesión abierta!».

En cuanto dije estas palabras, sentí que un escalofrío helado se arrastraba hacia mi corazón. Ya había tenido algunas experiencias con estos ataques de perversidad (cuya naturaleza me he tomado el trabajo de explicar) y bien recordaba que en ninguna ocasión había resistido con éxito esos ataques. Y ahora, mi propia sugerencia casual a mí mismo de que era posible que yo fuera lo bastante insensato como para confesar un asesinato del que era culpable, se me enfrentó, como si fuera el fantasma mismo de aquel a quien asesiné, y me atrajo hacia la muerte.

Al principio hice un esfuerzo por sacudirme esta pesadilla del alma. Caminé vigorosamente (más aprisa, aún más aprisa) y al final corrí. Experimenté un exasperante deseo de gritar con mucha fuerza. Cada una de las sucesivas olas de pensamiento me abrumaba con nuevos terrores, porque, ¡ay!, comprendía bien, demasiado bien, que en mi situación *pensar* era estar perdido. Apreté el paso aún más. Daba saltos como un loco a través de las atestadas calles. Al final, la gente se alarmó y me persiguió. Sentí entonces la consumación de mi destino. Si pudiera haberme arrancado la lengua, lo habría hecho, pero una voz áspera resonó en mis oídos, y un agarrón aún más áspero me sujetó por el hombro. Me di la vuelta, respiraba agitadamente, casi sin aliento. Por un instante experimenté todas las punzadas de la asfixia;

me quedé ciego, mudo y atolondrado. Y entonces algún desalmado invisible, creí, me golpeó con toda la palma de su mano en la espalda. El largamente aprisionado secreto salió despedido de mi alma.

Dicen que hablé con dicción nítida, pero con énfasis marcados y apasionada premura, como si temiera que se me interrumpiera antes de concluir las breves y significativas frases que me mandarían al verdugo y al infierno.

Al terminar de contar todo lo que era necesario para una condena judicial máxima, caí postrado en un desmayo.

Pero, ¿para que voy a decir más? Llevo puestas estas cadenas, ¡y estoy aquí! ¡Mañana no tendré los grilletes!, ¿pero dónde?

ÍNDICE